② 少年志在天

天蚕土豆 著

浙江文艺出版社
Zhejiang Literature & Art Publishing House

图书在版编目（CIP）数据

斗破苍穹. 2 / 天蚕土豆著. -- 杭州：浙江文艺出版社，2025.3. -- ISBN 978-7-5339-7822-8

Ⅰ. I247.5

中国国家版本馆CIP数据核字第2024RQ3654号

策划统筹　许龙桃　周海鸣
责任编辑　张　可
营销编辑　宋佳音
封面设计　嫁衣工舍
版式设计　吕翡翠
责任印制　吴春娟

斗破苍穹2

天蚕土豆　著

出版发行	浙江文艺出版社
地　　址	杭州市环城北路177号
邮　　编	310003
电　　话	0571-85176953（总编办） 0571-85152727（市场部）
制　　版	浙江新华图文制作有限公司
印　　刷	浙江新华数码印务有限公司
开　　本	710毫米×1000毫米　1/16
字　　数	230千字
印　　张	16.25
插　　页	2
版　　次	2025年3月第1版
印　　次	2025年3月第1次印刷
书　　号	ISBN 978-7-5339-7822-8
定　　价	49.00元

版权所有　侵权必究

目录

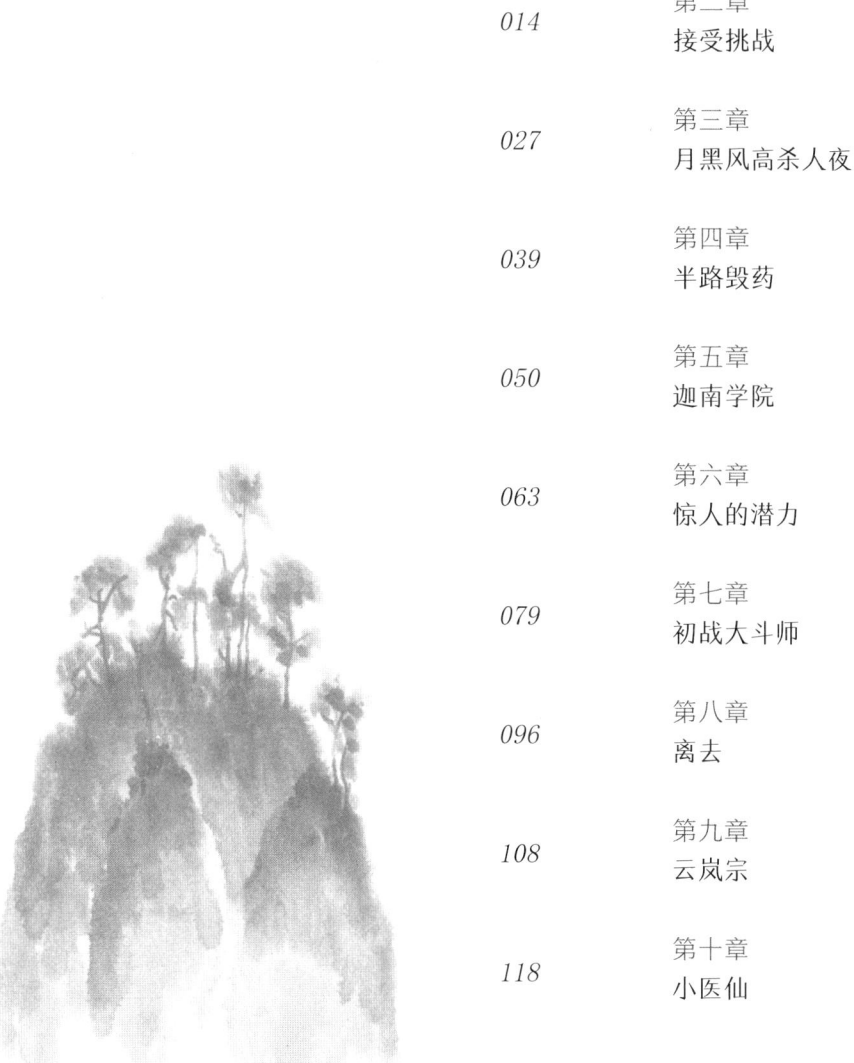

001 第一章 坊市冲突

014 第二章 接受挑战

027 第三章 月黑风高杀人夜

039 第四章 半路毁药

050 第五章 迦南学院

063 第六章 惊人的潜力

079 第七章 初战大斗师

096 第八章 离去

108 第九章 云岚宗

118 第十章 小医仙

131	第十一章 进入魔兽山脉
144	第十二章 飞行斗技：鹰之翼
159	第十三章 生死逃亡
175	第十四章 紫云翼
185	第十五章 晋级六星
200	第十六章 地阶斗技：焰分噬浪尺
212	第十七章 杀戮
227	第十八章 大围剿
242	第十九章 突破七星
248	第二十章 斗皇级别的战斗

第一章
坊市冲突

凝血散的出现,犹如狂风骤雨一般,以雷霆之势,迅速抢占了乌坦城五成多的疗伤药市场,而且还让萧家坊市在短短两天之内恢复了以往的人气,甚至犹有过之。

在凝血散出来的第二天,加列家族就逐渐将回春散调回了最开始的价位。不过因为前段时间加列家族牟取暴利的行为已经惹起了大多佣兵的反感,所以即使下调了价格,加列家族在坊市中的人气,依旧难以再回到以往。

因为乌坦城邻近魔兽山脉,整座城市佣兵的吞吐量极大,而魔兽山脉中危险重重,所以佣兵对疗伤药的需求量也极其巨大。因此,即使疗伤药市场被萧家抢去了大半,可加列家族依旧在赢利,只不过现在的利润和前段时间比起来,缩水了大半而已……

疗伤药销售的火爆程度,远远超出第一次做这种生意的萧家的预计。每日萧家坊市中的凝血散,在上午的时候,就会被早已等在此处的佣兵哄抢而走,而下午之时,一般就会销售一空。此时,一些未能抢购到凝血散的佣兵无奈之下,也

只能去加列家族的坊市，购买品质较差的回春散。

在佣兵对疗伤药大量需求的间接帮助下，加列家族也算是在萧家这番狂猛攻势面前，勉强站住了脚，以后的情形，就要看双方疗伤药的存货，究竟谁更多了。

坐在会议厅中，萧炎有些无奈地望着笑得合不拢嘴的萧战，眼光再移了移，三位长老也都是满脸的笑容，乐呵呵的傻笑声在大厅中一直未曾停过。形成这种现象的主要原因是上午萧炎扮成黑袍人，再次悄悄送来了一批凝血散。

"呵呵，凝血散的销售实在太疯狂了，要不是老先生又送来一批，恐怕我们的仓库也该清空了。"萧战手中宝贝似的捧着一个绿色小瓶，笑眯眯地说道。

"是啊，短短几天时间，我们坊市的人气，便比以前巅峰的时候，高出两倍有余，前段时间的亏损局面已经逐渐扭转过来。嘿嘿，再加上疗伤药的销售分成，光是这几天的利润，就已经比得上萧家以前一两个月的收入了！"性子一向沉稳的大长老，在这般大丰收面前，也忍不住话多了起来，皱纹密布的老脸犹如一朵盛开的菊花。

萧战笑着点了点头，转头望着坐在椅子上有些无聊的萧炎，不由得斥道："你这小家伙，每次老先生来家族都遇不见你，你难道就不能安稳一点儿，待在家里别出去吗？"

无辜地挨了一通斥骂，萧炎无奈地翻了翻白眼，心中嘀咕道："如果我不动，你们去哪儿拿疗伤药？"

"唉，这老先生实在是太豪爽了，不过还好，刚才我把疗伤药制作所需要的药材问了出来，以后药材的事，就由我们来操心吧。萧家从人家那里得到的好处已经太多了，如果再贪得无厌，恐怕会得不偿失。"萧战从怀中摸出一张纸单子，沉吟道。

"嗯。"对于萧战此话，三位长老都急忙点头。要不是萧战心细，他们还真的差点儿把这茬给忘记了。

"嘿，在这般巨大利润面前知道适可而止，不错，难怪你父亲能成为一族之长。"萧炎心中响起药老的赞叹声。

笑着点了点头，萧炎也略微心安。虽然他能够在物质上帮助一下萧家，但是家族能否强盛，最重要的还是看其掌舵人的能力。如果掌舵人品质不好，说句难听的，就算萧炎再神通广大，也不可能将一摊烂泥扶上墙。现在看来，萧战明显具有这种能力。

"族长，三位长老，米特尔拍卖场的雅妃小姐在家族门外等候。"就在萧炎心中略感欣慰之时，一名族人快步跑进大厅，然后恭声道。

"雅妃？"闻言，萧战一怔，连忙道，"快请。"

在族人出去通报之后不久，一道曼妙的身影缓缓地出现在众人视线之内，雅妃娇笑道："呵呵，萧族长最近可真是春风得意啊。"

干咳了一声，萧战笑着站起身来，嘴中说着客套话："雅妃小姐真是爱说笑，我们萧家一年的利润，还比不上你们米特尔拍卖场一处分部的资金呢，哪有什么资格得意。"

"咯咯，萧族长真会说话，最近萧家坊市的人气，已经远远超过了拍卖场，这可是所有人都亲眼所见的事实哦。"雅妃对着大厅中的三位长老笑盈盈地行了一礼，明眸微眨，看到一旁的萧炎，微微一怔，有些吃惊地说道，"看萧炎小少爷现在的状态，似乎比上次更强一些了。"

"雅妃姐直接叫我名字吧，这小少爷听着怪别扭的。"萧炎笑道。

闻言，雅妃莞尔。

"雅妃小姐今天来萧家，是有什么事吗？"萧战笑着询问道。

雅妃微笑着点了点头，在萧炎身旁的椅子上优雅地坐了下来，抿了抿红唇，直奔主题，轻笑道："萧族长，米特尔拍卖场已经拒绝再向加列家族提供药材了。"

此话一出，萧战手中的茶杯顿时洒了不少茶水在桌面上，眼瞳中隐晦地掠过一抹狂喜。他不着痕迹地擦去茶水，眼角瞟了一眼三位长老，发现他们眼中同样在瞬间迸出了异彩。

大厅中略微沉默，萧战将茶杯中的茶水一饮而尽，迟疑地问道："为什么？你们不是一直保持中立的吗？"

雅妃笑而不语。

咬了咬牙，萧战低声问道："你们这样做，想要我们付出什么？"

"什么都不需要。"雅妃嫣然笑道。

"呃？"萧战再次一愣，有些不可置信地望着微笑的雅妃，他可不相信米特尔拍卖场会毫无代价地帮助他们打击加列家族。摸了摸下巴，萧战心头忽然一动，试探性地轻声问道："是……那位老先生干的？"

翘了翘红唇，雅妃微微点头，笑道："那位老先生已经给出了报酬，所以萧族长不用担心我们会找萧家索要什么，从今以后，我们也算是在同一条战线了。"

听到此，萧战脸上终于涌上了狂喜的表情，他仰天大笑了几声，笑声将房屋震得略微发抖。缓缓收敛笑声，萧战忽然意识到自己似乎有点得意忘形，低下头，果然见到三位长老正无奈地撇着嘴。

尴尬地笑了笑，萧战望着那捂嘴偷笑的萧炎，不由得恼羞成怒地喝道："小浑蛋，笑个屁，还不快给雅妃小姐端茶，没礼貌。"

无奈地翻了翻白眼，萧炎伸手从身旁的桌子上端过一杯温茶，然后屁颠屁颠地跑到雅妃面前，双手将之递了过去。

对着萧炎温柔一笑，雅妃从他手上接过茶杯，忽然脸色微变。她紧紧地盯着萧炎一双白皙的手，或者说……是右手上的一枚黑色戒指。

顺着雅妃的视线，萧炎目光微凝，不着痕迹地抽回手掌，背对着父亲几人，微眯着眼睛，淡淡地盯着面前的美丽女人。

被萧炎如此注视着，雅妃心头微紧，然后非常识相地低头抿着茶水，脸上的表情也被她极好地收敛了起来。

萧炎轻轻松了一口气，摸了摸鼻子，懒懒地回到自己的座位，皱着眉头似乎在思考着什么。

与萧战等人闲谈了一会儿之后，雅妃便打算告辞，一旁一直保持着沉默的萧炎，此时也表现出身为主人家的热情，在萧战那满意的目光中，一路送雅妃出了家族大门。

走出家族大门，萧炎依旧没有打算回去。他双手抱着后脑勺，紧紧地跟在雅妃身旁，微眯着眼睛，也不知在寻思着什么。

与萧炎行走在一起，雅妃心中有些紧张，紧握的玉手中，布满着汗水。她这人的记忆力极为出色，上次的拍卖会上，她曾经偶然间见到那位神秘黑袍炼药师的一双手，宛如少年般白皙、富有活力，而且那双白皙的手上佩戴着一枚与萧炎所戴的一模一样的黑色戒指。有了这个巧合的开头，再想一想为什么那神秘炼药师会对萧家青睐有加，一些谜底似乎已经呼之欲出了。

贝齿轻咬了咬红唇，雅妃用眼角偷偷地打量了一下身旁的少年。少年身穿一件并不昂贵的青衫，身躯颀长矫健，双手抱在脑后，看上去很有些慵懒的味道，虽然一张清秀的脸有着少年的稚嫩，但是嘴角那若隐若现的弧度，却怎么看都不像是一个没有丝毫阅历的无知少年。

仔细地打量了一下萧炎，雅妃依旧很难相信，在拍卖场中，将自己与谷尼整得服服帖帖的，竟然会是一个不过十七岁左右的清秀少年。

"看够了？"就在雅妃有些无奈地苦笑之时，身旁的少年淡淡出声了。

脚步微缓，雅妃轻叹道："你……我是叫你老先生好呢，还是萧炎小弟弟？"

萧炎挑了挑眉，忽然对着一旁扬了扬下巴道："进去。"

雅妃顺着他的目光望过去，脸颊不由得微红，原来萧炎所指之地，竟然是乌坦城中一处有名的情侣幽会之所。略微踌躇了一下，雅妃本来想建议换个地方，然而萧炎却已经大摇大摆地走了进去，并且在碧绿的柳树下的石椅上坐了下来。

对于萧炎这一反先前在家族中恭顺的霸道行为，雅妃只得无奈地摇了摇头，这身份的转换也太快了吧。

莲步微移，雅妃缓缓走上前去，在萧炎对面坐了下来，一对诱人的狭长美眸打量着面前的少年。

"认出来了？"伸手摘下一片柳叶放在嘴中嚼着，萧炎含糊地问道。

雅妃玉手掠过飘落在额前的青丝，随意的风情让不远处的一位男子看得眼睛发直，雅妃抿了抿红唇，苦笑道："我其实宁愿相信是自己弄错了。"

闻言，萧炎眼睛微眯，用牙齿狠狠地咬了咬有些苦涩的叶子。

撇了撇嘴，萧炎伸了一个懒腰，既然已经被认出了身份，他也就不再拐弯抹角："以前和你们谈生意的黑袍人，的确是我。"

"不过炼药的人，应该不是你吧？"雅妃眼波流转，含笑问道。她并不是傻瓜，萧炎的实力如何，她再清楚不过，就算他本身是一名炼药师，但是碍于其本身实力，他也不可能炼制出聚气散这种品阶的丹药。

"女人太聪明了，没男人喜欢。"斜瞥了一眼将实情猜得八九不离十的雅妃，萧炎撇嘴道。

"那不过是一些庸俗男人的想法罢了。"雅妃挑了挑黛眉，语气中颇有几分不屑。

翻了翻白眼，萧炎没空和她在这无聊的问题上纠缠，嚼着在嘴中化开的苦涩叶子，淡淡道："你应该知道我找你做什么，我的身份，你尽量帮我保密，这对大家都有好处。"

萧炎舔了舔嘴唇，深瞥了一眼面前的妩媚美人："当然，别把这东西当作可以要挟我的筹码，不然，你会得不偿失。"

"我看起来像是蠢女人吗？"雅妃无辜地摊了摊手。

萧炎认真地盯了雅妃片刻，方才点了点头："得看以后的表现。"

雅妃哭笑不得地摇了摇头，抛开萧炎现在的双重身份不谈，光是他这副俊秀的少年模样，就很难让人起厌恶之感。

"那我们之间的合作？"雅妃有些紧张地盯着萧炎，这才是她最想问的问题。

"照旧，你们拒绝向加列家族提供药材，我付给你们五枚聚气散当报酬。"萧炎耸了耸肩。他淡淡的声音让雅妃松了一口气。

"呵呵，很期待我们的合作。"雅妃落落大方地伸出玉手，嫣然笑道。

懒懒地点了点头，萧炎握了握那只娇嫩的玉手，却有些出乎雅妃意料地沾之即离。

望着眼前行为举止完全没有规律可循的少年，雅妃忍不住叹了一口气："真让人怀疑，你究竟是不是真的只有十七岁，我发现自己一直在被你牵着鼻子走。"

无视这种话题，萧炎挥了挥手，站起身来向外行去，边走边道："以后见面，还是用以前的态度吧，免得被人看出破绽。"

笑着点了点头，雅妃轻声道："若是有空，可以让你身后的那位炼药师来米特尔拍卖场做客，我们永远欢迎。"

脚步微缓，萧炎摸了摸鼻子，含糊道："有空再说吧。"再次向后挥了挥手，萧炎走得干脆利落，没有丝毫拖泥带水。

立在原地望着少年逐渐远去的背影，雅妃苦笑着摇了摇头，低声道："真是个小妖怪，真搞不懂纳兰家的那丫头，怎么会与他解除婚约。唉，以后纳兰肃恐怕会后悔得吐血吧。"

凝血散出来后不到一个月时间，萧家便占据了乌坦城百分之七十的疗伤药市场，巨大的利润让萧家一派喜庆，前段时间有些冷清的门庭，现在是人来人往，宛如集市一般热闹。

相比于萧家的喜庆，加列家族则是一片沉寂。因为前段时间牟取暴利的行为，引起了大多数佣兵的厌恶，而且萧家凝血散的功效较之回春散强上不少，所以加列家族的疗伤药产业，一直被萧家压得动弹不得，要不是萧家的疗伤药每日限量供应，恐怕加列家族就真的只能喝汤水了。

不过疗伤药产业虽然缩水了，但是其中的利润依然不小，而最让加列家族头

疼的，还是炼药所需的大量药材的供应。

城中最大的资源库——米特尔拍卖场已经拒绝再与他们合作，对于这种药材封锁的状况，加列家族也是恨得咬牙切齿，可心中怒火再大，他们也不敢强迫米特尔拍卖场。要知道，米特尔拍卖场的后台，可是在整个加玛帝国都能排进前列的强大势力，他们一个乌坦城的小家族，还没那么大的能耐去招惹人家。

拍卖场的路子已经走不通，无奈之下，加列家族只得用比市场价高好几成的价格，将乌坦城中的药材店抢购一空，不过，这也只是权宜之计，毕竟这些药材店，也没有实力长久满足如此庞大的需求量。

而且最重要的一点是，现在乌坦城中所有人都瞧出了萧家与加列家族之间的火气与杀意，他们此时帮助加列家族，无疑就是在得罪正如日中天的萧家。所以，在第一次出售了药材给加列家族之后，很多药材店都不敢再大规模地出售，而这般行为更是让加列家族雪上加霜。

如此一来，加列家族在乌坦城的药材来路，几乎已经被斩断了将近八成，剩余的两成，已经远远满足不了炼制疗伤药的需要。为此，百般无奈的加列家族只得用高价从其他城市收购药材，这才勉强缓解了药材不足的危机。可也正因如此，加列家族的利润再次大幅度缩水，要不是有着疗伤药利润的支撑，加列家族恐怕早已面临破产了。

现在的乌坦城中，萧家正借着疗伤药的东风，地位扶摇直上，甚至隐隐有盖过另外两大家族的势头。

喧闹的坊市，萧炎慵懒地行走在街道之中，身后跟着七八位身着萧家护卫服装的魁梧大汉，这些大汉的胸口处，无一例外地都绘有四颗或四颗以上的金星。显然，这些大汉都具备四星斗者的实力。

大街之上，人流颇为汹涌，很多浑身散发着血腥气味的凶悍佣兵，在见到这双手抱着后脑的懒散少年之后，都报以和善的笑容，偶尔有与他稍熟的人，更会取笑道:"小坊主,又来巡街啊?"

对于这种称呼,萧炎都会无奈地扯扯嘴,然后低声哀叹。半月之前,萧战忽然把他丢来管理这所坊市,美其名曰:锻炼。对于萧战的这个举动,萧家还着实争论了一番,十几岁就管理一所坊市,这在萧家还从未有过。不过最后,念在如今萧炎身份已经不同于往日的分上,一些人也只得答应,于是,在家中休息得好好的萧炎,便被丢了过来。

虽然坊市很大,但管理坊市并不会太过劳累。一些烦琐的街道划分,以及黄金地段商铺的价格讨论,他都丢给了父亲专门派给他的老管家来处理。每日他偶尔带着一群大汉巡巡街,处理下坊市中的安全问题,日子倒也过得安稳潇洒。

萧炎看似性子平和淡然,却极其喜欢和佣兵在一起谈论那些做任务时的刺激冒险、奇异魔兽,以及某处的山洞中前人所留的功法。如此种种,都将萧炎骨子里的冒险因子刺激得滚烫起来,让他恨不得现在就钻进那些人迹罕至的深山之中,去寻找那些神秘而强大的功法以及斗技。

萧炎年龄偏小,而且一张清秀的脸本来就不容易让人讨厌,再加上这家伙每次谈得兴起就会从怀中掏出限量疗伤药送人,这让那些性子豪爽的佣兵大汉对他颇有好感。久而久之,萧炎的这所坊市中老顾客的回头率,几乎是萧家几所坊市中最高的。

回想起这半个月来的事,萧炎有些感怀地轻笑了下,这种日子所剩不多了啊,顶多再过一个多月,他就得随药老外出修行,以后恐怕一两年时间内,都不会再回来。

将心头的一抹惆怅甩了出去,萧炎抬起头,看见一道有些猥琐的瘦小影子忽然从人群中快速地穿了过来。

脚步微顿望着这个衣衫普通的瘦小男子,萧炎眉头一皱,淡淡地道:"克鲁,不去干你的发财大业,跑我这儿做什么?"

面前的猥琐男子是坊市中有名的"金手指",呃,也就是小偷,对于这种生

长在阴影下的人，萧炎并没有异想天开地将他们完全革除。他心中清楚，凡事有正面就有背面，虽然这种人让人挺看不起，但是他们的消息极为灵通，乌坦城中不管何处发生的事，他们都知晓一些。

"嘿嘿，小少爷。"冲着萧炎谄媚地笑了笑，名叫克鲁的瘦小男子道，"小的是过来给您通报一声，刚才我接到手下的报告，说薰儿小姐几人在坊市外围，被一个不知底细的男子出言轻薄了。哦，对了，加列家族的加列奥也在其中，看样子好像还和那穿着一身丧服的家伙认识，他们有不少人。"

萧炎眼睛微眯，淡然的脸色缓缓地变得森寒起来。他微偏过头，轻声道："萧力，叫人，只要是活的，全部给我叫过来！"

"是！"一名大汉恭声应道，然后飞快地转身向着坊市内部跑去。

"带路。"转过头，萧炎对着克鲁扬了扬下巴，淡淡地道。

望着脸色忽然变得阴冷的萧炎，克鲁赶紧点头，屁话都不敢再说，连忙在前面带路。

"这王八羔子，竟然敢跑到我们萧家的地方调戏我……萧家的人，我萧炎今天若是让你安然无恙地走出坊市，那我就不当这坊主了！"舔了舔嘴唇，萧炎森然道，这让前面的克鲁身体一颤，速度再次加快。

坊市外围，柳席扫了一眼那被他一掌轰翻在地的萧宁，笑道："护花可得需要些本事，你还差了点！"

被柳席一番嘲笑，萧宁脸通红，双眼赤红地怒视着前者，咬牙切齿，恨不得冲上去和他拼命。

"萧宁，回来，你不是他的对手。"萧玉脸色有些冰寒，上前一步，轻声叱道。

萧宁咬了咬牙，衡量了一下双方的实力，只得不甘地退了回来。在心仪女孩面前如此丢脸，他只觉得羞愧欲死。

目光在萧玉身上扫了扫，柳席不由得赞叹道："又是一个美女，看来今日我的运气还真不错。"

"呵呵，柳席大哥，他们都是萧家的人，这女的名叫萧玉。"身后跟着一群彪形大汉的加列奥，笑眯眯地凑上前说道。

柳席将目光再次转移到那一直未曾开口说话的青衣少女身上："这个女孩子，又叫什么？"

望着柳席竟然打上了自己心仪之人的主意，加列奥嘴角略微抽搐，在心中恶狠狠地诅咒了一声，方才无奈地回道："她叫萧薰儿。"

"好名字。"柳席含笑地点了点头，不再与加列奥废话。他上前两步，佯作绅士般地笑着说道："在下柳席，不知能否邀请两位小姐一同逛逛坊市？呵呵，坊市中只要是两位小姐看上的东西，尽管算在在下头上。"说着，柳席微微侧开手臂，将自己胸口处的职业徽章炫耀般地露了出来。徽章之上绘着一个古朴的药鼎，在药鼎表面，一道银色波纹在日光的照射下，反射着异样光芒。

"一品炼药师？"见到柳席胸口处的职业徽章，周围的人群顿时失声惊呼，而这些惊呼声，也让柳席脸上的笑容越来越浓。

听着"一品炼药师"几字，萧玉俏脸微变，不过以她的性子，自然不可能因此就和这看上去贼眉鼠眼的家伙一起逛街，当下直接冷冷地拒绝道："没空，你找别人吧。"说罢，她一手拉起薰儿，转身欲走。

刚刚转身，几名大汉便从人群中钻了出来，将她们的去路挡住。

望着拦路的几名大汉，萧玉脸色一沉，回转过身，对着加列奥冷声喝道："这里是我们萧家的地盘，你是不是太嚣张了点？"

"呵呵，萧家？很强吗？不过就是靠着凝血散拉回了点人气罢了，若是我愿意，我可以很轻松地将你们萧家搞得元气大伤，回春散，不过是我随意做的疗伤药罢了。"柳席抚了抚雪白的袖子，得意地说道。

闻言，萧玉俏脸一怒，却并未怒骂出声。深知炼药师实力的她，不敢将话说得太过分，以免为萧家惹来一些不必要的麻烦。

萧玉会担心这些，可薰儿却不会在意这些烦恼，她现在只知道，这块类似人形状的垃圾，已经耽搁了她见萧炎的时间。

轻抬了抬眼，望着那满脸得意的柳席，薰儿小嘴微启，轻灵动听的声音中传出来的话，却让所有人发愣："垃圾就是垃圾，像你这种有点本事就四处炫耀的人，就算披上了炼药师的皮，那也依然只是个垃圾。"

大街上略微寂静，很多人都满脸错愕，这个看上去清雅动人的少女，骂起人来，竟然并不比别人逊色。

被薰儿在大庭广众下如此毫不客气地讽刺，心胸本来就不开阔的柳席，脸上的笑容逐渐收敛，阴沉地道："这么多年来，你还是第一个敢这么和我说话的人。"

"真是……好傻的对白。"

小手揉了揉光洁的额头，薰儿现在几乎已经能够确定，面前的这位，如果不是白痴的话，那就应该是自视甚高了。

"加列奥，动手吧。本来还想采取正当手段的，可惜她却不领情。"柳席脸色阴沉地挥了挥手。

"呃……"加列奥一怔，有些头疼地摸着脑袋，心头苦笑道，"这家伙究竟在想些什么啊？父亲所说果然不假，他除了会炼药之外，简直一无是处，为什么这种人都能成为炼药师？"

叹了一口气，加列奥只得干笑道："柳席大哥，我们加列家族，现在也惹不起萧家啊。"

"萧家？"冷笑了一声，柳席不屑地道，"只要能得到她，我就帮你们真正搞垮萧家，我除了回春散之外，还能炼制两三种别的丹药，若是炼出来，保管让萧家再次回到以前的那种境地。"

闻言，加列奥再次呆住，他没想到，这家伙竟然如此轻易就把老底自曝了出来，心中在窃喜之余，又一次感叹了一声：是不是智商越低，成为炼药师的概率就越大？随后，加列奥手掌一挥："抓住她们！"

听到加列奥开口，其身后的十多名大汉立刻满脸凶悍地对着薰儿三人围拢而去。

见对方如此嚣张，萧玉气得柳眉倒竖，她冷笑了一声，玉手在腰间一抽，一根绿色的长鞭狠狠地甩向那急扑而来的大汉，啪的一声，一条长长的血痕顿时出现在了后者脸上。

虽然萧玉是三星斗者，可那十多名大汉实力也在斗者级别左右，在打翻了两三名大汉之后，萧玉终于逐渐落入下风，有些狼狈地躲闪起来。

再次一掌将一名大汉轰得连连倒退，萧玉也俏脸微白地退后了几步。她转头对着萧宁喝道："带薰儿走，进去叫那小浑蛋出来！"

萧宁急忙点了点头，脸色忽然一变，急喝道："姐，小心！"

听着萧宁的提醒声，萧玉赶忙回过头，只见先前那被她狠甩了一鞭子的大汉，已经满脸狰狞地举起铁拳，狠狠地对着她砸了过来。

萧玉将斗气急速凝聚在掌心，刚欲狠扇而出，一道黑色影子却快速地闪现在身旁，接着一道凶悍的劲风，狠狠地砸在大汉脸上，巨大的力道直接让后者在地面上倒滑了好几米，方才缓缓止住身形。

"凡是刚才动了手的人，都废掉……"

萧炎手持一根精钢铁棍，脸色阴冷地瞥了一眼对面的柳席与加列奥，抿了抿嘴，淡淡的声音有着些许森然。

听到萧炎的声音，人群中，几十名手持同样铁棍的大汉，顿时犹如虎狼之众一般，满脸狞笑，蜂拥而出。

第二章
接受挑战

面对着几十名手持铁棍的四星斗者,先前还耀武扬威的十多名护卫顿时脸色惨白,还未来得及逃跑,一根根漆黑的铁棍便狠狠地对着他们身体各处招呼而来,片刻时间,凄厉的惨叫声就已响彻整条街道。

森冷地瞥了一眼对面脸色难看的加列奥,萧炎微偏过头,望着那因为羞怒而俏脸晕红的萧玉,语气稍微柔和了一点儿:"没事吧?你们过来也事先通知我一声吧,最近加列家族的那群浑蛋一直想找点麻烦。"

头一次被萧炎如此轻言细语地对待,萧玉明显怔了一怔,俏脸上的红晕悄悄地更盛了一点儿,她有些不知所措地胡乱移动着目光,说道:"出来的时候遇到薰儿,她说想过来看看,我就陪她过来了,哪知道会遇到这群浑蛋。"

萧炎无奈地摇了摇头,目光跳到一旁那因为他的出现而满脸雀跃的青衣少女身上,脸上的笑意越加柔和:"刚才骂得很痛快啊。"

听着萧炎的取笑,薰儿无辜地摊了摊手,抿着小嘴轻笑道:"我也不想的,只是有些看不惯他那副模样罢了。要知道,即使是当年的萧炎哥哥,也不敢当街抢人的哦。"

被薰儿偷偷地反击了一次，萧炎干笑着摸了摸鼻子，当年他虽然有些张狂，但是也不至于到这家伙的白痴地步吧？

"哟，这不是萧家小少爷吗？一年时间不见，听说你终于摆脱了废物的名头？"望着那与心仪的女孩亲昵交谈的萧炎，加列奥眼角一阵抽搐，在嫉妒心的驱使下，他发出阴阳怪气的笑声。

"他是谁？"柳席目光同样有些阴冷，先前那一直没对他正眼相看的薰儿，现在却和别的男子谈笑，这种打击，实在是让性子高傲得过了头的他难以接受。

"嘿嘿，柳席大哥，这可是萧家有名的'天才'，名叫萧炎，以前修炼了十多年，斗之气也才停留在三四段，不过不知道他吃了什么东西，在几个月前，直接蹦到了八段斗之气。"加列奥在柳席身旁阴笑着介绍道。

"一个连斗者都不是的东西，再'天才'，那不也是废物？"柳席冷笑道。

听着柳席此话，薰儿小脸微寒，秋水眸中，金色火焰闪掠而过。

伸手轻轻拍了拍身子略微紧绷的薰儿，萧炎淡笑着摇了摇头，偏过头，望着那一身白衣的柳席，目光随意地瞥了一眼他胸口处的炼药师徽章，微笑道："您应该就是炼制回春散的人吧？"

柳席一声冷笑，挺了挺胸口处的徽章，傲然道："没错，我就是加列家族请来的炼药师。"

萧炎似是恍然地点了点头，笑吟吟地道："难怪，如此低级药力的疗伤药，也只有您这种炼药师才炼制得出，您还真没愧对您老师的教导。"

听着萧炎此话，周围围观的佣兵顿时哄笑起来。因为前段时间加列家族牟取暴利的行为，这些佣兵对那回春散的制造者也有不小的怨气，现在见到萧炎竟然敢当面嘲讽，都感到有些畅快。

周围的大笑声让柳席的脸色缓缓阴沉，他双眼森冷地盯着萧炎："你这是在给你们萧家招惹一些惹不起的敌人。"

　　闻言，萧炎有些愕然，苦笑了一声，用手掌揉了揉额头。他实在是对这个自视甚高的极品有些无语，此人难道认为自己是哪位斗帝的亲传弟子不成？一个一品炼药师的确能够让萧家正视，不过若要说惹不起，却不过是一个笑话。

　　"唉，就这种智商也能成为炼药师？"萧炎叹息着摇了摇头。

　　手掌摩挲了一下脸，萧炎懒得再和这明显智商有些问题的家伙废话，他对着身后几十名大汉扬了扬手，笑吟吟地道："连主子一起打，既然人家敢到我们萧家地盘闹事，那我们也不必客气，不然会被人笑话的。"

　　瞧着萧炎如此举动，加列奥脸色微微一变，他可没想到萧炎竟然敢来真的。他转了转眼珠，冷笑着嘲讽道："还以为你长进了多少，原来不过是一个只会依靠手下的废物罢了。"

　　"你的激将法，很低级。"萧炎挥舞着手中的铁棍，轻声道。

　　"你愿意当作激将，那便是激将吧。像你这种废物，根本没资格与薰儿小姐走在一起。"加列奥讥讽道，眼瞳中悄悄地掠过一抹寒光，不怀好意地道，"你应该举行过成人仪式了吧？嘿，那也就是说，我现在向你挑战，你已经没理由再拒绝了。"

　　"你还真够无耻的，萧炎今年才十七岁，你已经二十三岁了，这种挑战，亏你说得出口。如果你想玩，本小姐陪你！"听着加列奥的挑战，萧玉柳眉微竖，手中长鞭一甩，在地板上带出一道浅浅的白痕。

　　嘴角微微抽搐，加列奥讥诮地道："你艳福还真是不浅，又有女人替你出头。嘿，就知道你是躲在女人身后的软货。"

　　"奶奶的，这小白脸太嚣张了。小坊主，我们帮你陪他玩玩。"望着咄咄逼人的加列奥，周围一些平日与萧炎关系不错的佣兵顿时大声嚷嚷道。

　　见到自己一番话引起这么大的反应，加列奥脸色一变，他的实力不过三星斗者，若真是引起了众怒，他心中还真有点虚。

　　瞟了一眼那依然面无表情的萧炎，加列奥拂了拂袖子，冷笑道："既然不敢

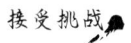

接受,那就算了。走吧,柳席大哥,这种连挑战都不敢接的人,没什么值得重视的。"

柳席阴笑着点了点头,目光垂涎地在薰儿身上停留了一会儿,方才恶狠狠地瞪了萧炎一眼,恨恨地道:"小子,等着吧,我要你萧家主动把人给我送过来!"

薰儿淡淡地瞥了柳席一眼,眸子中终于掠过一抹森然的杀意。

加列奥与柳席转过身,几名满脸冷漠的萧家大汉却出现在坊市门口,然后宛如一堵墙一般,将大门牢牢堵死。

"我知道你很想把我弄成残废,嗯,好吧,如你所愿……你的挑战,我接受。"正当加列奥也准备发信号叫人之时,少年淡淡的声音,忽然缓缓地在他身后响起。

闻言,加列奥先是一愣,旋即一抹狰狞的笑意在嘴角缓缓扬起:"你自己找死,那就怪不得我了!"

缓缓地回转过身,加列奥偏过头,嘴角的笑意有些狰狞:"柳席大哥,能不能让我来与他玩玩?"

柳席笑着点了点头,手掌不着痕迹地在身前微微一竖,阴笑道:"有机会的话,不要留情。"

加列奥笑着眯起了眼睛,柳席的话让他忽然想起了自己私下里与父亲加列毕的一次密谈。父亲当时刚好获知萧炎恢复修炼天赋的消息,在脸色阴沉地沉默了许久之后,极其严肃与冷漠地对加列奥说了一番话。

"如果以后哪天萧家那小子接受了你的挑战,你下手绝对不要留情,能当场将之击杀那是最好,就算不能,废了他的手或者腿,那也为加列家族减少了一个未来的恐怖敌人。"

脑海中缓缓地回荡着父亲在说此话时的严肃与冷漠,加列奥脸上的笑意也越加狰狞。他目光森然地瞥着不远处脸色平静的萧炎,似乎已然预感到,这位天才少年将会夭折在自己手中。

加列奥的信心来源于其本身实力，他现在不仅已经位列三星斗者，而且他所修习的功法，更是风属性的玄阶高阶功法——风卷诀，再加上所掌握的几种斗技，几乎已经能够越级挑战一名普通的五星斗者而不败。

而与之相比，萧炎虽然修炼天赋已经恢复，但是在几个月之前的成人仪式上，其实力也不过八段斗之气，就算这段时间，他的实力再次有所精进，那也不可能超越自己。对此，加列奥有着绝对的信心。

整条大街之中，不仅加列奥认为萧炎没有一丝胜利的可能，就算是围观的佣兵以及萧玉等人，也同样如此认为。不管萧炎天赋如何杰出，两者间的等级差距也容不得任何人忽视。

"这小浑蛋平日不是精明得过分吗？怎么会中那家伙如此低劣的激将法？"望着那肩扛着铁棍的萧炎，萧玉俏脸微沉，踏前一步，有些恨铁不成钢地怒声道："你这家伙什么时候变得这么容易逞强了？明知打不过，还接受什么挑战？活腻了是吧？"

听了萧玉的话，萧炎轻轻耸了耸肩，笑着说道："还没开始打，谁活腻了还不知道呢。"

"你……"望着顽固的萧炎，萧玉恨恨地跺了跺脚，直接挡在萧炎面前，手中绿色长鞭在空中甩得噼啪作响，"还是我来吧，我知道你潜力很不错，可那也是以后。"

瞧着背对着自己的萧玉，萧炎愣了一愣，他没想到这个一直和自己针锋相对的女人，在外人面前竟然会如此护着自己。他有些莫名其妙地挠了挠脑袋，问道："呃，你以前不是巴不得我被人打死吗？"

"你应该清楚你对家族的价值，所以，你不能随便接受别人的挑战，作为你的……表姐，我有义务帮你挡下一些危险。"

"呃，真是奇怪的言论。"萧炎挠了挠头，无奈地摇了摇脑袋，"不过还是算了，我的事自己能解决，女人家还是一边待着去吧。"说完，他猛地一紧手中铁棍，身形一侧，便绕过了挡在身前的萧玉，脚掌在地面一踏，径直对着那早已不耐烦的加列奥疾冲而去。

瞧着萧炎的举动，萧玉俏脸一急，手中长鞭刚欲将之卷回来，少女轻灵的嗓音却让她的动作停滞了下来："萧玉表姐，相信萧炎哥哥吧，他不是莽撞的人。若没有把握，他不会接受挑战的。"

"薰儿……"回过头，萧玉望着笑吟吟的薰儿，怔了怔，只得叹息着点了点头，只不过，玉手却依旧紧紧地握着长鞭。

"嘿嘿，小王八蛋，今天我要你后悔这愚蠢的举动。"盯着那手持铁棒疾冲而来的萧炎，加列奥冷笑一声，淡淡的青色斗气在手掌中急速凝聚。

加列奥立在原地，身形不动，双掌猛然曲卷成利爪般的模样，指尖之处，青色斗气汇聚成十根若隐若现的尖刺。他狞笑一声，手爪舞动，带起一阵破风之声，狠狠地对着萧炎攻去。

感受着那阵甚至能撕裂空气的尖厉声响，萧炎眼睛微眯，略微曲卷的左手猛地对着身前的地面挥出，一股无形劲气击打在地面上，反推之力顿时将萧炎猛冲的身形骤然止住。

望着萧炎如此灵活地控制因自身速度而产生的冲力，周围经验丰富的佣兵，顿时发出一片惊叹之声。

在身形止住的一刹那，萧炎手中的铁棍毫不停滞地脱手而出，犹如离弦的利箭，急射向加列奥的脑袋。

望着急射而来的铁棍，加列奥不屑地冷笑了一声，泛着青色斗气的手掌反手一握，旋即一震，身前空气略微波荡，几个淡青色的小风卷凭空出现。

铁棍在穿过几个小风卷之后，其上的力道被轻易化解。失去了力量支持，铁棍在距离加列奥脑袋仅有半米时，无力地掉落在地，发出一声清脆的声响。

"唉……"见到萧炎此次攻击被对方轻易化去，周围的人群顿时发出无奈的叹息声，拥有高级功法的加列奥，几乎已经立于不败之地了。

"姐，萧炎的情况似乎不太好啊。"望着场中失去了武器的萧炎，萧宁有些忐忑地说道。

萧玉沉着俏脸，闷闷地道："就知道逞英雄，现在可好，英雄没当成，却被人家欺负得丢尽了脸面。"沉默了一下，萧玉叹道："准备救人吧，我看加列奥那浑蛋，似乎想下狠手。"

萧宁讪讪地点了点头，不敢再去触她的霉头。

与忐忑的萧玉两人相比，薰儿却显得极为镇定，她眸子扫过场中处处落于下风的萧炎，小嘴噙着淡淡的笑意。

侧身有些狼狈地避开加列奥的一次攻击，萧炎身形刚退，那因为风属性功法而增加了速度的加列奥便紧逼而来，他手掌紧握，脸色狰狞地重重轰向萧炎脑袋。

身后不知何时已是一处墙壁，虽然已经避无可避，但是萧炎的脸色依然平静如水。他缓缓地吐了一口气，拳头之上，淡黄的斗气猛地涌出，然后带着前所未有的凶悍气势，终于与加列奥开始第一次正面碰撞。

瞧着那竟然选择与加列奥硬碰硬的萧炎，周围的人群都不由得哗然，两者级别明显相差极远，若是萧炎继续选择躲避，倒还能拖上一拖，可若要选择硬碰，无疑只有当场落败的结局。

就在所有人都为萧炎遗憾之时，萧炎那紧握的拳头却骤然摊开，一股突兀的强猛无形推力忽然凭空出现，最后隔空狠狠地砸在了加列奥的胸口之上。

胸口受到莫名劲气的攻击，加列奥迅猛前冲的身形直接被反射而出，脸色发白，充满狰狞的眼瞳中，慌乱急速闪过："这是什么斗技？怎么如此诡异？"

看着那在半空中突然诡异倒飞的加列奥，在场的很多人都满脸诧异。

"吸掌！"

摊开的手掌，对准倒飞而出的加列奥，萧炎眼光极其毒辣地选择了最好的时机。狂猛的吸力顿时将倒飞而出的加列奥猛地朝着这边狠狠扯了过来。

在半空中被当成皮球一般扯过来丢过去，加列奥心头变得极其暴怒，咬着牙望着那距离自己越来越近的萧炎，脸上泛起一抹残忍的表情。他右拳猛地紧握，青色斗气在拳头表面急速凝聚，最后竟然形成了一个小小的旋涡："玄阶低级斗技——青风旋拳！"

拳头在半空中带起尖厉的破风声响，巨大的风压居然将萧炎身旁地面上的杂物全部掀飞出去。

萧炎微眯着眼，感受着那迎面而来的强猛风压，他的脸色逐渐变得严肃，身体在沉寂瞬间之后，忽然猛地回转，右脚在墙面之上狠狠一踏，巨大的劲力在墙面上留下了一个约有半寸深的脚印。借着墙壁的反推之力，萧炎身体在半空中一个急旋，右脚绷成一个诡异的发力弧度，在这一刻，柔软的裤腿似乎都犹如钢铁一般坚硬。

"八极崩！"

紧抿着嘴，萧炎脸色森然，右脚在半空中完成近乎完美的蓄力之后，终于在众目睽睽之下，与加列奥的重拳交锋。

"别以为就你是三星斗者！"

在拳脚碰触的一刹那，萧炎右腿之上，黄色斗气急速涌现，加列奥脸色骤变。

嘭！拳脚相接，一声闷响犹如闷雷般，从交接处扩散而出。

咔嚓！交接的瞬间，骨头断裂的刺耳声响紧接着传出，萧炎与加列奥的身体几乎同时倒射而出。

身体重重地砸在背后的墙壁之上，萧炎喉咙一甜，一口鲜血喷射而出，星星点点地洒向地面。

望着吐血的萧炎，周围的佣兵都惋惜地叹息了一声，然而就在他们认为萧炎已经落败之时，那同时狠狠砸落地面的加列奥却忽然捧着右手，满地打滚地凄厉号叫起来。

围观者中，不乏眼力出众之人，当他们瞧见加列奥那几乎已经扭曲得变形的手臂之后，不由得倒吸了一口凉气，旋即满脸震撼。

有些喧闹的大街，在此刻突兀地安静了下来，众人震惊地望着那在墙壁下不断喘着粗气的少年，半晌之后，喝彩声轰然响起。

微张着红润小嘴，萧玉不可置信地望着那在地上凄惨号叫的加列奥，惊愕地道："那小浑蛋竟然赢了？"

"好像是吧，那家伙的手，被萧炎打断了……"萧宁咽了一口唾沫。萧炎下手的这股狠劲，让他有些心悸地想起了上次自己的惨状，不过这一次加列奥的状态，明显比当时的自己还要凄惨上十倍不止。望着加列奥那几乎已经钻出肉皮的骨刺，萧宁知道，这家伙的手多半废了。

听了萧宁的回答，萧玉半晌无语，狠狠地剜了一眼不断喘着粗气的萧炎："原来这小浑蛋早就晋升斗者，难怪有恃无恐。"

在地面上坐了有十多分钟，萧炎方才缓缓爬起，眼光森冷地瞥了一眼不远处目瞪口呆的柳席。他拖着已经麻木的右脚，捡起一旁的铁棍，满脸凶光，对着躺在地上号叫的加列奥艰难行去。刚才加列奥的出手，已经露出了对自己的杀心，对于想要自己命的人，萧炎同样不会表现出无谓的慈悲。

躺在地上，望着那越来越近的萧炎，加列奥在满脸怨毒之余，还有些恐慌。咽了一口唾沫，他也瞧清了萧炎眼中的杀意，不由得急忙道："我认输了！"

萧炎面无表情，似是没有听见此话一般，把手中的铁棍握得越来越紧。

看着场中那满脸冷漠的少年，即便一些常年在刀头舐血的佣兵，也不免有些心寒，现在的萧炎，很难让人将之与以前那成天微笑的少年重合在一起。

顿住脚步，萧炎居高临下地俯视着加列奥，忽然露齿一笑，然而那整齐洁白的牙齿，却让加列奥心中寒气直冒。到现在他才知道，这平日将自己掩藏在绵羊皮下的温顺的少年，其实有着一颗比他还要狠辣的心。

"死吧，垃圾……"

轻轻一笑，萧炎那漆黑的眼瞳中，杀意骤然暴涨，手中漆黑的铁棍带起破风之声，狠狠地朝着加列奥打去。

望着下手毫不留情的萧炎，加列奥脸色惨白，恐惧的神色笼罩着整张脸。

街道之上，瞧着那加列奥即将招架不住，在场的人都不由得轻吸了一口凉气。萧炎这干脆利落的举动，让很多人对他刮目相看。

萧玉微张着红润小嘴，全身僵硬地立在原处，萧炎这说杀就杀的利落性子，简直颠覆了以前他在自己心中的温和形象。萧玉怎么也想不到，那平日里与她打闹耍脾气的少年，真要发起狠来，竟然如此老辣。

所有人的目光都随着萧炎手中的铁棍移动着，然而，就在铁棍距离加列奥脑袋仅有半米时，一声暴喝却宛如炸雷一般，在街道之上突兀地响起："萧家的小子，挑战切磋而已，居然敢下如此狠手？"

听着这蕴含着暴怒的喝声，萧炎眼睛微眯，嘴角泛起一抹冷笑，手中铁棍不但未曾停止，反而以更加凶悍的力道，狠狠砸下。

"给我滚开！"萧炎的举动，明显激起了先前大喝之人的怒火，他一声怒骂，尖锐的破风劲气呼啸而出，犹如一抹青色闪电，从萧炎铁棍中间横切而过。顿时，坚硬的铁棍凭空断裂成两截，断口处光滑如镜。

铁棍被轻易切成两半，萧炎脸色微变，牙齿一咬，刚欲发狠用手中剩余的半截铁棍继续攻击加列奥的喉咙，那青色劲气再次袭来，强烈的风压竟然让萧炎呼吸有些急促。被他使劲砸下的铁棍，却犹如被一层看不见的风膜隔离了，无论如何都砸不下去。

嘴角抽搐了一下，萧炎右手紧握着铁棍，身体微偏，旋即猛然扭过，铁棍脱手而出，化为一道黑影，狠狠地射向半空之处飞跃而来的人影。

"哼！"见到萧炎居然敢出手攻击自己，人影冷哼了一声，双手曲卷成爪，在身前猛地一阵挥舞，浓郁的青色斗气形成几道淡青色的能量风刃。

手指一弹，风刃离手而出，将那一截铁棍切成十几块碎铁。

"小小年纪,心肠却如此狠毒,今天我倒要代萧战好好教训一下你!"在击碎铁棍之后,人影冷笑一声,双掌之中,青色斗气急速凝聚,一圈风卷在其脚下成形,然后将之驮负在半空之中,其身形犹如一颗炮弹一般,对着萧炎俯冲而下,手掌一挥,一道淡青色斗气风刃再次凭空出现,对着萧炎暴射而去。

风刃所产生的强烈风压,将地面上的杂物吹得干干净净,纤尘不染。

"教训我?你算个屁!还是管好你自己的儿子吧。"萧炎冷笑着摇了摇头,已经从斗气的属性中,认出来人正是加列奥的父亲——加列毕。

萧炎一脸平静地望着急射而来的风刃,在其靠近头顶大约五米距离时,猛地对着脚下地面击出一掌,无形劲气暴冲而出,在接触到地面之后,顿时将他的身形反冲上半空,身子在半空凌空一翻,然后稳稳地落在十几米开外的空地之上。

风刃落空,刺的一声,在坚硬的石板上留下一道几寸深的痕迹。

"父亲,杀了他!"望着那从半空中俯冲而下的人影,加列奥狂喜,旋即满怀怨毒地大喝道。

落下地来,加列毕脸色阴沉地望了一眼加列奥的手臂,脸皮微微一抽,眼瞳中掠过森寒的杀意。并未搭话,脚掌在地面一踏,他再次猛冲向萧炎:"让我来试试你这萧家天才究竟有何了不起之处。"

从加列毕的出现,到萧炎的急退,不过是片刻时间,当众人看到加列毕竟然以大斗师的身份偷袭一名少年斗者时,都不由得响起漫天嘘声。

"加列老狗,你个大西瓜还真有脸出手!"看着竟然不顾双方身份的差距,再次冲过来的加列毕,萧炎脸色终于变得有些难看,大骂道。

"小子,你打断了我儿子的手臂,想安然无恙地走,哪这么容易!"加列毕脚掌在地面一踏,身形竟然犹如一阵清风,诡异地出现在萧炎头顶之上,面无表情的脸上闪过一抹狰狞,拳头猛地紧握,其上汹涌的青色斗气急速凝聚成了巨大的青色旋涡。

"竟然还用玄阶斗技,加列老狗,加列家族的脸都被你丢光了!"感受到加列毕拳头上所蕴含的狂猛劲道，萧炎的脸色变得极为难看，他一只手掌悄悄地抚上了手指上的漆黑戒指。

不远处，望着身陷险境的萧炎，薰儿小脸微变，缓缓地轻吐了一口气，秋水般的眸子中，金色火焰逐渐燃烧，纤手之中，淡金色斗气也开始凝聚出凶悍的劲气。

然而就在萧炎准备自救，同时薰儿准备救援之时，一道充斥着暴怒的大吼声，再次突兀地在街道上炸响："加列老狗，我萧战的儿子，什么时候轮到你个杂种来教训了？"

喝声刚落，一道全身泛着火光的人影猛地从坊市之外闪掠而来，脚掌在一处房顶之上狠狠一踏，身形已闪电般地出现在萧炎面前。来人仰头一声大吼，吼声中竟然隐隐有着狮吟之声。

"狮山裂！"

脸色森然，萧战铁拳紧握，旋即猛地对着头顶之上的加列毕轰出，拳头之上，巨大的红色狮子头若隐若现。

轰！青红交接，宛如闷雷般炸响，让街道上的大部分人感到耳鸣。

半空中，交锋的两人身体微震，旋即身形暴退，萧战在退开之时，也顺带一把将萧炎抓在了身后。

萧战脚步急促地在地面上退后几步，每一步都在地上留下一个肉眼可见的脚印，由此可见双方对战的力量有多强悍。

化去劲气，萧战阴冷地瞥着不远处的加列毕，冷笑道："加列毕，你还真是活到狗身上去了，竟然有脸对晚辈出手。"

加列毕脸色阴沉，嘴角微微一抽，指着地上的加列奥，阴冷地道："他把我儿子打成这模样，萧战，今日你得给我个交代！"

"交代？交代个屁啊！刚才要不是我儿子机灵，现在躺地上的，就该换他了，到时候，我是不是得要你给个交代啊？"萧战嗤笑了一声，彪悍地破口大骂。

"这挑战,是你儿子发出的,在场的人都可以作证,而且既然是挑战,断胳膊断腿,很正常嘛,何必大惊小怪。"萧战脸上的凶悍气缓缓收敛,笑眯眯地道。

"你……"脸急促地抽搐了几下,加列毕望着那满场的戏谑目光,知道今日已经失去对萧炎出手的最好机会,只得咬牙切齿地道,"别让我抓住机会,否则……"

"这句话,反送给你。"萧战笑了笑,他的眼瞳中同样有凶光闪掠。

"好,好,等着吧!"加列毕怒极反笑,点了点头,上前将痛苦号叫的加列奥夹在手臂之下,转身就走。在经过柳席之时,加列毕望着他那目瞪口呆的模样,心中的怒火再次翻涌。他深吸了一口气,压抑着怒气沉声道:"柳席先生,走吧!"

"呃?那女孩……"柳席将不甘的目光投向不远处的薰儿。

眼角急促地跳了几跳,加列毕现在几乎有种当场拍死这脑中只有女人的白痴的冲动。拳头紧紧地握了握,片刻后,他强迫自己露出一个难看的笑容:"此事,回去后从长计议吧。"

"唉,好吧。"望着满脸"痛苦"的加列毕,柳席只得不甘地点了点头,目光再次在薰儿身上扫过,这才恋恋不舍地跟着加列毕离开坊市。

目送着狼狈的加列毕一行人走出坊市,萧战冷笑了一声,目光在周围扫了扫,然后转过身,望着嘴角有着一丝血迹的萧炎,目光缓缓柔和下来。他重重地拍了拍萧炎的肩膀,旋即咂了咂嘴,惋惜道:"小家伙下手还不够狠,加列毕就那一个儿子,如果你能把加列奥真正废了,那加列毕今天应该就会发疯了,等到了那地步,埋伏在外面的三位长老也就有借口联手击杀他了。啧啧,可惜了。"

闻言,萧炎愕然。

听着萧战此话,周围的佣兵不由得感到头皮发麻:难怪儿子如此狠辣,原来这当父亲的,还要更甚。

第三章
月黑风高杀人夜

漆黑的夜空之上,银月高悬,淡淡的月光为大地披上了一层银纱,看上去分外神秘。

在经过白日的喧哗之后,深夜的乌坦城,也陷入一片黑暗与寂静。

萧家,后院的房间内,少年正仰面躺在床榻之上,与夜空同色的漆黑眸子,此时却是寒芒悄涨。

"老师,你现在的这种状态,实力极限是多少?"再次沉默了半晌,萧炎忽然轻声询问道。

"怎么?"手指上漆黑的戒指中传出一句随意的反问声,片刻后,药老含糊道,"虽然现在只是灵魂状态,但是凭借着异火,对付一些大斗师或者斗灵这些小杂鱼,应该没什么问题吧。"

闻言,萧炎微喜,眼中却掠过一抹寒意。

"你想去杀了白天那小子?"见到萧炎这模样,药老诧异地问道。

"加列奥还不值得我费这么大的心思。"萧炎笑了笑,淡淡地轻声道,"两个

月时间快要到了，我有点失去和加列家族继续耗下去的耐心了。所以，我想偷偷地把那叫柳席的炼药师给解决了，只要那炼药师一死，没有疗伤药来源的加列家族，就会失去仅剩的一点儿市场，到时候，就算他们家族还能生存，那也将会势力骤减，从此再难对萧家造成威胁。"

"唔，真是因为失去耐心了吗？以你的性子，可不像是浮躁的人啊。"沉默了一下，戒指之中传出药老的戏谑声，"看来你对那位叫薰儿的妮子还真的很在意啊。"

闻言，萧炎感到脸皮有点烫。被揭穿了心底所想，他顿时有些恼羞成怒："我时间本来就不多了，哪能陪他们一直玩下去？就算今天没遇见那家伙，我也要开始用些别的手段了。"

"好吧，好吧，不关那妮子的事……"瞧着萧炎这模样，药老大笑了几声，笑声中的戏谑，让萧炎无奈地翻着白眼。

"既然想动手，那便动身吧，我是灵魂状态，所以还要借你的手。"停止取笑，药老说道。

急忙点了点头，萧炎飞快地跃下床榻，从怀中掏出暗红色的纳戒，然后取出一套早已经准备好的漆黑大斗篷，极其熟练地套在身上，顿时，身材单薄的少年，便变成了臃肿的神秘黑袍人。

"走吧，你什么都不用做，我来控制你的身体就好，有我的灵魂包裹，你也不用担心被人从气息中分辨出身份。"见到萧炎准备完毕，药老笑着提醒了一声。

"嗯。"点了点头，萧炎轻手轻脚地行至窗边，犹如做贼一般地四处望了望，这才起身跳了出去，身形在半空急落而下，一股莫名的强大力量从手指上的戒指中传了出来。

莫名的力量迅速地包裹了萧炎全身，顿时，急降的身形竟然突兀地悬浮在了半空。脚掌在一处房顶之上轻轻一点，漆黑的身形宛如一头隐藏在黑暗中的鹰鹫，悄无声息地掠出了萧家，最后消失在黑茫茫的夜色之中。

加列家族。

"柳席先生真的还能炼制别的丹药？"灯火通明的大厅之中，本来心情极度阴沉的加列毕，听得面前柳席的得意声音，先是一怔，紧接着大喜地问道。

非常满意加列毕这副惊喜的模样，柳席端起身旁的茶杯喝了一口，脸上的表情颇为自傲："除了疗伤药之外，我还能炼制一种极其适合佣兵的丹药，丹药名为蓄力丸，此药能够在短时间内让服用之人增加一成左右的力量。"

闻言，加列毕脸上又多了几分的喜悦，如果真的能够炼制出这种药效如此特别的丹药，那加列家族就能借此拉回不少的人气，最后说不定还能再次压下萧家。

"不过这种蓄力丸，并不能如同疗伤药一般地大规模炼制。以我的实力，恐怕一天顶多只能炼制二十粒。"柳席有些惋惜地道。

"呵呵，二十粒就二十粒，我们可以弄出类似拍卖会的形式，价高者得嘛，反正疗伤药才是主道，我们只是依靠这东西拉回人气。"加列毕摆了摆手，笑道。

"嘿，加列族长，这蓄力丸，我的确能够炼制，不过按照我们的约定，我似乎只负责炼制疗伤药吧？"见到蓄力丸勾起了加列毕的念头，柳席却是眼珠一转，忽然笑道。

脸色微微一变，老奸巨猾的加列毕如何不知道这家伙在打什么主意，不过到了这种时候，他也只得干笑着问道："那柳席先生的意思是？"

"呵呵，放心，我知道加列家族现在的状况，所以不会再狮子大张口。"望着松了一口气的加列毕，柳席眼瞳中掠过一抹坏笑，"在下只是想请加列族长帮忙把那个叫萧薰儿的女孩给弄过来。"

加列毕脸上的笑意还未露出来，便骤然僵硬，眼角一阵抽搐。他没想到，这色胆包天的家伙，竟然直接把念头打到萧家头上去了。

"柳席先生，如果我们加列家族动了萧家的人，那萧战就有借口对我们加列

家族正面宣战，到时候，恐怕就不再是这种经济上的对决，而是要真正地拔刀相向了啊……"叹了一口气，加列毕苦笑道。

手指弹了弹桌子，柳席嘿嘿笑道："这些不是我要思考的问题，不管族长是打算硬抢也好，下药迷昏拖走也罢，我只要结果。只要族长能把她弄过来，我就随时开工炼制蓄力丸。"

眼角再次急促地跳了跳，加列毕即使怒意大盛，也只得强笑道："能否让我想想？明日再给先生答复可好？"

"嘿嘿，也好，那族长便想想吧，走前多嘴一句，其实现在的加列家族与萧家，本来就已经势同水火，又何必怕再多这么一桩恩怨？"柳席阴声笑了笑，站起身来，拍拍屁股，大摇大摆地走出大厅。

望着消失在转角处的柳席，加列毕阴沉着脸，半晌后，方才长吐了一口气，森然道："这个满脑子都是女人的王八蛋，迟早要死在女人身上。"

后院的一处房间之中，萧炎的身形隐藏在黑暗之中。

"那家伙回来了。"戒指之中药老轻声道，萧炎躲在隐蔽的角落，透过细小的缝隙，将房间内的一切收入眼中。

嘎吱……木门被缓缓推开。

"准备动手吧。"萧炎在心中出声道。

"好……等等，有变故！"好字还未说完，药老的急喝声让萧炎心头猛然一紧。

被药老的喝声吓出了一头冷汗，萧炎身体立在原地，动也不敢动。

"左边！"萧炎心中，药老的轻声再次传出。

听到提醒声，萧炎缓缓地扭转脑袋，将目光投向房间左边的窗口之处，眼瞳骤然一缩……

那原本紧闭的窗口，不知何时已经被打开，淡淡的月光挥洒而进。那在眨眼之前还空空荡荡的窗户边缘，此刻，一名身着金色裙袍的少女，却诡异地站立其上。月光洒进，照在少女那张精致的小脸上，少女宛如月光中的女神一般，绚丽而神秘。

望着那不知何时出现在此处的少女，萧炎忽然感到喉咙有些发涩，心中呢喃出了一个名字。

"薰……薰儿?"

愣愣地望着那犹如鬼魅一般出现的少女，半晌之后，萧炎惊疑地轻声喃喃道："她来这里干什么?"

"嘿嘿，看这情况，似乎她和你是一样的目的啊。"药老轻笑道。

微微皱了皱眉头，萧炎将身体完全地缩进阴影之中，旋即有些迟疑地在心中询问道："薰儿的实力……怎么变得这么强大了？看她先前出现的速度，恐怕不会弱于一名大斗师吧?"

"她的真实实力，的确如你平日所见到的，不过现在的她，明显动用了一种秘法，使得自己在一段时间内提升了实力，以她的身份背景，拥有这种神奇的秘法，并不稀奇。"药老淡淡地笑道。

闻言，萧炎略微愕然，旋即苦笑了一声，心头对薰儿的神秘背景再次发出无奈的感叹。他摇了摇头，不再说话，视线透过面前的纱帘，注视着有些诡异的房间。

身为六星斗者的柳席，终于察觉到一点不对劲的地方，他略微迟疑了一下，然后缓缓地扭过脖子，目光投射到那大开着的窗户之上。

窗户上，身着金色裙袍的少女慵懒地斜靠着窗，一对泛着些许金色火焰的眸子，淡漠地注视着房中的男子，素手之上，金色火焰犹如精灵，跳动起妖异的轨迹。

柳席呆呆地望着那沐浴在月光中的少女，缓缓移动的目光，停留在那张淡漠的精致小脸之上，眼瞳之中不自觉地浮现出一种醉意。饶是此刻气氛不对，可面对着少女那几乎毫无瑕疵的容貌与空灵脱俗的气质，柳席依然忍不住有些失神。

然而在失神了瞬间之后，柳席极其突兀地猛然转身，脚掌在地面重重一点，身形犹如一支离弦的箭，疯狂地对着门口冲去。在这种诡异的气氛之下，一股临近死亡的阴冷感觉，终于将他的欲火完全熄灭。柳席虽然自大，但是他不会真的认为，在这种时候，这名诡异出现的少女会是专程过来找自己谈心的。

虽然房间宽敞，但是以柳席的速度，从床榻到达门口，不过短短几秒时间罢了。望着那近在咫尺的木门，柳席眼瞳中闪过一抹喜意，只要出了房间，他就能大声吆喝，到时候，听到呼救声的加列毕，就能立刻赶来救援。

然而，就在柳席即将碰触到门板之时，双脚猛然一痛，快速奔跑的身形顿时倾斜而下，最后狠狠地砸在地面上，几颗牙齿伴随着鲜血，被柳席一口喷了出来。

柳席满脸恐惧地低下头，只见那双腿之上不知何时出现了两个拳头大小的血洞，血洞边缘一片焦黑，隐隐有着焦煳之味传出。

"来人啊，有人要刺杀我！"

腿上的剧痛几乎让柳席晕过去，不过此时，他却咬牙扛了下来，张口拼命地嘶声大喊。

"不用叫了，房间被我的气息包裹了，没人听得见的。"少女淡淡地道。纤指轻弹，一根金色的火焰利刺便在指尖凝聚成形。看来，柳席腿上的创伤，应该便是这东西所伤。

"你……你究竟想干什么？你要什么？钱？丹药？我什么都给你，只要放过我！"惊恐地望着少女，柳席脸色惨白。

淡漠地瞟了一眼瘫在地上不断蠕动的柳席，少女轻灵地跃下窗台，莲步微移，缓缓走向柳席。

望着那从窗台跃下的薰儿，萧炎这才发现，原本薰儿那只是齐及腰间的青丝，现在却一直垂至娇臀，这应该便是那所谓的秘法所致。

宽敞的房间之中，身披象征着高贵的金色裙袍，少女淡漠地对着那在地上不断哀号的柳席行去。在行至其面前时，她顿住脚步，低下头，忽地轻轻一笑，刹那间的笑容，让柳席心头狠狠一跳。

"你不是想让人把我捉过来吗？"薰儿缓缓蹲下身子，轻灵的嗓音中蕴含着淡淡的森冷。

柳席咽了一口唾沫，因为恐惧，冷汗几乎打湿了整张脸。

"我其实很讨厌动手杀人的……"望着满脸恐惧的柳席，薰儿忽然轻叹了一口气。

闻言，柳席眼瞳中掠过一抹希冀，然而他还来不及出言求饶，少女那骤然寒起来的俏脸，却将他打进了绝望的深渊。

"我其实并不介意一些无谓目光的，可为什么你要出言侮辱他？你有什么资格侮辱他？虽然他或许不会在乎你这种垃圾，但是我不能！真的不能！"随着少女语气骤然变冷，其纤指之上的金色火焰尖刺，猛然脱手而出，化为一抹金色闪电，狠狠刺进柳席胸膛之处。

遭受致命重击，柳席眼瞳骤然一缩，惨白的脸缓缓变成灰暗，眼球略微凸出，看上去极为恐怖。

淡漠地瞥了一眼生机逐渐丧失的柳席，薰儿站直身子，轻叹了一口气，冷漠的小脸上流露出一抹无奈，低声喃喃道："若不是怕萧炎哥哥怪我多事，这乌坦城早就没了加列家族，哪还会有这么多麻烦事……"

轻摇了摇头，薰儿目光随意地在房间内扫了扫，身形微动，再次出现之时，便已到了窗户之前，娇躯一跃，最后消失在夜色之中。

"啧啧，这妮子看起来温婉可人，没想到杀起人来，也是这般的干脆利落，嘿嘿，看来你这次捡到宝了。"在薰儿消失之后不久，药老戏谑的声音，在萧炎心中响了起来。

萧炎苦笑着摇了摇头，低叹道："今天晚上，似乎是白来了。"

"嘿嘿，那可不一定，那妮子虽然下起手来不留情，但是毕竟年龄太小，经

验还是不足。"药老淡淡地笑道。

闻言，萧炎一怔，愕然道："什么意思？"

"看着吧……"药老神秘一笑，旋即沉寂。

见到药老这模样，萧炎只得无奈地摇了摇头，继续将身体缩进黑暗之中，目光紧紧地注视着房间内的一举一动。

略显昏暗的房间之中一片寂静。

再次静等了十多分钟，就在萧炎眉头开始皱起来之时，他那偶尔瞟到柳席尸体的眼瞳，却是微微一缩。

门口处，那原本已经失去了生机的柳席，手掌却不可察觉地一动，片刻之后，那紧闭的眼睛竟然缓缓地睁开，脸上的灰暗，居然也退去了许多。

望着胸口上的血洞，柳席轻吸了一口凉气，眼睛中充斥着怨毒："该死的女人，要不是我在出来的时候从老师那里偷来一枚龟息丹，今天就真的要栽在这里了。"

艰难地伸出手掌，柳席从怀中掏出一个小玉瓶，小心翼翼地从中倒出一些白色粉末撒在伤口之上，然后再次掏出一枚淡青丹药，毫不迟疑地咽进肚中。做完这些轻微的动作，柳席的脸色却再次惨白了几分。

"这次受重伤，恐怕需要半年时间才能痊愈，明天便让加列家族送我回去，然后把老师请过来。只要有老师帮忙，萧家就绝对没好日子过，到时候我一定要找你报仇！"狰狞地咬着牙，柳席惨白的脸上充斥着怨毒。

"抱歉，打扰一下，你或许没有回去的机会了……"就在柳席幻想着那高贵少女被自己蹂躏的惨状之时，淡淡的笑声忽然突兀地在房间中响起。

突如其来的声音，让柳席身体骤然一僵，脸上的神情剧变，他艰难地扭转过头。

全身笼罩在黑袍之下的人影，正从阴影之中缓缓走起。

"马虎大意的丫头，看来还需要我来料理一些后事啊。"黑袍之下传出少年的笑声，他手掌轻探而出，森白的诡异火焰缓缓腾起。

"异火？"望着这团诡异的森白火焰，柳席眼瞳一缩，惊骇地失声道。

"恭喜你，答对了，有奖。"

微微一笑，黑袍人手掌一挥，森白的火焰顿时脱手而出，闪电般地将柳席覆盖其中。瞬息间，还未来得及大喊出声的柳席，便被迅速烧成了一堆灰烬。从此，名为柳席的一品炼药师，彻彻底底地消失在了这片大陆之上。

冷漠地拍了拍手，黑袍人手掌一挥，一股劲气将地面上的灰烬扫得干干净净，他这才优哉游哉地跃上窗户，然后腾空掠出。

没有惊动任何人地掠出加列家族，黑袍人脚尖在一处房顶轻轻一点，身形刚刚飘出几十米，却骤然停下。他无奈地轻叹了一口气，缓缓抬起头。

在对面不远处的一处楼阁边缘之上，身着金色裙袍的少女，随意地摇晃着雪白的小腿，蕴含着淡淡金焰的秋水眸子，正慵懒地盯着那停顿在房顶之上的黑袍人。

"你究竟是谁？"

纤指掠过额前被夜风拂起的青丝，少女抬了抬精致的下巴，轻灵的嗓音在这片小天地缓缓回荡。

"你究竟是谁？"

听到少女淡淡的轻灵嗓音，黑袍人无奈地耸了耸肩，略微沉默之后，苍老的声音缓缓传出："我想你应该在萧家见过我吧？"

薰儿眼波流转，随意地轻声询问道："你去加列家族做什么？"

"受人之托，解决点麻烦。"

"受谁之托？"秋水眸子眯起浅浅的弧度，薰儿紧追着询问。

"呃，这可不能说。"摊了摊手，药老笑道。

"可我想知道。"精致的小脸上扬起淡淡的笑容，薰儿脚步朝前一踏，身形竟然悬浮在半空之上，淡金色的火焰螺旋尖刺，在纤手之上急速凝聚。

"嘿嘿，小丫头，我知道你现在很强，不过凭此就想要拦住老头儿我的话，却还差了点。"药老笑道。

薰儿柳眉微蹙，却不再言语，素手一扬，指尖之处几根高速旋转的金色火焰尖刺继续浮现。

望着薰儿这不肯罢休的模样，黑袍中的两人顿时有些头疼。叹了一口气，药老无奈地道："我可不想和你动手，万一伤到哪里了，那家伙会心痛的。好吧，好吧，怕了你了，今天有个不长眼的东西调戏了某个家伙极其重视的一个女孩子，而那家伙又刚好认识我，所以，我就被他叫来当苦力了。唉，也不顾及我这老头儿这么大的年纪，大半夜的跑来跑去容易吗？"

薰儿轻轻眨了眨眼，一抹红晕缓缓地浮上那逐渐解冻的精致小脸。她小手一翻，手中的火焰尖刺便缓缓消散，目光瞥向黑袍人，笑吟吟地道："老先生果然和萧炎哥哥有关系。"

"嘿，这称呼变得还真快。"药老笑了笑，道，"你恐怕早就猜到我与萧炎有关系了吧？"

"以前只是猜测而已，却拿不准。"薰儿笑着摇了摇头，在半空中对着药老盈盈行了一礼，微笑道，"虽然并不知道老先生的来历，但是一年之前萧炎哥哥能够抛弃以往的颓废，想必与您有一些关系吧？"

药老淡淡地笑了一声，不置可否。

美眸紧盯着黑袍人，薰儿甜甜一笑，轻声道："不管老先生出于何种目的接触的萧炎哥哥，还请老先生千万不要对他隐藏一些别的念头，因为薰儿会仇视任何一个对萧炎哥哥产生威胁的人。或许老先生很强，可相信薰儿，我有说这种话的能力。"

"啧啧，好个强势的妮子。"听着薰儿这暗藏着淡淡威胁的话语，药老一愣，旋即笑道。

"我只是不想看到萧炎哥哥被人蒙骗受伤而已。"轻声笑了笑，薰儿再次对着药老行了一礼，含笑道，"天色不早了，薰儿得回去了，今夜老先生的所见，还请不要和萧炎哥哥提起。"

"放心，我不会提一个字。"药老点了点头，旋即戏谑地在心中添了一句，"因为他已经自己听见了。"

见到药老答应，薰儿微微一笑，刚欲回转过身，一道绿影却忽然破风而来，略微一愣，薰儿小手一挥，将之吸进手中。

望着手中的小玉瓶，薰儿怔了怔，将目光投向房顶上的黑袍人。

"你使用了秘法，这几天时间内，恐怕会有点虚弱，这瓶养气散，你留着吧，早点恢复过来。"药老淡淡地笑道。

薰儿握了握手中的玉瓶，冲着黑袍人感激地点了点头，脚尖在虚空轻点，身形便急速射进黑暗之中，逐渐消失不见。

站在房顶之上，望着消失在视线尽头处的背影，药老忽然轻叹了一口气，喃喃道："当年你小子偷偷溜进人家女孩屋里，莫名其妙地搞了通毫无作用的温养脉络，竟然误打误撞地把人家女孩一颗心给搞了回来。唉，说起来，你还真是个好运得让人嫉妒的家伙。"

黑袍下，萧炎摸了摸鼻子，他心中也清楚，若不是小时候的那件事，恐怕长大后的薰儿，对待自己的态度，与对待萧宁等人，还真的不会有太大的区别。

当然，这些假设在现实面前都不成立。嘿嘿，谁让他在女孩心灵最脆弱的时候，悄无声息地闯了进去，并且还无意地在人家心中烙了一个属于他的印记。

有些得意地笑了笑，萧炎双手悠闲地抱着后脑勺，然后任由药老控制着身体，迅速地朝萧家方向弹射而去。

在到达萧家之后，萧炎怕被薰儿察觉，特地小心翼翼地绕过她所住的那片院子，这才降落到自己房间之外，然后飞速地蹿进房内，轻轻地关好房门与窗户。

进入房间，萧炎飞快地除去身上的大黑斗篷，将之收进纳戒之中，这才重重地松了一口气，软软地倒在床榻之上，懒懒地轻声自语道："唉，真是一个美妙

的夜晚啊。"

翌日，清晨，加列家族。

加列毕此时的脸色，阴沉得有些恐怖，丝丝森冷的气息从其体内散发出来，将那跪在地上的美貌侍女吓得瑟瑟发抖。

目光阴冷地在柳席居住的这个房间中细细扫过，加列毕寒声道："你说柳席失踪了？"

"是的，族长，婢女问过外面值勤的护卫，可他们都未见过柳席大人。"侍女战战兢兢地道。

"从他昨夜进屋之后，我便察觉到，他一直未出来，而且加列家族仅有的两处大门，都有斗师级别的强者看守，以他的实力，绝对不可能悄无声息地出了加列家族！"加列毕阴声道。

"婢女也不知。"侍女脸色惨白，生怕加列毕会因此而怪罪于她。

眼角急促地跳了跳，心情几乎成了一团乱麻的加列毕深吸了一口气，没有再理会颤抖的侍女，缓缓地在房间各处角落踱着步子。

见到加列毕的举动，这名侍女也不敢再出声，跪着的身体丝毫不敢动弹。

加列毕一步一步地在安静的房间之中走过，在走至一处角落之时，他脚步骤然一顿，眼瞳紧缩地死盯着墙角处的一小团白色粉末。

心脏狂跳地蹲下身子，加列毕用手指拈起一点儿粉末，放在鼻下轻嗅了嗅，阴冷的脸色瞬间化为惊骇。深深地吐了一口气，加列毕忽然察觉到自己的脚跟有些发软，一股寒气不可抑制地从心底缓缓散发而出。

"柳席……竟然在我的眼皮底下被人杀了？"

第四章
半路毁药

等到萧炎从沉睡中苏醒过来之时,天色已近大亮。温暖的阳光从窗户的缝隙中射进,在地上留下点点光斑,同时也将房间照得颇为亮堂。

直起身来,萧炎睡眼蒙眬地坐在床上愣了好半晌,方才将脑中残余的睡意驱逐,甩了甩逐渐清醒过来的脑袋,懒懒地下床,然后随意地洗漱一番。

刚刚洗漱完毕,门口处,便传来轻轻的敲门声以及少女轻柔的声音:"萧炎哥哥,还没起来吗?"

听着这声音,萧炎眉头挑了挑,快速地将脸上的水渍擦去,然后行至房门处,嘎吱一声,将房门缓缓拉开。

房门打开,略微刺眼的日光忽然射进,萧炎习惯性地闭了闭眼,半晌后缓缓睁开,将目光转移到那正俏生生地立在门口的青衣少女身上。

今日的薰儿,依然是一身清淡的青衣,得体的服饰配合着那宛如青莲般空灵脱俗的气质,让房中的少年忍不住地在心中赞了一声。

目光停留在那有些苍白的精致小脸之上,萧炎眉头不由得微微一皱:"怎么

搞的?"

薰儿水灵的大眼睛紧紧地注视着萧炎的表情,却发现除了责怪之外,并无其他。她顿时甜甜地笑道:"身体有些不舒服,没什么大事。"

"不舒服?"眉尖挑了挑,萧炎抬脚走出房间,将房门关好之后,手掌忽然拉起薰儿的小手,一缕淡淡的温和斗气在灵魂感知的控制下,缓缓地在薰儿体内转了一圈。

片刻之后,萧炎面无表情地收回了斗气,心中却轻叹了一声,看来薰儿昨夜所用的秘法的确很耗精力。现在她的体内,几乎只有几缕微薄的斗气在流转着,这显然是那种秘法所造成的后遗症。

此时的清晨,起来晨练的族人并不少,望着那站在门旁亲昵地拉在一起的薰儿与萧炎,他们都不由得满脸羡慕。

"萧炎哥哥。"薰儿小脸微红,挣了挣手,轻声嗔道。

"真不知道你究竟干了些什么,竟然虚弱成这模样。"放下薰儿的小手,萧炎板起脸,低声斥道。

薰儿灵动的大眼睛在萧炎板起的脸上扫了扫,依然未发现别的什么东西。她悄悄松了一口气,笑道:"昨天越级修炼了一些斗技,所以才弄成这样,休养几天就好,萧炎哥哥不用担心。"

翻了翻白眼,萧炎只得无奈地摇了摇头,陪同薰儿在家族中吃过早餐之后,便找了个借口,悄悄溜出了家族。

在乌坦城内逛了逛,顺便打听了一些有关加列家族的消息,柳席的失踪,绝对能在加列家族引起一些轰动,然而出乎萧炎意料,他却并未发现加列家族今日有何不对劲的地方,坊市照开,丹药照卖,与往日几乎没有任何区别。

"嘿,这加列毕还真不愧是一族之长,竟然能把这消息给压了下来。不过,你能压一天,难道还能压一月不成?等你将剩余的疗伤药销售完毕,我看你又能如何?"冷笑了一声,萧炎沉吟了一会儿,便朝着城市中央的米特尔拍卖场行去。

在拍卖场外的偏僻之所，萧炎依旧如同以往一般换上了大黑斗篷，将身形完全遮住后，才进入人流涌动的拍卖场之中。

刚刚进入拍卖场，萧炎便被一个俏丽的侍女恭敬地引进了候客厅，在厅内闲坐片刻之后，身姿婀娜的雅妃，便笑吟吟地出现在了萧炎面前。

"呵呵，真是贵客，萧炎弟弟今日怎么有空来拍卖场？"雅妃端起茶壶，亲自弯腰替萧炎斟满一杯茶水，然后嫣然笑问道。

萧炎从怀中掏出暗红色的纳戒，然后从中取出五只小玉瓶，淡淡地道："喏，今日是过来完成约定的。"因为雅妃已经知道自己的身份，所以萧炎不再让药老代替说话，直接恢复了少年的清朗声调。

雅妃的目光，自从小玉瓶出现之后，便紧紧地盯在了上面，妩媚的俏脸之上，惊喜涌现。在萧炎身旁的椅子上优雅地坐下，雅妃小心翼翼地捧起一只小玉瓶，细细地打量了一番，然后微微倾斜瓶口，一粒泛着碧绿色光泽的圆润丹药，调皮地从中滚出。

深嗅了一下那扑鼻而来的药香，雅妃美眸微眯，半晌后，方才谨慎地将丹药放回，冲着一旁的萧炎露出笑容："看来萧炎弟弟似乎准备对加列家族有所行动了，不然又怎会提前来完成约定？"

闻言，萧炎不置可否地耸了耸肩，从怀中掏出一个纸卷，上面写有几种药材，这些药材都具有养气的功效。这些自然是为薰儿那妮子准备的，看着她那虚弱的苍白脸色，萧炎实在有些心疼。

接过萧炎的纸卷，已经有过好几次经验的雅妃也知道萧炎的意思，没有丝毫废话，直接叫来侍女，然后让其速去准备。

坐在安静的候客厅中，萧炎沉默了一会儿，忽然轻声询问道："加列家族似乎在其他城市寻找到了药源？"

"嗯，加列家族现在正在与特兰城的一个药材家族合作，不过他从那里购买的药材，要比乌坦城内贵上四成之多。"雅妃点了点头，笑道。

"还真是舍得。"戏谑地摇了摇头，萧炎微笑道，"能给我一些关于他们运输药材路线的情报吗？"

闻言，雅妃捧着茶杯的玉手微微一颤，美眸惊异地盯着身旁的少年，讷讷道："你又想干什么？"

"抢东西。"

苦笑了一声，雅妃叹息道："加列家族惹到你这小煞星，还真是够倒霉的。"

摇了摇头，雅妃略微沉默，起身走出候客厅，半响后，手持一个卷轴回来，将之交给萧炎，低声道："我接到特兰城拍卖场的一些情报，两天之前，加列家族再次购买了一批价值四十万金币的药材，这批药材，今天下午应该就能到达乌坦城。这些药材，加列家族只预交了十万订金，其余三十万还是赊欠。护卫药材的队伍，是加列家族的护卫，其中斗师三名，大斗师一名，还有几十名实力在斗者级别。"

"四十万？真是大手笔。"轻声笑了笑，萧炎将卷轴收进纳戒之中，笑声缓缓变冷，"若是这批药材没了，我看他们如何向那边的药材家族交代，现在的加列家族已经濒临破产，而这三十万的欠款，便是压倒骆驼的最后一根稻草！"

萧炎抬起头，望着那端着药材走进来的侍女，冲着雅妃感谢地拱了拱手，上前接过药材，然后头也不回地走出了大厅。

坐在椅子上望着萧炎那走得干脆利落的背影，雅妃苦笑着摇了摇头，轻叹道："这小家伙，行事手段与年龄简直太不相符了，加列毕那老家伙，这次恐怕真要栽了……"

宽敞的大路之上，七八辆马车正在缓缓行走着。天空中，烈日高照，炎热的阳光将马车周围的护卫晒得大汗淋漓，一道道烦躁的喝骂声，不断地在道路之上响起。

加列怒——加列家族仅余的两位长老之一，如今已晋升三星大斗师，这般实力,放眼乌坦城,那也算是排得上号的强者。此次由他来护卫药材运输队,可见加列家族现在对这些药材有多重视,不过似乎到现在加列怒还没有得到柳席已经失踪的消息,不然,他恐怕会立马将这些高价药材退还回去。

在一辆马车之上,加列怒盘膝而坐,任由马车如何颠簸,身形却岿然不动。长达两天的奔波,实在是让平日养尊处优的他有些不耐烦。

"都是那该死的萧家害的,迟早要弄垮他们。"咬牙切齿地骂了一声,加列怒略微向后偏了偏头,目光透过车窗望向后面那堆放整齐的各种低级药材,面无表情的脸上露出一丝无奈。虽说纳戒能够让运输变得极其方便,但低级纳戒不过两三平方米的空间,想要用低级纳戒来装这些药材,恐怕至少需要五枚才有可能,然而纳戒造价昂贵并且稀有,即使整个加列家族,也不过区区两枚,所以他们只得选择用笨重的车辆来运药材。

疲倦地眨了眨眼,加列怒刚欲小寐一会儿,却发现前方的车辆忽然停了下来,而且隐隐有喝骂声传来。

眉头一皱,加列怒刚欲叫人询问情况,一名护卫从前方跑过来,急声报告道:"长老,前方有个黑袍人无故阻了去路。"

闻言,加列怒脸色微沉,现在已经算进入乌坦城的地界了,谁敢在这里拦截他们?

眼瞳中寒光闪过,加列怒微微点了点头,跃下马车,快速行至车队的前方,果然见到在大路中央的一块大石之上,一个黑袍人正随意而坐。虽然看不见黑袍人的面目,但是加列怒能够发现,黑袍下的目光似乎有些不怀好意。

"阁下是谁?为何阻我们去路?"目光在黑袍人身上扫了扫,加列怒沉声道。

"你们是加列家族的人吧?"黑袍下,苍老的声音缓缓传出。

脸皮微微一抖,加列怒阴沉着脸,手臂一挥,后面几十名护卫立刻拔出腰间武器,满脸不善地盯着那不知底细的神秘黑袍人。

"唔,看来没找错。"瞧得加列怒的反应,黑袍人淡淡一笑,从巨石上跃下,

然后缓缓地朝着车队行来。

阴寒着脸望着走过来的黑袍人，加列怒一把从身旁的护卫手中取过巨型弓箭，手臂一拉，弓成满弦，手指一松，箭支化为一道凶厉劲风，刁钻地射向黑袍人喉咙之处。

箭支携带着压破人心的呼啸破风声，然而当它到达黑袍人面前一米距离时，一团森白火焰猛地凭空腾现，箭支穿进火焰中，瞬间便化为漆黑的粉末。

望着这一幕，加列怒脸色微变，心头泛起一股不安，看来这黑袍人也是一位不弱于大斗师的强者。

缓缓吐了一口气，加列怒从身后的侍从手中拿起一杆深蓝色的长枪，身体之上，淡淡的蓝色斗气渗出。顿时，附近的空气都为之湿润了不少，显然，他的斗气功法是偏向阴寒的水属性。

手掌紧握着长枪，加列怒死死地盯着黑袍人，身体略微调整之后，脚掌在地面突兀一踏，身形化为一道蓝色光线，径直冲向那越来越近的黑袍人。

人至半空，加列怒脸色肃然，手中长枪猛然扭动，其上斗气光华四射，枪身一震，竟然响起阵阵枪吟之声。

"浪重叠！"

浪重叠——玄阶低级斗技，这斗技是加列怒至今为止掌握的最为高级的斗技，长久以来的修炼，已经让他将这种斗技练至炉火纯青的地步。全力使出它，即使对手是一名六星大斗师，也不敢小觑。

随着加列怒喝声落下，蓝色光华浓郁的长枪之内，瞬间涌出一重由能量幻化而成的蓝色巨浪，巨浪冲天而起，最后骤然砸向那立在原地动也不动的黑袍人。

车队附近，护卫队望着自家长老大发神威，一道道得意的喝彩声，顿时响了起来。这一路而来，他们也曾经遇到过几拨劫匪，然而这些匪徒，无一例外都成了加列怒的枪下亡魂，在很多人看来，现在恐怕又得加上一条了。

蓝色巨浪，翻滚天际，巨浪之中，细微的亮点骤然大盛，一杆长枪闪电般地对着黑袍人头顶急刺而去。

"死吧！"望着那近在咫尺的目标，加列怒脸上闪过一抹狞然，森冷一笑，手中长枪劲气狂涌。

在长枪临近头顶之时，黑袍人缓缓地抬起脑袋，一张清秀的少年的脸，在日光的照耀下，闪进了加列怒的眼瞳之中。

"这……是萧家那小崽子？"

望着这张并不陌生的脸，加列怒眼瞳一缩，心头间，杀意大涨。

长枪越来越近，然而就在攻击即将临体的一刹那，森白火焰猛地自黑袍人身体涌出，对着半空之上的加列怒席卷而去。

森白火焰闪过天际，众人却察觉到皮肤骤然一冷，旋即浪花、枪影、人影……皆消失得无影无踪。

道路之上，喝彩声戛然而止，加列家族的护卫犹如被砍断了脖子的鸭子一般，张大嘴巴，拼命地呼吸着，脸上的得意逐渐化为惊骇。他们再次望向黑袍人，犹如看到了恶魔一般，心中十分恐惧。

淡漠地瞟了一眼这些护卫，黑袍人缓缓探出手掌，几朵森白的火焰缓缓浮现，屈指轻弹，火焰急射而出，最后在众目睽睽之下，轻飘飘地落在了几辆马车之上。

轰！

一声轻轻的闷响，马车连同里面所存放的药材，在所有人那呆滞目光的注视下，化成了满地的粉末。

"什么？药材全被人毁了？二长老呢？他人呢？"大厅之中，愤怒的咆哮声几欲将屋顶掀翻。

一名护卫颤抖着跪伏在加列毕面前，满脸恐惧地咽了一口唾沫，惊颤道："二长老也被那毁药之人杀了！"

　　暴怒的脸猛然一滞，加列毕脚跟忽然一阵发软，旋即一屁股坐在身后的椅子上，满脸呆滞。加列怒可是加列家族仅有的三位大斗师之一，他的死亡，对于本来就处于动荡不安境地的加列家族来说，无疑是雪上加霜。

　　望着加列毕这副模样，那名报信的护卫也是满脸惨然，此时他的脑海中，还在回荡着先前那黑袍人的恐怖实力。难以想象实力在三星大斗师的二长老，竟然与那神秘人仅仅一个照面，便被焚烧得只余骨灰，那恐怖的场面，几乎让当时在场的所有人感受到了何谓恐惧。

　　"是什么人杀了二长老？"坐在椅子上许久后，加列毕终于缓缓地回过神来，声音中有着几分嘶哑，显然加列怒的死给了他很大的打击。

　　"不知，当时那人身着一袭黑袍，无人见过他的面貌，不过他却能控制一种森白色的火焰，而二长老便丧命在这种火焰之中。"护卫摇了摇头，低声道。

　　"黑袍？控制白色火焰？"略微沉默，加列毕脸色微微一变，操控火焰伤敌，无疑是炼药师最喜欢用的方式，而有可能与加列家族有恩怨，并且还具有轻易击杀加列怒的实力的炼药师……这种种条件，都让加列毕脑海中闪过当日那在拍卖场中偶遇的黑袍炼药师。

　　想到当日雅妃与谷尼对待那名黑袍炼药师的恭敬态度，加列毕忽然察觉到嘴中有些苦涩。他们似乎从一开始就错了，当时仅仅因为柳席的一番话，便认为萧家顶多只是好运地请来了一位不入流的炼药师，然而现在的事实却告诉他们，萧家的那位炼药师，比起柳席那个半吊子炼药师来，不知强了多少倍。

　　缓缓地摇了摇头，加列毕眼瞳中闪过一抹怨毒与暴怒，现在价值四十万金币的药材已经被毁，而且因为资金问题，这批药材还拖欠了特兰城的药材家族三十万金币。

　　这批药材，加列毕本来打算炼制成疗伤药，待销售完毕之后，再来付款，然而现在的变故，却将他所有的计划全盘打破。

　　与加列家族合作的那药材家族，在特兰城同样拥有不小的势力，一旦得知药材被毁的消息，一定会派人前来要账，可此时加列家族的资金几乎已经进入枯竭的地步，怎么还拿得出这笔巨款？如果拿不出，那加列家族的声誉，恐怕将会毁于一旦。

想到烦躁之处，加列毕一掌狠狠地砸在身旁桌子上，坚硬的黑木桌顿时崩碎开来，木屑击打在一旁护卫的脸上，他却只得咬牙承受。

轻吸了一口气，加列毕强行压下心头的暴怒以及对萧家的怨毒情绪，挥了挥手，故作镇定地淡淡道："将库房中所余的疗伤药全部分发给各处坊市。另外，今日之事，让所有知道的人都把嘴闭严实，若是传了出去，按族规处置。"

"是。"护卫身体略微一颤，旋即恭敬地应了一声，然后起身迅速地退了出去。

望着空荡荡的大厅，加列毕疲倦地靠在座椅背上，这次，就算加列家族能够熬过去，恐怕也将会势力大减，从此再难以与萧家相抗衡。想到此处，加列毕莫名地叹了一口气，不知为何，他现在对于当初主动挑衅萧家的举动，感到有些后悔了……

然而，这后悔，却来得有些晚。

在干完某些事之后，萧炎也恢复真身返回了家族，请药老出手炼制了一点儿养气的丹药，然后心急火燎地将丹药给薰儿送了过去。看着那妮子捧着丹药时那略微泛红的水灵眸子，萧炎只觉得那一刹那，虚荣心得到了极大的满足。

在萧炎毁去加列家族药材之后的几天，虽然乌坦城表面上一片平静，但是有心人能够发现，往日那些在萧家坊市附近寻找麻烦的加列族人，都悄悄地退了回去，平日的嚣张气焰也弱了下来，对于加列家族这莫名的举动，所有人都备感疑惑。

萧家，议事大厅。

"这加列家族最近在搞什么？对我们示弱吗？"接到近日来的种种报告，萧战

眉头微皱，对着大厅中的三位长老满脸疑惑地道。

互相对视了一眼，三位长老同时摇了摇头。略微沉吟后，大长老缓缓道："反常即为妖，加列毕那家伙老奸巨猾，说不定又在打什么鬼主意，还是多加注意为好。"

萧战点了点头，谨慎的他自然不会因为加列家族这表面举动，便对他们放松警惕。

目光转了转，萧战望着那坐在椅子上几乎要打瞌睡的萧炎，无奈地摇了摇头，这小家伙，似乎对家族事务总是提不起多大的兴趣。

"炎儿，你最近与那位老先生可见了面？"端起茶杯喝了一口，萧战随意地问道。

听着萧战的问题，三位长老也将目光投射到了萧炎身上，那位老先生对萧家的重要性不言而喻，然而他似乎只对萧炎这家伙青睐有加，其他人还从没单独见过他。对于萧炎能够独享这种待遇，众人满心羡慕。

懒懒地抬了抬眼皮，萧炎闷声道："嗯，见了。"略微沉默了一下，他又补充道："他说打算收我做弟子。"

听着萧炎后面这句话，萧战那端着茶杯的手掌骤然紧握，缓缓抬起头，表情极为精彩地盯着那将自己缩在椅子中的少年，咽了一口唾沫，兀自有些不信地道："你说他要收你做弟子？"

翻起眼皮，望着一脸狂喜与激动的萧战以及一旁脸抽筋的三位长老，萧炎懒散地点了点头。

"好，好，好……"一口将茶水饮尽，脸色涨红的萧战激动地站起身来，在大厅中来回走动着，兴奋地搓着手，"我就知道我儿子不是常人，以后谁再敢说我儿子是废物，老子当场拍死他！"

瞧着萧战这副激动的模样，萧炎无奈地摇了摇头，轻声道："再过半个月，我要和老师外出修行……恐怕要一年或者更久才会回来。"

"啊？"萧战一怔，脸上的笑意逐渐收敛，皱起眉头，迟疑地问道，"你不打算报考迦南学院了？那可是斗气大陆闻名的高级学院啊，如果能够进去，对你很有好处的。"

"会报考，不过可能会旷课一两年。"萧炎摸了摸鼻子，淡淡地笑道，"虽然迦南学院很好，但是他们并不能让我在不到两年的时间中，超越……纳兰嫣然。"

萧炎笑了笑，目光在这所大厅中缓缓扫过，当初，那个骄傲的女人便是在此处，将他心中仅余的自尊践踏得一钱不值。

听到这几乎在萧炎心中属于忌讳的名字，萧战脸皮微微一抖，沉默不语。

站起身来，萧炎懒懒地抱着后脑勺，缓缓朝着大厅之外行去，少年淡淡的笑声在大厅内回荡。

"既然当年她下了约定，我自然要去应约，呵呵，也不是为了什么让她刮目相看，只是想在赴约的时候，顺便说一句，你的眼光挺差……"

第五章
迦南学院

　　几天缓缓过去,加列家族在乌坦城的所有坊市,每日所出售的疗伤药数量越来越少。直到有一天,当最后一瓶疗伤药销售完毕之后,售药的加列家族的族人,满脸尴尬地对着门外拥挤的佣兵挤出笑脸:"十分抱歉,本商铺由于存货危机,需要暂时关闭。"

　　听得这话,商铺之外那些本来还在互相拥挤的佣兵顿时安静了下来,用恶狠狠的目光瞪了那售药之人许久之后,这才骂骂咧咧地散开。

　　散开之余,一些毫不客气的谩骂声,更是将售药之人气得脸色发白。

　　加列家族的疗伤药销售一空不到一小时,几乎整个乌坦城都传遍了这一消息,当下,众人都不由得一愣,暗自幸灾乐祸者有之,惋惜者有之,叹息者有之……

　　没有了疗伤药的支持,加列家族在与萧家的对战中,无疑将会是一败涂地的局面。而经过此次大败,加列家族显然元气大伤,日后在乌坦城的影响力,恐怕再难以恢复到以往那般一呼百应的境地。

萧家，议事大厅。

"加列家族疗伤药的源头断了？"听着手下传来的通报，萧战在愣了愣之后，忽然站起身子，脸上的喜悦几乎难以掩饰。

萧战兴奋地与三位长老对视了一眼，发现他们也是脸现狂喜。他激动地在大厅内走动了两步，半晌后终于压下心中的喜悦，对着通报之人笑问道："他们那位叫作柳席的炼药师呢？"

"不知，自从那日加列奥与柳席和萧炎小少爷起了冲突之后，第二日，就再没见到过此人。"

闻言，萧战与三位长老微微一怔，旋即目光若有所思地转向一旁坐在椅子上的萧炎。

"看我干吗？又不关我的事。"见到四人望过来，萧炎翻了翻白眼，无辜地道。

萧战无奈地摇了摇头，反正他是不会相信萧炎所说的这句话的。"不关你的事，那人又怎么会在和你起了冲突之后，便人间蒸发了？"

"对了，族长，我从一个加列家族的内部人员无意间泄露出来的话语中得知，加列家族的二长老加列怒，似乎在运送药材的时候，被一位神秘黑袍人给击杀了。"略微迟疑了一下，那名通报之人忽然低声道。

萧战走动的脚步猛然一僵，眼皮略微抽了抽，旋即他点点头，挥手将通报之人遣退，紧紧地盯着萧炎，笑眯眯地道："炎儿，能够轻易击杀三星大斗师加列怒，这在整个乌坦城，除了你那位老师之外，应该没别人能办到了吧？"

萧炎摸了摸鼻子，叹了一口气，无奈地点了点头："加列怒的确死了。"

听得萧炎亲口确认，萧战同样有些感叹地摇了摇头。这与萧家争斗了几十年的加列家族，竟然因为一个少年，逐渐地走入衰败，这感觉……苦笑了一声，萧战叹道："我知道那位老先生会出手帮我们萧家，多半是因为你。不过，有空的

话,还是替我们萧家感谢一下,我们承他太多情了。"

萧炎耸了耸肩,随意地点了点头。

"接下来,我们便看加列家族如何收拾这烂摊子吧。"萧战嘿嘿一笑,难以掩饰笑声中的幸灾乐祸。

的确,在此次与萧家关于疗伤药市场的争夺中,加列家族大败而归。这场大败让他们元气大伤,而萧家却成为此次竞争的最大获利者。

短短两个月的对峙,萧家几乎是从一落千丈的悲惨境地,奇迹般地反败为胜。不仅两个月的疗伤药利润,可比平常一年的总收入,而且现在萧家在乌坦城的影响力,明显已经超越了加列家族以及奥巴家族,并且因为萧炎,现在就连米特尔拍卖场,也不断地对萧家做出示好的举动。如此种种,都让萧家成了乌坦城风头最劲的家族。

然而,虽然此次加列家族遭受了重大打击,但是毕竟"百足之虫,死而不僵",即使没有了疗伤药的利润,加列家族的力量也依然不可小觑,其家族多年培养的武装力量,在乌坦城中,也没有多少人敢无视。

加列家族同样非常清楚现在萧家的影响力,所以在知晓竞争无望之后,他们只得犹如毒蛇一般,悄悄地盘踞起身体,暗自舔着伤痕,似乎在等待着机会,重创敌人。

不过这种盘踞的日子,似乎并没有持续多久,在加列家族的疗伤药告竭之后的第二天,那特兰城的药材家族便由两名大斗师带队,气势汹汹地冲进了加列家族,极为"客气"地要求加列毕在两天之内,付清购买药材所赊欠的三十万金币。

特兰城药材家族的这般举动,无疑是拿着棍子在加列家族头顶上狠狠地敲了一记。不过不管加列毕心中如何暴怒,他也不敢在此时胡乱地得罪一方实力不会比加列家族弱小的势力。因此他只得打碎了牙齿往肚子里咽,开始拼命地凑钱。

然而,加列毕将家族翻了个底朝天,也仅仅凑齐十来万金币,这与欠款相比，无疑还有老大的距离。

无奈之下，加列毕只得厚着脸皮去找平日关系较好的势力暂借一点儿。可世上锦上添花的人固然不少，雪中送炭的却是少得可怜。见到加列家族如今这副落魄模样，而且又有萧家在一旁虎视眈眈，往日交好的势力又怎么会把这牛皮糖往自己身上粘？

此时帮助加列家族，无疑是在得罪势头正盛的萧家，所以，即使加列毕走访了大半势力，也依然未凑够余款。

满脸阴沉地回到家族中的加列毕，在大发雷霆一番之后，只得极为不甘地下了一个让所有人都惊愕的决定——出售坊市！

加列家族在乌坦城共有三所中型坊市、四所小型坊市，而此次加列毕打算出售的，便是三所中型坊市中地段最好、人气最旺的两所！

这话一出，不仅加列家族内部反应强烈，就连整个乌坦城都为之一震。要知道，来自坊市的收入基本上占了加列家族二分之一的利润，而能够让加列毕想出出售坊市这个不是办法的办法，可见加列家族已经被逼到了何种田地。

开坊市，若是人气足够的话，保管是有赚无赔的。不过乌坦城中坊市仅有那么十来所，这些坊市平日都被加列家族与萧家把持，另外的奥巴家族却并不依靠坊市为生，他们的利润主要来自地下赌场以及风月之所。所以，当知晓加列家族打算出售地段最好的两所坊市之后，很多人都有些眼热，不过在热过之后，却萎靡地软了下来。

现在的乌坦城，坊市人气几乎已经被萧家独霸，除了萧家的坊市还能大幅度赢利之外，其他坊市已经唯有保持不亏本的状态。这时候买下坊市，无疑有点亏本，而且最重要的是，现在谁买加列家族的坊市，谁就得罪萧家。无奈之下，一些心有此意的人，只得失望地打消了念头。

在将出售坊市的话放出之后，本来以为自家会门庭若市的加列毕，却再一次尝到了尴尬的滋味，他没想到，萧家现在的影响力，竟然已经强到了这个地步。

　　两天还款期限即将到达，可加列毕依然未能凑齐余款，当下不由得急得满头大汗。就在加列毕心急如焚时，终于有一位陌生人闯了进来，双方口若悬河地在价格上争论了整整一下午，最后那位陌生人用二十万的便宜价格，在加列毕那阴沉得几乎要杀人的脸色中，心满意足地将两份转让契约揣进怀中，大摇大摆地走出了加列家族。

　　在拿到这二十万的转让费后，加列家族终于把那药材家族的一干人打发了回去，望着那群犹如强盗一般拥出院子的要债之人，加列毕有种欲哭无泪的感觉。

　　刚刚送走要债之人，一名族人却急匆匆地跑来报告，下午出售的两所坊市，现在已经转移到了萧家名下。

　　听得这消息，气急攻心的加列毕，在呆滞了瞬间之后，终于喷出一口鲜血，晕了过去。

　　望着那被人手忙脚乱抬进房间的加列毕，加列家族的所有族人都深感苍凉地叹了一口气，以后在乌坦城，加列家族算是彻底地沦为二流势力了……

　　乌坦城两大家族的经济交锋，终于以萧家的胜利落幕。而作为失败者的加列家族，势力则急剧收缩，再难恢复以往的风光。

　　两大家族竞争的过程，在乌坦城风风火火地流传了一周多之后，喜新厌旧的人们便逐渐地将目光转移开，重新投注到另外一件大事上。这件事，便是迦南学院的招生。

　　作为闻名斗气大陆的高级学府之一，迦南学院几乎是所有青少年心中的一处圣地。只要能够在学院深造一番，这个人日后的前程几乎是一片平坦，不仅能够扬眉吐气地衣锦还乡，还是各方势力争相抢夺的香饽饽。

　　迦南学院坐落在加玛帝国与附近两个大帝国的交接处，在那种三不管的地区，迦南学院俨然成为一个小国家。按照常理来说，对于这种中立势力，三大帝国都不会坐视不管，毕竟保不准哪天这势力就会被对手拉拢，从而对帝国边防造成重大危害。

当然，这是在对方势力弱小的前提下。当中立势力的实力上升到足以与三大帝国相抗衡之时，三大帝国反而是安静地停止了一切念想，最后只得任由迦南学院犹如巨龙一般，盘踞在帝国边缘，谁也不敢轻易招惹。

而经过多年来的发展，现在的迦南学院，不仅已经成了斗气大陆闻名的高级学院，而且因为与三大帝国皇室间的一些隐秘合作，其名声在三大帝国民众间越发响亮。有些水火不容的三大帝国能够安稳地保持近百年的和平，其中大部分原因是迦南学院在暗中的钳制与调和。这些都让迦南学院在三大帝国中的威名越加强盛。而每一年，迦南学院都会派出大量导师，前往三大帝国内部招收修炼天赋出众的学员。

对于迦南学院的这种举动，三大帝国的皇室都不约而同地保持着高度赞同。毕竟学院不是宗派，并没有太大的约束力，在毕业之后，大部分学业有成的学员，都将会选择回归自己的国家。对于这种间接增强国家实力的举措，三大帝国的皇室只要脑子没被门夹过，就自然不会拒绝。

而再过几天，迦南学院的招生导师就该到达乌坦城了。所以现在乌坦城内的所有注意力，都从半月前的两大家族的斗争之上转移开去，这也让最近一直处于风口浪尖的萧家悄悄松了一口气。

迦南学院招生，注重的是修炼天赋，而非身份地位。天赋不够，就始终难以踏进那扇象征着坦途的大门。当然事无绝对，如果你背后有一些庞大势力撑腰的话，那迦南学院也并不会在意多一个每年给他们贡献大量学费的大款。

因为迦南学院招生无视地位身份，所以现在乌坦城之中，连一些年轻的小乞丐或者小偷什么的，都在满心热切地等待着招生导师的到来。只要他们能够踩到狗屎运过关，那日后就能脱离这种受尽白眼的低贱"职业"，从而成为受人尊重的斗者。

在这种风气的带动下，乌坦城最近的氛围简直比逢年过节还要热闹几分，城门之处，每天都有人眼巴巴地守望着。

　　与这些人的满心期盼相比，萧炎却过得极为忙碌。由于即将远行，所以这段时间，他几乎在拼了命地炼制疗伤药。瞧着萧炎那拼命的模样，药老心疼之余，也只得无奈地帮他一把，而有了药老这不知级别的炼药师相助，大批大批的成品疗伤药，几乎是源源不断地被送进萧家仓库。以这些存量来看，只要萧家有节奏地出售，足以让他们销售一年时间，而不致存货枯竭，在将这些疗伤药售完之前，萧家应该早已收获令人眼红的暴利。

　　这般高强度的炼药，虽然使萧炎极为疲惫，但是也让他对体内斗气的控制越来越得心应手，对火焰温度的控制也越来越熟练。因为这些进步，再配合着他那连药老都赞不绝口的灵魂感知力，现在炼制凝血散，萧炎的成功率已经达到了六成左右。这般高的成功率，只有一些经验丰富的二品炼药师，才有可能达到。

　　相比于炼药术的精进，萧炎本身的实力，也在药老精心调配的一些灵液的辅助下，缓缓地稳步提升着。萧炎在最后一次炼药完毕之后的修炼中，体内所凝聚的斗气，几乎是水到渠成般地汇聚在一起，然后势如破竹般地冲进了四星斗者级别。

　　对于这意料之外的收获，萧炎满心欢喜，看来这般高强度的炼药，对提升实力也有颇为不错的效果。

　　当然，炼药虽然对实力有些增幅效果，但是毕竟太过消耗精力。当最后一批药材被萧炎炼制完毕后，药老便制止了他。望着药老严厉的神色，又考虑到存货已经足够，萧炎也就不再坚持，于是，他回到房间闷头睡了一整天之后，日子再次变得悠闲轻松起来。

　　萧炎缓步行走在家族之中，望着那些忽然间变得拥挤起来的训练场，感到有些无奈。各处场地中，不少年轻族人都在挥汗如雨地苦修。这些人都期盼着在最后几天时间，能够让自己达到迦南学院的招生条件。

　　站在训练场边缘，萧炎懒懒地望了几眼场地，便无聊地转身离去。对于这些平时不烧香，临时抱佛脚的家伙，他可没多大的同情心。他自己当初就算恢复了天赋，不也经常累得像狗一样吗？而这些家伙天赋不高，却总喜欢仗着家族势力，四处拈花惹草，这般行径让萧炎心中对他们实在不喜。

迦南学院的招生底线不低，要求报名者在十八岁之前，必须达到八段斗之气。这有些苛刻的条件，浇灭了很多人的梦想。以萧炎的眼光来看，现在训练场上，达到招生条件的，不会超过两个。

萧炎双手抱着后脑勺，将那群家伙置之脑后，他们究竟能进几个，也不关他什么事。甩了甩脑袋，萧炎拐进一条小路，行进后院的一处花园，一道熟悉的少女背影，正俏立在百花丛中，看上去极为美丽。

微眯着眼睛望着那道曲线完美的背影，萧炎脸上浮现一抹柔和的神情，轻声笑了笑，慢吞吞地走向那盯着柳树发呆的青衣少女。

"萧炎哥哥，你……你快要走了？"还没走近少女，那有些伤心的嗓音，便传进了萧炎耳中。

脚步微顿，萧炎无奈地点了点头，缓步走上前去，与薰儿并排站着，偏过头，看着那张有些黯然的精致小脸。他微微一笑，伸出手来，手掌拍在薰儿小脑袋之上，然后顺着柔顺的青丝悄悄滑下，舒适的感觉让他有些心醉。

"你不去迦南学院了？"任由萧炎亲昵地把玩着自己那头青丝，薰儿轻声道。

"嗯。"点了点头，萧炎轻笑道，"我也有自己的事需要做。"

"是因为纳兰嫣然吗？"水灵眸子中跳动着一股莫名冷意，薰儿轻咬着红唇低声道。

把玩着青丝的手掌微微一顿，萧炎耸了耸肩，淡淡地笑道："当年当着那么多人的面应下了这约定，总不能失约吧？若是那样，恐怕连你都看不起我。"

薰儿柳眉轻蹙，轻叹了一口气，用只有自己听得见的声音喃喃道："当初真不该让她活着回去啊。"

"呵呵，放心吧，等把事情办完，我会去迦南学院找你的，嗯……顶多一年半，不，一年……"望着薰儿的小脸陡然间变得苦兮兮的，萧炎连忙笑着改口。

"萧炎哥哥，其实……"咬着小嘴沉吟了好一会儿，薰儿忽然说道，"你跟着薰儿，薰儿也有办法让你在约定的时间内打败纳兰嫣然的。"

苦笑了一声，萧炎摇了摇头，有些自嘲地叹道："你这丫头有时候说的话，简直让我自惭形秽。"

"我知道萧炎哥哥不会认为我是在施舍。"薰儿甜甜地笑道。

轻声笑了笑，萧炎微微摇头，仰天长吐了一口气，笑道："放心吧，我有信心，一年之后，登上云岚宗，战胜纳兰嫣然！"

望着忽然间变得豪气冲天的萧炎，薰儿无奈地摇了摇头，刚欲开口再次劝说一下，然而萧炎忽然转过身子，双臂一伸，陡然间一把搂住薰儿那不堪一握的小蛮腰，将之狠狠地拽进了怀中。

薰儿被萧炎这突如其来的举动吓得有些发傻，片刻后，她粉嫩的耳尖变红了。她轻微挣扎了一番，便羞涩地停了下来，小脸上泛着一层诱人的红晕。

"薰儿，一年后，我会去迦南学院找你，等着我。"

将脑袋深埋在那头柔顺的青丝之中，少年低声承诺，终于让有些不知所措的少女乖乖点头。

行走在小路之上，望着忽然间变得空荡了许多的家族，萧炎有些无奈地摇了摇头。今天迦南学院的招生队伍便要抵达乌坦城，家族中的人，几乎大半跑去围观，此时的乌坦城城门处，恐怕早已被人群完全堵死。

"一群疯子，去围观了，人家就能让你轻易过关不成？"摇着头嘀咕了一声，萧炎悠闲地朝着后山缓缓行去，每天这时候都是他修炼斗技的时间，雷打不动。

虽然此次的招生队伍停留在乌坦城，但是他们所负责的范围，还包括乌坦城附近的好几个城市。所以，当第二天萧炎等人赶去招生指定的广场，望着那几乎望不见尽头的人山人海，大家不由得傻了眼。

巨大的广场之上，阵阵喧哗声冲天而起，无数年轻人正拼命地朝广场内部挤去。若不是在广场的边缘，有城主府出动的军队维持着秩序，恐怕这激动的人群，早已不顾一切地冲了进去。

萧炎愣愣地望着那人海，良久之后，轻叹了一口气，满脸郁闷地摇了摇头，看这情况，今天自己是别想顺利通过检测了。

"哼，没辙了吧？"瞧着萧炎那副郁闷模样，身后正与薰儿、萧媚两女谈话的萧玉，顿时得意地轻哼了一声。

翻了翻白眼，萧炎懒得理会她。

"萧玉表姐有办法吗？"看到两人又要斗嘴，一旁的萧媚赶忙笑着岔开话题。

"这次前来乌坦城招生的负责人，可是我的导师，身为她的得意门生，我自然有办法。"萧玉挺了挺俏鼻，手掌一挥，笑吟吟地道，"跟我来。"

望着那抬起性感长腿朝着广场另外一边行去的萧玉，萧炎冲着薰儿无奈地摊了摊手："算了，不和她一般计较。"

闻言，薰儿莞尔，轻轻点了点头，与萧炎一起跟了上去。

几人跟着萧玉围着巨大的广场转了半圈，最后在广场的西边停了下来，这里已经处于广场的后方。全副武装的军队围了两三层，泛着寒光的武器，在阳光下反射着刺眼的光芒。

眸子扫了扫森严的防备，萧玉对着萧炎几人嘱咐了一声，然后独自上前，从怀中掏出一块碧绿色的牌子，与一名军官模样的军人轻声交谈了一会儿，这才对着萧炎等人挥了挥手，示意他们过来。

中年军官有些阴厉的目光，在萧炎几人身上寸寸扫过，半晌后，方才手掌一挥，喝道："放行！"

听着中年军官的喝声，那严实全极的铁甲人墙，顿时响起铠甲相碰撞的整齐声音，一条刚好容一人通过的小路缓缓出现。

冲着中年军官感激地笑了笑，萧玉将绿牌收好，对着萧炎等人得意地扬了扬下巴，然后跟着那名中年军官，率先走向小路。

跟在萧玉身后，萧炎几人也踏进这人墙通道。一进入其中，众人就感到皮肤有些发冷，周围那些面无表情的士兵身体上隐隐散发的血腥味，让从未见过这种阵仗的萧炎等人几乎有种难以呼吸的压迫感。

"这就是从战场上生存下来的战士吗？"萧炎缓缓地吐了一口气，过人的定力让他将心中的那抹压迫感缓缓驱逐。他舔了舔嘴唇，刚刚有些发软的脚掌，再次变得沉稳有力。不管怎么说，以他现在四星斗者的实力，已经超过了这里的大多数士兵，虽然在血腥气势上比不过人家，但是至少不会因此而出丑。

短短不到十米的距离，对于几人来说，却宛如千百米一般难以走完，当双脚终于跨出最后一步时，众人手心中竟然已经布满冷汗。

萧玉俏脸泛白，对着中年军官嗔怪地苦笑道："柯学长，你故意折腾我们吧？"

"呵呵，这是若琳导师吩咐的，想走后门，自然要经受点考验。你们也很不错，我这些手下每个都是曾经抱着尸体睡觉的汉子，若是定力稍微差点儿，走不到一半，就得被吓瘫。"中年军官木然的脸上露出一抹笑意，目光在萧玉几人身上扫过，最后停在脸色平淡的薰儿以及萧炎身上，眼瞳中浮现些许赞叹，"看来若琳导师这次似乎能够收到一些不错的学生了。"

没好气地对中年军官摆了摆手，萧玉拉着腿脚已经发软的萧媚与萧宁，快步朝着广场内部行去。

行至广场中央，一顶敞开的绿色大帐篷映入眼帘。在这里，萧炎几人已经能够看见外面的人山人海，在几处通道之中，偶尔有测验过关的年轻男女，满脸兴奋地朝着广场内部走来。

"玉儿！"刚刚行近大帐篷，一道女子的笑声便传进了萧炎几人耳中，接着一道红色影子快速地扑了过来，最后笑嘻嘻地一把搂住萧玉，手掌在萧玉柳腰上摸了一把，戏谑地调笑道，"让本小姐摸摸，看看长胖没有。"

"滚开啦。"笑骂着将怀中的女子推开，萧玉转身对着萧炎几人笑着介绍道，

"这是我在迦南学院的好姐妹,名字叫雪妮,她可是四星斗者哦。"

萧玉亲昵地拉着雪妮,看她脸上的表情,显然两人关系极为不错。

"他们都是我的族人,这是薰儿,嘿嘿,漂亮吧?不过不准打她的主意,人家不会对你有兴趣的。这是萧媚,也很不错哦,这是我亲弟弟萧宁,这个……"当眸子转到满脸懒散的萧炎身上时,萧玉偏过头,咬着那名叫作雪妮的女子耳朵,低声道,"他就是我以前和你说的萧炎。"

雪妮眼睛先在薰儿与萧媚身上扫过,双眼放光,惊叹地道:"哇,你家的小美人还真多!"

"呃?萧炎?"惊叹完毕之后,雪妮忽然一愣,愕然地望着萧炎,"这就是你之前所说的一直停留在三段斗之气的表弟吗?长得很帅啊。"

"啊?"萧玉嘴角一抽,狠狠地掐了一把身旁这个大嘴巴女人,望着脸色有些不好看的萧炎,她尴尬地解释道:"我没到处说你的事,只是有次说梦话被这耳尖的女人听到了而已……好了,赶快走吧,我还要带你们去测验呢。"

"嘻嘻,走吧,跟我来,我带你们去。"变脸般地收起眼中的水汽,雪妮刚欲转身,脚步忽然一顿,偏头笑道,"哦,对了,忘了告诉你,这次招生队伍中,罗布那家伙也在,而且在来的路上,听说他晋升成四星斗者了。"

闻言,萧玉那笑吟吟的脸顿时一沉,有些不耐烦地道:"那讨厌的家伙怎么也来了?"

"还不是为了见我们的萧玉美人嘛。"雪妮戏谑地道。

牙齿轻轻咬了咬,萧玉脸色变幻了一阵后,忽然转过头来,盯着萧炎。

"看我干什么?别想让我在那什么人面前装成和你有啥关系,我对你没兴趣,也不想装。"瞧得萧玉的眼光,以萧炎的精明,他怎么会不知道这女人打什么主意,顿时冷笑了一声,然后不顾她愤怒的眼神,摇摇摆摆地朝着帐篷那边行去。

"呃……玉儿,你的魅力好像降低了耶……这种好事,学院里不知道要争破多少脑袋,这小家伙竟然不理你。"望着萧炎的背影,雪妮有些不可置信地道。

　　恨恨地咬着牙,萧玉愤愤地道:"那家伙就是个怪胎,怎么可能用常理来看,除了学院里那变态的妖女,你见过谁能在一年内从三段斗之气蹦成三星斗者的?"

　　"……"

　　闻言,雪妮嘴巴微张,嬉皮笑脸的神色终于被一片震惊覆盖。她可没想到,这看起来颇为清秀的少年,竟然拥有如此恐怖的天赋,这还是萧玉口中的那个家族废物吗?

第六章
惊人的潜力

萧炎慢吞吞地走向帐篷,身后萧玉正咬牙切齿地怒视着这可恶的背影,她没想到这家伙竟然这么不给自己面子。

几人走进绿色大帐篷,只见在宽敞的阴影处,十多名男女正分成几个小圈子簇拥在一起闲聊着。看他们在此处的随意神色,想必应该和雪妮一样,都属于迦南学院的学员。

在阴影之外,二十几名年轻男女正顶着炎炎烈日席地而坐,虽然因为高温脸上汗水直流,但是他们神色间充满着拘谨。看样子,他们是刚刚通过外围测试的新生。

帐篷之中,几名闲聊的女生忽然抬头望见那正缓缓走过来的萧玉等人,不由得脸现惊喜,一群女人笑嘻嘻地拥了过来,顿时将萧玉围在其中,叽叽喳喳地笑闹个不停。

突如其来的声波攻击,让猝不及防的萧炎脑子猛地胀大了一圈,目光在这些年轻貌美的女学员脸上扫过,看着她们那惊喜的神色,萧炎发现,萧玉在学院人

际关系似乎很不错。

萧玉指着萧炎等人,赶忙介绍了一遍,这才分开了这些女人的注意力。

"嘻嘻,好漂亮的小美人。"目光在薰儿与萧媚身上扫过,两女出色的容貌不出意料地让这些女人惊叹了一番。

目光慢慢转移到一旁的萧炎身上,至于萧宁,因为与萧玉是亲姐弟的关系,倒是幸运地被这些女人无视了过去。

虽然萧炎年龄较萧玉要小上两三岁,但是经过这一年多的苦修,个子已能和萧玉相平。他的脸有些清秀,可眉宇间却诡异地有着一抹与年龄不相称的成熟老练,这般有些冲突的视觉冲击,却让这些女人不由得多看了几眼。

"嘻嘻,好俊的小帅哥,玉儿,这是你表弟,还是你男朋友啊?"

萧玉正准备回答,眼角却瞟见一道男子的身影正匆匆地往这边走过来。

萧玉俏脸微微一变,柳眉轻蹙,旋即展开,脸颊上浮现出一抹似是羞涩的红晕,娇嗔道:"你们就别再取笑他了,他从小就脸皮薄。"

"呃……"闻言,众女一愣,望着萧玉那从未有过的羞涩模样,顿时面面相觑。她们本来只是开开玩笑而已,哪知萧玉竟然还一本正经地出来解释,而且这口气……简直像是在替情人解围。

薰儿几人同样被萧玉这亲昵的口气弄得一愣,互相对视了一眼,满头雾水,什么时候萧玉与萧炎的关系变得这么好了?

萧炎站在一旁,冷眼瞥着这女人的表演,嘴角一扯,刚欲直接开口拆穿,却不料萧玉眼疾手快地伸出手,一把拉住他的手腕,另一只手掌亲昵地替他拍去衣衫上的灰尘。

"啊……"望着萧玉这突如其来的举动,周围的人顿时目瞪口呆,她们何时见过萧玉如此对待一名男子?

"萧玉,你……好久不见啊。"就在众人发呆之时,一道男子的声音忽然响起。

听着声音，众人偏过头，一位身着灰白衣衫的青年正满脸笑容地站在身后，青年模样颇为英俊，只是那灿烂的笑容，总让萧炎几人觉得有点虚假。

萧玉缓缓收敛脸上的羞涩，回转过身，手依然拉着萧炎，瞟了一眼青年，淡淡地道："罗布啊，好久不见。"

"呵呵。"笑着点了点头，被称为罗布的青年，目光似是随意地看了看两人亲昵的举动，但望向萧炎的眼瞳中，隐晦地闪过一抹寒意与怒火。

"呵呵，这几位是你带来的吗？"走上前来，罗布含笑问道。

"嗯。"萧玉随意地点了点头，再次将萧炎几人介绍了一遍，微笑道，"我是带他们过来测验的。"

"哦，这样啊。"笑着点了点头，罗布从怀中掏出一枚拳头大小的红色水晶球，扬了扬，笑道，"正好刚才若琳导师给了我一块测验水晶，就让他们试试吧，其他测验水晶已经全部拿到前面测验通道中去了，如果不用我的，就得再等一段时间了。"

闻言，萧玉略微迟疑，方才点了点头，偏头对着萧炎柔声解释道："这测验水晶很简单，只要实力达到了八段斗之气，它就会自动发亮，那样，你们就通过了初步测试。"

"放手吧！"萧炎横了她一眼，淡淡地道。

"哦。"萧玉笑吟吟地点了点头，极为自觉地放开了手。望着她这副乖巧模样，那位名叫罗布的青年，握着水晶球的手掌猛地收紧了许多。

"薰儿，你们先试吧。"揉了揉被萧玉抓得有些发红的手腕，萧炎对着薰儿笑道。

微笑着点了点头，薰儿与萧媚、萧宁三人率先上前，手掌在水晶球上停留了片刻，待水晶球发光之后，便退了回来。

见到三人成功，萧炎也上前随意地摸了摸，同样取得了这般效果。

"放心吧，若是没有达到通过的条件，我也不会自作主张带他们进来。"望着

四人成功,萧玉淡淡地道。

"呵呵,不是不相信你,只不过这是规矩。"冲着萧玉抱歉地笑了笑,罗布收好水晶球,手指指向外面那些在烈日下席地而坐的男女,对着萧炎几人笑道,"祝贺你们通过初步测试,现在,便请几位在外面待上半小时吧。"

"罗布,你这是什么意思?"闻言,萧玉柳眉一竖,满脸冰霜地冷喝道。

"萧玉,你也是老学员了,应该知道这是录取时的规矩。呵呵,现在的新学员脾性越来越浮躁,所以在录取之时,挫挫他们的锐气,有利于他们日后在学院的生活。"罗布笑道。

"哼,罗布,你对那些无知新生说这些,我也懒得管你,不过你少把这些烂规矩用到我带来的人身上!"萧玉冷冷地道。

"这是规矩。"罗布嘴角一抽,萧玉如此不给面子地在众人面前叱喝他,这让他心中有些怒气与酸意。

"罗布,你还是别捣乱了,你其实也清楚,这些规矩可有可无而已,何必闹成这样?"旁边的众女有些瞧不惯这家伙拿着鸡毛当令箭的举动,都不由得皱眉劝道。

"呵呵,抱歉,他们是在我手上通过测试的,按照规定,这段时间内,我应该暂时监管他们。"罗布灿烂地笑道,瞧着萧玉又欲发怒,他话音忽然一转,"好吧,看在你的分上,他们不用全部出去,就派一个人做代表吧。呃……我看看,就让……就让这个小兄弟出去吧,呵呵,反正一个大男人,也不用怕被晒黑。"罗布的手指在几人身上缓缓移过,最后笑着停在了萧炎面前。

萧炎轻抬了抬眼,淡淡地望着面前这满脸笑容的青年。

"滚开,萧炎他不会出去,我自己会去找若琳导师说,不用你在这里指手画脚!"长腿朝前一迈,萧玉挡在萧炎面前,冷声道。

"哟呵,罗布大哥,你这边似乎出了些问题啊?"就在几人纠缠不休之时,帐篷阴影中又笑嘻嘻地钻出一群男子。

"没什么，只是这名新生不愿意出去晒晒而已。"罗布装好水晶球，随意地笑道。

"嘿，好久没遇见过这么嚣张的新生了，罗布大哥，需要我们帮忙吗？"闻言，一名校服胸口处绘有一枚金星的青年冲着罗布嘿嘿发笑，笑容中有着一抹讨好的意味。

笑着点了点头，罗布望着脸色阴沉的萧玉，略微沉吟，忽然说道："这样吧，不出去就不出去，不过毕竟外面还有这么多新生看着，偏偏他们几人不出去晒晒，恐怕别人心里也会有些不乐意。"

说着，罗布拍了拍身旁那名青年的肩膀，冲着萧炎笑道："既然你不想出去，那便与戈刺切磋切磋吧，当然，不需要你打败他，你只要能在他手中坚持二十回合就行。"

闻言，萧玉身旁的众女顿时对着罗布怒斥了起来。现在的情况，她们也看明白了，原来这家伙是在吃萧炎的醋，并且还打算公报私仇。

与众女的怒斥相比，萧玉却诡异地沉默了下来，微偏过头，眸子注视着萧炎。她清楚现在萧炎的实力绝对不会比她弱，对付一名一星斗者并不困难。

没有理会萧玉的注视，萧炎淡淡地盯着面前满脸灿烂笑容的罗布，漆黑的眼睛中掠过点点寒意。他本来并不想多事，可这家伙偏偏要狗仗人势，不断相逼。

"嘿嘿，来吧，小子，让我来教教你如何尊重学长，不然以后在学院里吃了亏，还得怪我们。"那名叫作戈刺的青年上前一步，对萧炎不怀好意地说道。

在众人的注视下，萧炎缓缓地吐了一口气，无奈地耸了耸肩，扭了扭脖子，缓缓地走向正阴鸷地盯着自己的戈刺。

望着缓缓走过来的萧炎，戈刺阴声一笑，这种刺头新生他见得很多，不过最后大多没什么好下场。在招生的时候挫挫新生锐气，几乎是迦南学院一种不成文的规定。毕竟能够达到录取条件的人，一般都是天赋不错的。这种人，平日在自家的那块小地方，应该说是养尊处优，很少受到奚落嘲讽，而抱着这种心态进入

优秀者几乎是层出不穷的迦南学院,很容易一言不合就大打出手,最后搞出一些不必要的麻烦。所以在招生之时,让新生清楚地知道自己的等级,并且将他们那股"初生牛犊不怕虎"的锐气磨去,是一个颇为现实的重要问题。

而对于这种不成文的规定,就连迦南学院的一些导师也并未抱反对态度,因此,这种规定一直沿袭了下来。

拳头紧了紧,淡淡的斗气覆盖其上,戈刺阴声笑着。当初他初入迦南学院之时,也仗着自己的天赋反抗过,不过当时那名实力在二星斗者的学长,只用一拳,便让他极为识相地跑出去晒了半小时的大太阳。有了这种亲身经历的另类耻辱,每次看见新生,戈刺心中便有一种要将其锐气撕裂的冲动。

缓步行来的少年,终于在附近众人的注视下,停在了戈刺面前。

"玉儿,你怎么不拦一下他啊?出去晒晒总比受顿皮肉之苦要强吧?"望着阴笑的戈刺,萧玉身旁的众女有些不忍地出声责怪道。

站在萧玉身边,雪妮回想起先前萧玉对萧炎的评价,眨了眨眼睛,好奇地盯着那始终保持着淡然微笑的少年。她很想知道,这名叫作萧炎的少年,是否真的如萧玉所说,拥有那种几乎能与某个妖女相抗衡的恐怖天赋。

雪妮抿了抿红润的嘴唇,双手环在胸前,眸子中闪过一抹期待。

萧玉慵懒地舒展了一下手臂,玉手掠一下额前的青丝,她瞥着少年的背影,随意地轻声道:"谁受苦还不一定呢。"

望着帐篷内即将开打的两人,外面烈日下的二十几名新生,也将好奇的目光投了过来。在选择晒太阳之前,他们不是没有反抗过,不过这些反抗,无一例外都被实力远胜于他们的学长用武力压制了下来,现在瞧得又有人想要挑战这些学长的权威,他们也乐得抱着幸灾乐祸的心态,观看一回别人是如何出丑的。

"小子,准备好了?"十分享受这种被瞩目的感觉,戈刺脸上的笑容越加浓郁,细眯的小眼睛在萧炎身上扫过,笑道。

"开始吧。"萧炎扬了扬下巴,平淡的声音让众人一愣。

惊人的潜力

"嘿嘿，小子心态很不错啊。"对于萧炎这态度，戈刺有些诧异，旋即心头涌上怒意，这算是对自己的歧视吗？

萧炎轻轻地吐了一口气，懒得再开口废话，目光懒散地盯着对方那张噙着些许怒意的脸。

"很好！"

萧炎的平静，无疑让戈刺自尊心有些受伤。他冷笑了一声，身体猛地朝前一倾，右拳紧握，其上斗气凝聚，旋即带起一股劲气，狠狠地对着萧炎的脑袋轰击而去。

周围的众人见到戈刺对付一名新生，竟然动用如此巨大的气力，都不由得眉头一皱。

萧炎轻抬了抬眼皮，望着那在眼瞳中急速放大的拳头，微微摇了摇头，在拳头即将临体之前，手掌霍然前探，硬生生地将戈刺的拳头拦截下来。

萧炎稳稳地拦住拳头，几乎是纹丝不动，那蕴含着巨大气力的拳头宛如将劲气送进了深渊一般，丝毫不能向前。

"速度慢！力量小！你真是迦南学院的学员？"抬起脸，萧炎摇了摇头，轻声道。

少年略带着嘲讽的轻声言语，让周围众人顿时哑然，一道道惊愕的目光紧紧地盯着那拳掌相接处。很难想象，一名新生竟然如此轻易便将一名一星斗者的攻击接了下来。

本来还是笑容满布的罗布，望着这一幕，脸色也缓缓地阴沉了下来，目光泛着寒意，死死地盯着浅笑的少年。看来这次他看走眼了，早知道就该让一个实力高点的人上场。

"浑蛋！找死！"

被一名新生当众羞辱，戈刺的脸涨得通红，他怒吼了一声，右脚对准萧炎小腹处，猛地狠踢过去。

萧炎脸色淡漠，闲置的左手犹如拍蚊子一般，随意地甩下，最后啪的一声，击打在了戈刺的脚踝之上，顿时，一片瘀青浮现。

哟！脚踝上传来的剧烈疼痛，让戈刺吸了一口凉气，脸上的怒意更盛。他急退一步，挣脱萧炎的手掌，右脚在地面一蹬，身形借力冲上半空，猛地一旋，右腿之上，淡淡的青色斗气涌现而出，一道类似风刃模样的虚幻光芒覆在其腿上，最后对着萧炎的头顶狠狠地切下去。

"无耻，竟然把'风光刃'都用了出来，这可是黄阶高级斗技，这家伙也太无耻了！"

望着戈刺腿上的模糊光刃，一众女生顿时满脸怒容地叱喝道。

望着戈刺的举动，萧玉柳眉也是微微一皱，不过旋即便舒展开来，当初加列奥即使用出玄阶斗技，不也被萧炎打断了手臂吗？她可不相信，以这家伙区区一星实力，能对萧炎造成多大的伤害。

有些尖锐的劲风让萧炎的脸有些疼。他缓缓抬起手掌，对准那急落而下的戈刺。

"滚！"萧炎嘴唇微动，淡淡的声音轻喝而出。

随着喝声的落下，一股凶猛的无形劲气，猛地自萧炎手掌中暴冲而出，最后狠狠地击打在那即将落下的戈刺胸膛之上。

噗！胸口处遭到莫名重击，满脸阴冷的戈刺顿时脸色一白，瞬间身体猛地倒射而出。

嘭！身体在倒射出十多米后，重重地砸在了被炎日烤得滚烫的石头地面上，戈刺身体略微抽搐，满脸惊恐地望着远处那保持着手掌伸出姿势的少年，胸口一闷，眼前一黑，终于晕了过去。

从戈刺的强势攻击，到忽然莫名其妙地倒射而出，其间不过短短十多秒的时间。而这电光石火间便胜负已分的局面，令帐篷内外几乎都不约而同地保持一片寂静。

炎日之下，那些新生傻傻地望着晕倒在身边不远处的戈刺，片刻之后，火热的目光顿时转移到那站在阴影中的少年身上，这可是他们第一次看见有新生能够将学长打败，而且，看起来这名新生的年龄，似乎比他们还要小一点儿。

新生中几名模样俏丽的少女，目光炽热地盯着那一身黑衫、满脸平淡的少年，眸子中几乎有着崇拜的星星在跳动，若不是此时不合时宜，恐怕她们会忍不住地尖叫两声来发泄心中的崇拜情绪。

"果然……好恐怖的天赋。"眸子紧盯着萧炎，雪妮惊叹地摇了摇头，萧炎用事实向她证明了先前萧玉所说之话的真实性。

"玉……玉儿，你家这人，实力究竟是什么级别啊？看这模样，好像早就成为斗者了吧？"愣愣地望着那黑衫少年，萧玉身旁的女生顿时有些结结巴巴地询问道。

笑话，能轻易把一名一星斗者打成这模样，其实力简直已经比这里大多数人都要强悍了。

萧玉甜甜一笑，紧紧地盯着场中的少年，眸子中闪过一抹莫名的异彩，片刻后，她学着萧炎的模样摊了摊手，笑吟吟地道："交起手来，连我都打不过他，你说他是不是斗者？"

"啧啧，这么年轻的斗者，放在迦南学院里，那也能算是顶尖的天赋了。嘻嘻，玉儿，你眼光还真不错哦。"一个秀丽的女孩娇笑着打趣道。

与萧玉这边的笑闹相比，对面的罗布，脸色则越加阴沉，目光阴冷地瞥着萧炎，嘴角微微抽搐。

"现在不用出去了吧？"随意地将衣袖甩了甩，萧炎瞥了一眼罗布，淡淡地微笑道。

"呵呵，小兄弟还真是深藏不露啊。"逐渐收起脸上的阴沉，罗布再次堆出灿烂的笑容，走上前来，似是亲昵地拍了拍萧炎的肩膀，低声冷笑道，"小子，别太张狂了，虽然你有点天赋，但是在迦南学院里，比你更出色的天才不知道还有

多少,你这脾气,到了迦南学院,保准会吃亏!"

"多谢提醒。"微笑着点了点头,萧炎笑吟吟地道,"不过我相信,至少你还不具备这资格。"

萧炎不是傻瓜,他心中极为清楚罗布对自己的敌意,因此,他也没必要在罗布面前装傻,毕竟真要动起手来,萧炎并不会惧怕他,若再将自己惹恼点……杀人毁尸,又不是第一次干了。

虽然罗布对自己的敌意是因为几分误会,但是萧炎也没那闲心来特地解开,说句不客气的,他罗布还没这资格。而且虽说与萧玉平日有些吵吵闹闹,但是萧炎还真不希望她被这种表里不一的虚伪家伙祸害。

听到萧炎这毫不客气的话语,罗布灿烂的笑容再次化为阴沉,双眼阴冷地死盯着萧炎,脸微微抽搐,眼瞳中的森然,犹如要将萧炎千刀万剐一般。

对于这种无谓的眼神攻势,萧炎直接选择无视,脸上的淡然笑意,比起对方那种强行装出的虚伪笑容,更容易让人产生好感。

"猖狂的小子,日后到了迦南学院,学长我会好好照顾你的!"罗布咬着牙,阴冷地笑道。

萧炎摸了摸脸,轻声道:"别的地方我不知道,不过你再这样,信不信,我能让你走不出乌坦城?"

眼瞳微微一缩,罗布嘴角抽搐地盯着面前的少年,却从那漆黑的眼睛中,寻出了一抹森然的淡漠。

罗布身子不着痕迹地颤了颤,注视着那双蕴含着冷漠的漆黑眸子,心头竟然隐隐地有股心寒的感觉。这感觉,就如上次做任务时,单独遇到一头凶残魔狼一般。

罗布悄悄地咽了一口唾沫,到口的威胁话语却是被硬生生地咽了下去。

"很好。"深吐了一口气,罗布似乎是想将心中那股让他感到有些耻辱的寒意驱逐出去,咬着牙对萧炎点了点头。他心头已经打定主意,日后有机会,一定要请人跟这位小兄弟好好地培养一下感情。

淡淡地注视着罗布，萧炎心中正在犹豫是不是真要找个机会让这家伙永远留在乌坦城，以杜绝日后的一些不必要的麻烦之时，一道温柔得让萧炎心头骤然一软的女子的声音，带着轻笑在帐篷中响了起来。

"呵呵，小家伙天赋还真不错，看来我这次似乎捡到宝了。"

突如其来的女子的声音，温柔得几乎有种让人心醉的感觉，在这柔声之下，饶是萧炎定力足够，也不由得有些失神。片刻之后，他才眼随声动，望向帐篷之内。

帐篷的阴影处，一名绿衣女子正笑吟吟地俏立着，脸上噙着温婉的笑容，眼波流转，望向众人的柔和视线，犹如一抹清清水流从心中悄然淌过一般，让人忍不住地沉醉于那股女子特有的温婉灵动中。

女子年龄看上去较萧玉等人要大上少许，散发着一股岁月打磨出来的成熟风情，这种浑然天成的风情让每个人都忍不住多看几眼。

萧炎眼睛在女子身上扫了扫，若单单比容貌，此女较薰儿或者萧玉要差一点点，不过她那毫不掺假的温柔气质，却让人惊艳。

对面的女子把"女人如水"这个形容，几乎是彻彻底底地诠释了出来。

"若琳导师，嘻嘻，玉儿可想死你了！"

望着出现在帐篷内的温柔女人，萧玉顿时惊喜地叫了一声，然后扑上去，抱住了她。

"呵呵，玉儿，假期还愉快吧？"拥着怀中的萧玉，被称为若琳导师的温柔女人，笑吟吟地道。

"还不错。"萧玉俏皮地笑了笑。

若琳导师宠溺地拍了拍萧玉的脑袋，旋即对着一旁的萧炎等人扬了扬下巴，柔声道："是你带来的人吗？似乎很不错呢。"

"嘻嘻，那当然。"骄傲地挺了挺胸，萧玉偏头狠狠地瞥了一眼罗布，低声告

状道,"那家伙现在越来越嚣张了。"

"谁让你故意刺激他,他对你的心思,你又不是不知道,你在他面前对别的男子如此亲昵,他不找借口刁难才怪了。"若琳导师无奈地道。

"这样只会让我越来越厌恶他的。"萧玉撇嘴道。

若琳摇了摇头,松开萧玉,缓缓上前,对着炎日下的二十几名新生微笑道:"各位同学,都进来吧。"

听到她开口说话,在炎日下被晒得大汗淋漓的新生们顿时满脸欣喜,赶忙站起身来,狼狈地蹿进帐篷的阴影中。

不得不说,虽然这种挫新人锐气的办法有些不近人情,但还是有一点儿效果的,至少现在进入帐篷的新生们,气焰较之刚来时明显收敛了许多,一个个都缩在阴影的角落中,眼光不断地在帐篷内扫动着。

若琳导师泛着柔和笑意的目光在众人身上扫过,最后停在了萧炎脸上。她微微一笑,轻声道:"罗布并无太坏的心思,先前只是心头有些怒火而已,所以举止莽撞了些,你不要怪他。"

"呵呵,导师说笑了,我这人最和善了,又岂会怪罪罗布学长。"萧炎挠了挠头,腼腆地笑道。

闻言,帐篷内大多数人都在心中翻着白眼嗤笑了一声,这家伙难道不觉得在毫不客气地打昏一名学长后,再说这话有些讽刺吗?

眸子紧紧地盯着面前这笑吟吟的少年,若琳导师心中似乎有种预感,自己当导师这么多年来,终于要遇到最刺头的学生了……

胡思乱想一通后,若琳导师摇了摇头,吩咐两名男学员将外面晕倒的戈刺抬进来。她低头看了看戈刺的伤势,旋即黛眉微蹙,有些嗔怪地看了满脸无辜的萧炎一眼。

蹙着黛眉思虑了片刻,若琳导师伸出手,轻触戈刺的手臂,淡淡的水蓝色温润能量顺着其手臂传进体内,在替他平复体内紊乱的斗气的同时,也修复一些被萧炎打出的伤。

水属性斗气，在斗气的分类之中，属于最温和的一种。在没有丹药疗伤的情况下，水属性斗气是最适合替人疗伤的，所以它一般也被称为活动的疗伤药。在很多佣兵队伍中，习有水属性功法的队员是必不可少的，毕竟在同伴受重伤之时，唯有水属性与木属性斗气，能够为伤员争取到足够的疗伤时间。

在若琳导师斗气的温养下，昏迷的戈刺很快便呻吟着苏醒了过来。睁开眼来，望着含笑立在身旁的若琳导师，他尴尬地立起身子，眼睛扫过萧炎，目光畏缩地躲闪了起来。

"呵呵，没事了吧？"松开手，若琳导师柔声询问道。

"多谢导师。"戈刺感激地点了点头。

"没事就好。"微微一笑，若琳导师转身在帐篷首座优雅地坐下，笑意盈盈地望着帐篷内的新生，素手一扬，手指上一枚纳戒光芒闪烁，一卷绿色的羊皮卷轴以及一支墨笔出现在手中。

抬了抬眸子，若琳导师意态慵懒地轻笑道："各位同学，恭喜你们都通过了预测，现在也算是进入了迦南学院的大门，不过因为学院需要区分学员的潜力值，所以我需要知道你们现在的确切实力。

"八段斗之气，属于F级潜力值，这是迦南学院入院的标准。九段斗之气，属于E级潜力值。一星斗者，D级，二星斗者，C级，依此类推，最高级别，则是S级别的五星斗者，当然，这里的年龄界限，是二十岁以下。"

"呵呵，S级潜力的新生，迦南学院在这十多年中，可就只遇见过一人噢，现在那小妖女在学院可是了不得呢。"若琳导师掩着红唇轻声笑了笑，长长的睫毛轻轻眨动，"我不太奢望自己能遇见一个小妖女级别的，能收到B级或者C级，也就满足了。"

说到此处，若琳导师目光若有若无地扫向萧炎与薰儿两人，在她的感知中，这帐篷之内，就唯有这两人，给她一种看不清摸不透的感觉，在她的预测内，两

人的潜力值应该不会低于C级。

其实不仅是她，帐篷内只要是见识过萧炎先前出手的人，都在心中暗暗猜测，这看上去有些变态的家伙，算是啥级别的潜力。

"好了，开始吧，从左边开始，报姓名、等级、年龄。"微微一笑，若琳导师素手持着墨笔，柔声笑道。

见到登记将要开始，帐篷内的萧玉等人也饶有兴致地在一旁闲坐了下来。

"喂，玉儿，你家那萧炎是什么级别啊？"与萧玉簇拥在一起，几名俏丽的女生好奇地打听着。

闻言，萧玉微蹙着柳眉沉吟了一下，她并没有见过萧炎去测试等级，所以也不敢将话说得太满，免得到时候出了差错，反而让萧炎面子不好看。现在的萧玉，也不知为何，反而有些莫名其妙地替萧炎考虑起来，这要放在以前，恐怕他越丢面子，她就越高兴。

略微迟疑了一下，萧玉方才说了一个有些保守的答案："我想，应该能达到C级或者B级吧。"

"哇，那也很不错了啊，我们以前评估潜力值，最好的也不过D级呢。"闻言，几名女生顿时有些羡慕地道。

萧玉轻笑了笑，旋即不再说话，将目光投向那评估已经开始的帐篷中央。

"黑岩，斗之气九段，年龄二十岁。"

位于左面排首的一名皮肤黝黑的青年，脸略微发红，率先报出了自己的数据。

微笑着点了点头，若琳导师迅速地记下了这名学员的资料，红唇微启："E级。"

"林顿，斗之气八段，年龄十九岁。"

"F级。"

"岢立，斗之气九段，年龄十七岁。"

"E级。"

"……"

在众人一个个地报着自身数据的同时，场外也偶尔会进来几个刚刚在外围广场通过预测的新生。这些新生在被一些学长严厉告诫了之后，赶紧乖乖地站在队伍之后，等待着报自身数据。

在报过去的二十多人中，大多数都是在斗者之下，当然，其中也不乏一些本来是九段斗之气，可因为冲击斗者失败，最后降成了八段斗之气的新生。

在临至萧炎的时候，前面所有人当中，最出色的成绩也不过是一名年龄在十七岁的一星斗者，按照潜力值计算，应该只算是D级。然而即使是这样，若琳导师也有些惊喜，毕竟十七岁就成为一星斗者，这种潜力已经算是不错的了。

当站在萧炎面前的那名新生报完数据之后，帐篷内众人的目光顿时汇聚在了那因为长久等待而有些昏昏欲睡的少年身上。

"萧炎哥哥，该你了。"望着身旁萧炎那蒙眬的眼睛，一旁的薰儿无奈地将他拉回神来。

"哦。"回过神的萧炎，连忙抹了一把嘴角本就不存在的口水，目光对着上面移了移，只见那位美丽的若琳导师正笑吟吟地盯着自己，他讪讪一笑。萧炎扳了扳手指，旋即露出洁白的牙齿，说："我可比不上导师口中的那位小妖女，我满打满算，并且把自己反复掂量了一下……似乎也只能勉强算是，A级吧。"

"呃……"萧炎这有些惋惜的话刚刚出口，窃窃私语的帐篷内，便骤然寂静。

角落处，罗布的脸急促抽动，他没想到，这看上去不过十六七岁的少年，竟然已经在等级上和自己持平了？

罗布的身旁，戈刺则是脸色略微发白，旋即满脸苦涩，难怪自己败得那么凄惨，原来这家伙一直在扮猪吃老虎。

"玉儿……你，你不是说他顶多C级或B级吗？怎么又蹦成A级了？迦南学院每次招生，A级潜力值的学生，也不会超过一百个啊！"微张着嘴望着萧炎，几名

女生喃喃道。

目光紧盯着少年清秀的脸，萧玉无奈地叹了一口气，嘟囔道："我怎么知道这家伙越来越变态了啊。"

"A级？"若琳导师惊愕地眨了眨眼，片刻后，展颜一笑，柔水般的轻笑让人心动。

"我就说这次捡到宝了，看来……果然不假。"

萧炎摸了摸鼻子，身旁却忽然传来薰儿的低笑声："萧炎哥哥，你又出风头了哦。"

"嗟，我知道你比我还强，那S级，恐怕该是你吧。"萧炎翻了翻白眼，没好气地道。

"呃……那我虚报好不好啊？"借着众人还未从震惊中恢复的空当，薰儿拉住萧炎的衣角，偷偷问道。

"还是报真实的吧，我难道还会吃你这妮子的醋不成？让学院知道潜力值，对你日后的发展也有好处，虽然你或许并不会在意这些。"萧炎耸了耸肩，笑道。

薰儿抿了抿小嘴，点点小脑袋，娇笑道："那就听萧炎哥哥的。"说着，她莲步微移，上前一步，少女轻灵动听的嗓音，在帐篷内轻轻回荡着。

"萧薰儿，六星斗者，年龄……十六岁吧……"

首位之上，刚刚举笔准备记录的若琳导师，手腕一僵，温柔的俏脸上，终于浮现出一抹震惊的神色！

第七章
初战大斗师

　　少女轻灵的嗓音，让帐篷内一片死静，所有人皆神情呆滞地望着那站在萧炎身旁淡然微笑的青衣少女，他们还未从先前萧炎所带来的震惊中清醒过来，却又被一记更沉的重锤狠狠地砸在了脑袋上。

　　六星斗者……十六岁……这种潜力值，似乎已经超过了S级的界限，这天赋，简直比学院中那妖女还要强横上一分！

　　望了望鸦雀无声的帐篷，萧炎苦笑着摇了摇头，薰儿所报出来的真实数据，也同样出乎他的意料。他原本预测薰儿应该在五星级别，却没想到这妮子竟如此恐怖，潜力值居然生生地超越了S级，这种变态的修炼速度，连他也感到惊愕。

　　帐篷中，听得薰儿说的话，萧玉同样目瞪口呆。在家族中，她从未见过薰儿出手，所以并不清楚她的实力，而且关于薰儿的神秘身份，也从没人告诉过她。在她的眼中，薰儿只是萧家年轻一辈中的一员，天赋绝佳，却从未想过，这个绝佳竟然绝到了这一地步……

　　"……这下学院里那妖女，总算是遇到对手了。"萧玉苦笑着摇了摇头，忽然

嘀咕道。

帐篷角落中,罗布与戈刺满脸惊惧地盯着那青衣少女,想起先前自己的刁难举动,顿时不由得有些冒冷汗,心头暗自庆幸,还好刚才并没有真的得罪这名美丽少女。

然而,此时暗自庆幸的他们并不知道,在挑衅萧炎之时,他们在薰儿心中的印象已经骤然降至最差。

寂静在帐篷之内持续了许久,众人方才缓缓回过神来,互相对视了一眼,都感到有些心悸。

"啧啧,没想到,竟然会被我遇见一名超越S级潜力值的新生,呵呵,看来我还真是交了好运。"平复下震惊的心情,若琳导师眼放异彩地盯着薰儿,片刻后,嫣然笑道,"此次迦南学院中,新生最杰出之人,恐怕非薰儿莫属了。"

听得若琳导师如此评价,薰儿微微一笑,却出人意料地摇了摇头。

"呃……"被薰儿的举动搞得一愣,若琳导师疑惑地眨了眨眼,不可置信地迟疑道,"难道还有人比你更出色?"

"是的,若琳导师。"薰儿点了点头,秋水眸子弯成浅浅的月牙,看上去极为可爱,"与他相比,薰儿的确算不了什么。"

"哦?"黛眉不着痕迹地挑了挑,十六岁成为六星斗者,这在那人眼中还算不了什么?若琳导师摇了摇头,虽然心中不信,但还是有些好奇地询问道:"他是谁?"

听得薰儿这番话,一旁的萧炎顿时感到有些不妙。果然,在若琳导师询问之后,薰儿便偏过俏美的脸颊,眸子泛着盈盈笑意,俏皮地盯着萧炎。

帐篷内的目光,随着薰儿的视线而移动,然后全部停在了那正无奈摊手的萧炎身上。

若琳导师一怔,旋即微笑道:"薰儿,萧炎的天赋的确不凡,A级的潜力值,已经能够让他排进迦南学院新生前一百的名次，不过……这似乎并没有你强。"

"嘿，没错，薰儿学妹，他的天赋虽然不错，但是比起你来，却还差得多。"角落中，罗布灿烂地笑道。

其实不止罗布一个人有此想法，整个帐篷中，除了少有的两三人外，其他所有人都将狐疑的目光投向萧炎。毕竟，虽然A级潜力值也很强，但是薰儿这几乎超越了S级界限的天赋，更是强悍得离谱，两者间，还有一段难以跨越的鸿沟。

淡淡地瞥了一眼满脸笑容的罗布，薰儿却懒得搭理他，冷淡的模样，让有心想要套点关系的罗布有些尴尬。

见薰儿盯着萧炎，若琳导师黛眉微蹙，若有所思的目光转移向满脸无奈的萧炎，柔声笑道："莫非，萧炎还隐瞒了什么不成吗？"

"喂，玉儿，他们到底在搞什么？难道真像导师所说，萧炎还隐瞒了什么？"瞧得帐篷中的场面，萧玉身旁的几名女生顿时有些好奇地问道。

萧玉并未回答，轻蹙着柳眉，脸颊上的情绪略微变幻。在薰儿提起此话之后，她才突然记起来，萧炎……似乎曾经有过三年的修炼空洞期，在那三年之中，因为一些诡异的变故，他的实力不仅没有提升，反而越降越低。

但是，最近这一年半左右，萧炎似乎……是硬生生地从三段斗之气，跳跃到了四星斗者，若真要分段比起来，这种恐怖的修炼速度，即使是薰儿，也不能相比。

想起这些差点儿因为萧炎现在的实力而被遗忘的东西，萧玉缓缓地吸了一口凉气。到现在她才明白，那平日总喜欢把自己气得暴跳如雷的少年，究竟有多恐怖……

"算不得什么隐瞒，我的事，乌坦城的人差不多都知晓一些。"被众人注视着的萧炎沉默了一会儿，方才耸了耸肩，无所谓地笑道。

"能说给导师听听吗？让学院清楚地知道每个学员的潜力值，有利于日后的培养，对你没有坏处的。"轻轻地放下墨笔，若琳导师玉手托着香腮，笑吟吟地

望着下面身躯修长的清秀少年。

"让我来说吧，萧炎哥哥不太喜欢提及往事。"瞧着萧炎有些迟疑的脸色，善解人意的薰儿微笑道。

"呵呵，也好。"若琳导师笑着点了点头，望向薰儿的目光中，有着几分耐人寻味之意，薰儿这般处处维护萧炎，以若琳的经验，自然能从中看出一些端倪。

现在薰儿的举动，无疑像是在对所有人炫耀着自己心中最骄傲的东西一般，这个被她精心保护的东西，容不得任何一点儿玷污。

到了这一步，萧炎只得无奈地点了点头。

瞧得萧炎点头，薰儿这才甜甜一笑，微蹙着眉头整理了一下思路，方才缓缓笑道："萧炎哥哥四岁炼气。"

听着这第一句话，若琳导师微微点头，初阶斗之气是最难修炼的，四岁修炼，并不算太早，也不算太晚。

"十岁，九段斗之气。"

薰儿接下来的话语，却让帐篷内的人身体一震。初阶斗之气的修炼之艰难，是斗气大陆公认的事，一般来说，四岁修炼斗之气，天赋好的，应该十五岁左右才能达到九段斗之气，再优秀一点儿，或许十三、十四岁达到，这十岁便达到九段斗之气，速度却是有些骇人了。

"十一岁，晋级成为斗者。"

听到此处，众人望向萧炎的目光，有些诡异起来，十一岁的斗者……这即使在迦南学院，也无人可比。

首位之上，随着薰儿的话语，若琳导师的眸子越来越亮，美眸中异彩掠过。

"嗯……接下来……"说到此处，薰儿抿了抿小嘴，轻声道，"十二岁到十五岁，萧炎哥哥从斗者……降到了三段斗之气。"

"呃……"闻言，满帐篷的窃窃私语戛然而止，大多数人脸上的表情都突兀地凝住了。

"降回了三段斗之气？"

玉手掩着红唇，好一会儿，若琳导师方才从这诡异的情况中回过神来，紧接着问道："后来呢？"

"后来，度过了三年修炼空洞期的萧炎哥哥，再次恢复了那惊才绝艳的天赋，在十五岁之后，短短一年半时间，从三段斗之气，提升到了现在的四星斗者。"小嘴微翘，薰儿笑吟吟地道，"所以，现在萧炎哥哥的实力，其实只是他这一年半的修炼成果而已，而薰儿却足足修炼了十六年，孰强孰弱，一见可知。"

"嗒……"

薰儿的话音刚落，帐篷之中，吸冷气的声音顿时此起彼伏地响了起来，一道道望向萧炎的目光中，充斥着对这种恐怖天赋的惊栗。

角落中的罗布与戈刺狠狠地咽了一口唾沫，面面相觑，皆从对方眼中寻出一抹惊恐与骇然。

微眯着眸子，若琳导师缓缓地吐了一口气，旋即美眸轻轻睁开，盯着那下方的少年，柔声道："没想到，你这一声不吭的小家伙，才是最恐怖的一个，若不是薰儿开口，这次还真让你逃过去了。"

望着似笑非笑地盯着自己的若琳导师，萧炎只得无奈地摊了摊手，旋即伴作恶狠狠地剜了掩嘴偷笑的薰儿一眼。

"呵呵，今日的登记便先到此吧，我们还会在此处停留七日。今天所登记的新生，恭喜你们，日后，你们便是迦南学院的一员，希望各位同学能在七日之内，将一切准备就绪。七日后，迦南学院的飞行车队将会抵达乌坦城，到时候，我们便能直飞学院。"将手中的羊皮卷缓缓卷拢，若琳导师柔声笑道。

闻言，帐篷内的众人顿时满脸欣喜。

望着微笑的若琳导师，萧炎上前一步，干笑道："若琳导师，我还有点事情……"

"哦？萧炎小天才，还有什么事要与导师说吗？"抬起美丽的俏脸，若琳导师

戏谑地笑道。

别扭的称呼让萧炎讪讪一笑，他挠了挠头，试探地问道："那个……我想，我或许不能和你们一起前去迦南学院了，因为还有一件重要的事需要我去完成，若琳导师，不知道我能不能申请一点儿假期啊？"

"请假？"略微一怔，若琳导师黛眉微蹙，轻声道，"按照规矩，新生除了一些特定假日之外，是没有其他假期的。"

"可我真的有很重要的事。"萧炎耸了耸肩，末了，还郑重地添了一句，"非常重要，甚至到了非去不可的地步。"

一旁的薰儿听得萧炎的话，精致的脸蛋儿变得黯然了许多，小手漫无目的地把玩着青丝，本来因为可以前去迦南学院而有些雀跃的心情，顿时消散了。

"请假？"听见萧炎的话，萧玉同样怔了怔，旋即疑惑地盯着前者，感到有些莫名其妙。

望着萧炎郑重的脸色，若琳导师蹙着黛眉沉吟了好半晌，方才轻点了点头，柔声道："好吧，你需要多久的假期？若不是太久的话，以我的职权，倒还能替你争取过来。"

瞧着若琳导师那双泛着柔和光芒的眸子，萧炎忽然感觉到脸皮有些发红。沉默了一会儿后，他方才尴尬地道："或许……一年左右吧。"

此话一出口，帐篷内陡然安静，一道道惊愕的目光瞬间转向那正在讪笑的少年。一年左右？这一刻，众人似乎都以为自己的耳朵出了问题，请假的不是没见过……可这刚刚入学，就直接请一年……这种事，在迦南学院建立以来，似乎还是头一次。

"玉儿，你家这人……胃口也太大了吧？一年？他不会是故意不想去迦南学院的吧？"雪妮目瞪口呆地望着萧炎，冲着萧玉问道。

苦笑着摇了摇头，萧玉同样有些搞不清楚萧炎这究竟是搞的哪一出。

"……你是在和我说笑吗？"若琳导师被萧炎的话搞得有些哭笑不得。请假一年？这几乎相当于请了接近三分之一的在校时间了。

萧炎无奈地摇了摇头，道："我是很认真地在与导师商量。"

黛眉紧皱，若琳导师望着萧炎的脸，其上虽然布满着无奈，却寻不出一丝说笑的意味。叹了一口气，若琳导师摇了摇头，轻声道："这假期实在是太长了，我可做不了主，你还是少请一点儿吧。以你的潜力，在学院里一定能得到最好的培养，又何必浪费自己的时间。"

听着若琳导师的劝说，萧炎苦笑了一声："这已经是最短的时间了。"

若琳导师素手轻轻揉着光洁的额头，看来先前她的预料很正确，这小家伙现在还没有正式成为自己的学生，便已经带来了如此让人头疼的难题，看来他还真有成为一名刺头学生的潜力。

"假期太长了……"再次摇了摇头，若琳叹道，话语中已经有点拒绝的意味。

"如果不能请假一年的话，我想，我或许得退出了。明年如果有机会，我再来参加迦南学院的招生吧。"萧炎抿了抿嘴，有些无奈地轻声道。

"退出？"听得萧炎此话，帐篷内顿时骚动起来，一旁的萧玉更是急得直跺脚。

见到萧炎以退出相挟，若琳导师柔和的脸颊终于有了些变化，她可舍不得自己招的天才学生跑了。她紧盯着那倔强的少年，片刻后，声音轻柔地道："萧炎，你就不要为难导师了好不好？你所要求的假期，实在太长了。"

萧炎摇了摇头，认真地道："若琳导师，这一年假期，我必须请！任何东西都阻止不了。"

望着那回答得极其坚定的少年，若琳导师再次大感头疼，素手轻揉着光洁的额头。片刻后，终于被萧炎的倔强惹出点点火气的她，猛地站起身子，咬着牙快步行至萧炎面前，嗔怒道："你这小家伙，就不能让人省点心吗？请那么久的假，对你能有什么好处啊？"

"呃……"望着那难得发怒的若琳导师竟然被萧炎激起了怒火，众人顿时满

脸惊愕，旋即无奈地摇头。

"这家伙连死人都能气活，导师遇见他，也算是倒霉了。"回想起自己每次被萧炎气得暴跳如雷的模样，萧玉对若琳导师升起一种同病相怜的同情。

看着站在面前俏脸嗔怒的若琳导师，萧炎也尴尬地笑了笑，能把性子柔和的导师气得这般失态，自己也真算是有些本事了。不过，这假，今天却是无论如何都要弄到手……

萧炎深嗅了嗅从若琳导师身上飘散而出的淡淡花香，强行将心中的心猿意马压下，他目不斜视地道："导师，我也有自己的苦衷，您就批准了吧，不然……我还真的只能退出招生了。"

"你敢！"好不容易收到一名堪称妖孽级别的学生，若琳导师哪会轻易放过，当下杏眼一瞪，叱道。

萧炎耸肩，不置可否。

望着萧炎这副满不在乎的模样，若琳导师也意识到自己有些失态，俏脸微红，退后了一步，沉默半响后，忽然微眯着美眸，淡淡地道："真的打算不顾一切都要请一年的假？"

瞧着若琳导师忽然变得淡然的模样，萧炎心头微紧，目光盯着那双美丽的眸子，却从中寻出了一抹危险的信号。

见到若琳导师这副模样，与之相处一年多的萧玉等人，顿时心头大感不妙，这时候的若琳导师，无疑已经进入危险状态。

虽然已经察觉到了一点儿不对劲的苗头，但是这种时候，就算是刀山火海，他萧炎也只得硬着头皮上了。咽了一口唾沫，萧炎当下干笑着点了点头。

看着萧炎点头，若琳导师缓缓地吐了一口气，重重地点了点头，纤指掠一下飘落在额前的青丝，淡淡地道："好吧，请假也并非不可能。"

听着此话，萧炎却并未有兴奋的表情，因为他知道肯定还有后话。

瞧着不动声色的萧炎，若琳导师有些诧异地挑了挑黛眉，显然，萧炎的定力远超她的意料。目光慵懒地瞟了萧炎一眼，若琳导师忽然冲着他温柔一笑，轻柔的声音却让在场的大部分人对萧炎投去了怜悯的目光。

"只要你能在我手中走过二十回合，请假一年，那便一年，学院的任何问题，我会全部帮你搞定！"

听着若琳导师的话，雪妮等一众女生顿时替萧炎哀叹了一声，旋即同情地望着满脸苦笑的萧玉："玉儿，节哀吧。"

"不知天高地厚的家伙。"咬着牙，萧玉恨恨地跺了跺脚，眼睛中却掠过一抹无奈的担心。

"怎么样？还请吗？"笑吟吟地望着萧炎，若琳导师温柔地问道。

嘴角咧了咧，萧炎挠了挠脑袋，漆黑的眼睛中闪过不易察觉的戏谑，似是沉吟半晌后，方才在众人的注视下，狠狠地点了点头。

"要请！"

闻言，若琳导师俏脸上的笑意，更加美丽动人，同时……也更危险。

听着萧炎竟然应下了若琳导师的条件，众人不禁对萧炎投去些许"敬仰"的目光。虽说萧炎天赋非凡，但他与若琳导师之间的距离，却犹如一条难以跨越的鸿沟，斗者与大斗师之间的差距，并不是光依靠天赋就能拉近弥补的。

萧玉同样被萧炎的应答搞得一愣，片刻后，无奈地叹了一口气，这家伙看来是不撞南墙不回头了。

"此处狭窄，我们去外边吧。"

冲着萧炎淡淡一笑，若琳导师率先朝着帐篷外行去，丰满玲珑的身姿摇曳间，释放着一股成熟的迷人风情。

萧炎摸着鼻子点了点头，举步跟上，帐篷内的众人在迟疑了一会儿之后，都争先恐后地蜂拥而出。

此时夕阳已经西下，淡红色的余晖给广场铺上了一层薄薄的红地毯，被烘烤了一整天的青石地板，也开始逐渐地变凉，站在广场中央，偶尔还能看见外面已

经稀疏了许多的人群。

清爽的凉风从广场中刮过,让刚刚出帐篷的萧玉等人,浑身为之一畅。

在众目睽睽之下,萧炎行至场中,与笑吟吟的若琳导师对立着。他干笑着说道:"待会儿还请导师手下留情。"

闻言,若琳导师嘴角泛起温柔的笑意,素手缓缓抬起,纤指上的一枚绿色纳戒光芒微闪,一卷蓝色长鞭泛着异样的光芒,突兀地闪现。

长鞭通体蔚蓝,其上竟然有着浓郁的能量波动,长鞭握手处,被精心雕刻成巨大的蛇口,蛇口之中深深地嵌着一枚足有婴儿拳头大小的蓝色魔核,长鞭之上刻有一些奇异的斗气铭纹,纹路之中散发着淡淡毫光。

光看长鞭的造型,便能知道,若琳导师手中之物,是一件经过精心打造的魔核武器。看武器中所蕴含的温顺能量,这件魔核武器的属性,竟然还和若琳导师所修属性相同,用这种武器战斗,使用者的实力几乎会得到一两成的增幅。

面对着萧炎的干笑,若琳导师直接用行动向他证明:想从我手中轻易取得一年长假,没门!

瞧着那挽着长鞭,俏立在面前不远处的美丽女人,萧炎嘴角一扯,旋即苦笑着摇了摇头。

"喏,随便用件武器吧。"

玉手一扬,若琳导师从纳戒中取出一把精钢铁剑,纤指在剑柄上轻轻一弹,剑身便化为一道黑影,对着萧炎疾袭而去。

望着那飞掠而来的铁剑,萧炎身形动也不动,任由铁剑携带着劲气掠来。

铁剑在距离萧炎身体仅有半米时,忽然极其突兀地定住了,旋即掉落而下,斜插在两块青石板间的缝隙之中。

耸了耸肩,萧炎拔出铁剑,胡乱地舞了舞,他从没学过剑法的斗技,所以用起剑来,颇为不适。

萧炎的镇定,让若琳导师黛眉轻挑了挑,美眸中闪过一抹赞叹。小小年纪便有如此定力,再加上其本身所具备的天赋,若琳导师似乎能够预感到,面前的小家伙,或许将会在强者的路上走得很远,很远……

"开始吧!"若琳导师手中长鞭随意地甩在距离萧炎面前几米处的石板上,其上所蕴含的能量水汽,顿时在石板上留下了一摊浅浅的水渍,她扬起俏脸,笑吟吟地道。

"嗯。"缓缓点了点头,萧炎的脸色逐渐变得严肃,这是他第一次与大斗师级别的强者交手,虽说有药老暗中相助,但与这种强者正面碰撞,也着实让萧炎心中有着不小的压力。

瞧着场上即将开打的两人,萧玉纤手不由得紧张地握了起来,难以掩饰脸上的担忧神色。

"哼,狂妄的家伙,仗着有点天赋就敢与身为五星大斗师的若琳导师战斗,还真是猖狂。"望着萧玉紧张担忧的模样,那本来因为萧炎所表现出来的天赋而有所收敛的罗布,在嫉妒心的驱使下,忍不住再次出言讽刺道。

"你说什么?"闻言,本来心情就处于担忧与紧张状态的萧玉,顿时柳眉一竖,俏脸含怒地回过头,叱道。

"说实话而已。"

萧玉所表现出来的怒火,除了让罗布心头酸味更重之外,似乎并未有其他效果。

"你有什么资格说他?他敢与大斗师战斗,你敢吗?一天到晚就知道装出虚伪的笑脸,可真遇见了麻烦事,却缩得最快,我萧玉最恶心你这种表里不一的男人,想让我喜欢上你,死了都没可能!"

萧玉冰寒着俏脸,冷冷地道。其毫不留情的讽刺话语,让周围的人听得目瞪口呆,相识这么久,她们何时见过萧玉如此对人说话?

脸一阵青一阵白,片刻后,罗布眼角抽搐着移开了目光,视线盯着场中的少年,眼瞳中闪过一抹隐晦的怨毒。

　　场外的冷声讽语，并没有干扰到气氛紧张的战圈，萧炎双眼死死地盯着若琳导师，身体不断地轻微颤抖着。他知道，大斗师的攻击，不论速度、力量还是战斗经验，都远非往常所遇的对手可比。所以此刻，他只得全神贯注地死盯着对方身体每个部位的轻微动作，以此来分辨对方接下来的攻击方式。

　　淡淡地瞟了一眼全身戒备的萧炎，若琳导师浅浅一笑，纤手一扬，手中长鞭犹如毒蛇出洞一般，在空中掠过一道淡淡的蓝影，对着萧炎竖劈而下。

　　长鞭掠过半空，略微凉爽的空气，顿时多出了几分湿润。

　　望着那几乎跨越了十多米距离的长鞭，萧炎眼瞳微缩，缓缓地吐了一口气，在长鞭到达头顶之时，身体霍然向左微微一移。长鞭带着破风劲气，贴着萧炎衣衫劈下，最后重重地砸在石板之上，一摊水渍迅速浮现。

　　避开了若琳导师的一击，萧炎脸色凝重，脚掌在地面重重一踏，身体微微弓起，旋即犹如离弦的箭矢一般，对着若琳导师暴冲而去。短短十几米的距离，几乎眨眼便至，然而就在萧炎即将进入攻击范围之时，一股劲气却猛地自身后传来。

　　萧炎脸色微微一变，身体骤然扑下，蓝色影子从身后贴着脑袋横飞而出。

　　身形前扑，萧炎对着地面猛地挥出一掌，强横的无形劲气重重地轰击在地面之上，顿时，一股反推力将萧炎的身体送上了半空。

　　人至半空，萧炎身体猛地旋转，手中的铁剑借助着身体旋转之力，霍然脱手，对着若琳导师甩掷而去。

　　铁剑划破长空，黑影带起一抹尖锐的劲气，宛若闪电。

　　淡淡地望着那破空袭来的铁剑，若琳导师素手轻抖，手中蓝色长鞭霍然回转，最后犹如通灵一般，在半空中纠缠成一片蓝色墙壁。

　　叮！铁剑与蓝色墙壁交接，顿时发出一声清脆的碰撞声，旋即被巨大的反震力震得寸寸断裂。

　　望着那被震成十几截小铁片的断剑，若琳导师微翘红润的小嘴，刚欲继续发动攻击，俏脸却微微一变。

只见半空中那断裂的十几截小铁片，忽然被一股无形的力量吸走，而且小铁片倒飞的方向，刚好是萧炎所在之地。

十几截小铁片在飞掠了一半距离之时，强猛的推力猛然间自萧炎掌心中铺天盖地般地暴涌而出，地面上的尘土，也在萧炎这一击之下，弥漫上天空。

咻，咻，咻！

凶猛的推力轻易地将小铁片之上的劲气化解，然后，十几截小铁片猛地转向，以更加凶悍的速度以及力量，闪电般地袭向若琳导师。

"小家伙果然有些本事。"望着萧炎以斗者实力，竟然做出起码需要达到大斗师级别才有可能使出的隔空吸物以及喷物，若琳导师诧异地赞了一声，旋即素手在身前飞快地结出一个手印，体内斗气顺着特定的脉络，急速运转。

"卸力水镜！"

随着若琳导师轻喝声的落下，其掌心中，大片的淡蓝斗气猛地喷涌而出，最后在其身前，形成椭圆形的蓝色水镜。

卸力水镜——一种修习水属性斗气之人才能掌握的防护斗技，级别并不高，只是黄阶高级而已，却极为实用。斗气大陆上很多精通水属性斗气的强者，大多都能用自身强横的斗气，凝造出具有卸力效果的奇异水镜。

水镜有半米多厚，在夕阳的照射下，反射出红蓝两色光芒。

噗，噗……破空而来的十多截小铁片击打在水镜之上，顿时将之穿透，不过在进入水镜内部之后，却被其中的那股急流，迅速化解力道。

当……失去了力量的支持，那些小铁片从水镜中脱离而出，无力地掉落在石板之上，发出清脆的声响。

望着场中这闪电般的交锋，场外围观的众人顿时对萧炎投去惊诧的目光。他们没想到，这家伙面对着大斗师级别的强者，竟然还有胆子主动发起攻击。

虽然攻击没有取得多大的效果，但是萧炎并不沮丧。他知道，自己若不是依

靠着"吸掌"与"吹火掌"互相配合的妙用，早就在那犹如鬼魅一般的长鞭攻势中落败。

处于半空的萧炎因为没有借力点，身体开始迅速下落。然而就在萧炎离地不过两三米之时，蓝色长鞭猛地贴着地面，犹如立起身子的毒蛇一般，对着萧炎缠绕而来。

右掌曲卷，萧炎对准地面猛地一吸，降落的身形骤然落地。

再次借助"吸掌"的能力躲过一劫，萧炎脚掌刚刚接触地面，脚尖便猛然一踏，微弓的身体再次朝前一蹿，终于真正进入自己最擅长的攻击范围。

萧炎并不擅长用兵器，他喜欢用肉体去搏斗，在近身攻击的刹那，拳、头、肘、腿……全身每处地方，似乎都成了能够置人于死地的杀人利器，只要速度够快，他就能够在极短的时间内，施展出犹如暴风一般的狂猛攻击。

逼近若琳导师的身体，萧炎脸色肃然，拳肘腿脚闪电般地狂猛甩出，不过每一次的攻击，都会被对方轻易化解。

"碎心掌！"

"劈石腿！"

"重肘击！"

…………

好不容易得到疯狂攻击的机会，萧炎几乎将所学的斗技完全地施展了出来，然而所取得的效果似乎微乎其微。

在萧炎的感知中，面前的若琳导师犹如在身体上覆盖了一层滑腻的水膜一般，每当他的攻击落在其身体上时，都会诡异地滑开，犹如在做无用功。

又攻击了一次，目光刚好扫到若琳导师眸子的萧炎，身体却微微一震，他分明从那双眸子中寻出了一抹戏谑。

心头警铃大响，萧炎刚想移动脚步，却骇然发现，一股黏力将自己的脚掌粘在地面上。他已动弹不得。

突如其来的变化，让萧炎眼瞳微微一缩。抬起头，望着若琳导师那似笑非笑的表情，萧炎嘴角一扯，身体不再移动，拳头猛地紧握，携带着体内最后所剩的全部斗气，对准若琳导师重轰而去。

"八极崩！"

随着心中响起的暴喝声，萧炎拳头之上青筋鼓动，深黄的斗气覆盖拳头，最后携带着尖锐的破风劲气，狠狠地击向若琳导师。

萧炎攻击忽然变强，让若琳导师眸中闪过一抹惊诧，玉手微旋，小巧的能量水旋浮现于掌心，最后与萧炎的拳头轰在了一起。

嘭！一声闷雷般的声音，在空旷的广场上炸响，惹得众人惊叹不已。

拳掌的交接持续了一瞬，若琳导师轻飘飘地退后了几步，满脸笑意地望着萧炎，轻笑道："看来你的假期，似乎兑现不了了啊。"

身体剧烈地颤抖了几下，萧炎方才脸色有些发白地将劲力化解而去，低头望着脚掌处，却发现原来自己在不知不觉间，已经踩在了那被蓝色长鞭所制造出的水团之中……

"难怪刚才任我如何攻击她也不还手，原来是在引诱我走进她所布置的陷阱……"回想起先前的一幕，萧炎顿时明白了若琳导师的企图，原来她是在想办法将自己引以为傲的闪避速度给限制下来。

"这女人，也不是盏省油的灯啊……"使劲抬了抬脚，可以萧炎此时的实力，又怎么脱离得了一名大斗师精心布置的陷阱。

"呵呵，萧炎，一切都结束了哦，最后一回合！"

笑吟吟地望着脸色急速变幻的萧炎，若琳导师柔声一笑，素手一探，蓝色长鞭顿时缠绕在修长的玉臂之上。

手掌紧握着蓝色长鞭把柄处的巨蛇口，若琳导师红唇微启，深蓝色的强猛斗气猛然输进长鞭之中，旋即喷涌而出。

庞大的蓝色能量，犹如喷泉一般，在半空中翻腾不休，片刻后，竟然翻滚着

凝聚成了三四米长的巨大水蛇。水蛇仰天一阵无声咆哮，巨大的水滴从其身体上砸落而下，将地面浸得湿透。

咆哮之后，水蛇在若琳导师的控制下，带着恐怖的威势，对着身形已经动弹不得的萧炎扑砸而来。

望着那盘旋在半空中的巨大水蛇，围观的众人顿时发出惊呼。

"玄阶中级斗技——水曼陀罗？"

"天啊，导师竟然把这招都施展了出来，看来萧炎那小家伙，这次要受不小的苦了。"雪妮惊叹地摇了摇头，旋即朝着那被定在原地动弹不得的萧炎投去同情的目光。

"导师这是在给那家伙下马威呢，以他那桀骜不驯的性子，若是不好好震慑一番的话，恐怕以后导师还真的难以管教。"萧玉无奈地叹道，她倒是一眼看出了若琳导师的目的。

虽然若琳导师使出了玄阶中级斗技，但是萧玉并未太过担心，她知道，若琳导师并不会真的伤到萧炎，不然，以她的实力施展"水曼陀罗"，又岂会只有这点声势。

当初在学院，萧玉曾经有幸看见若琳导师使全力施展"水曼陀罗"，当时斗气所凝聚而出的水蛇，可是有七八米长，远非此时这缩小版可比。

冷眼望着陷入困境的萧炎，罗布嘴角挑起幸灾乐祸的冷笑，心中恶狠狠地诅咒他最好丧命在若琳导师这记攻击之下。

场中，巨大的水蛇对着萧炎俯冲而下，强猛的风压将萧炎的衣衫压迫得紧紧地贴在他身体表面。头顶上传来的强大劲气，让萧炎无奈地叹了一口气，大斗师实力果然恐怖，现在的她，恐怕连一半的实力都未施展出，而自己已经到了山穷水尽的地步。

萧炎缓缓地抬起头，望着那在夕阳的余晖下，显得有些狰狞的巨大水蛇，眼睛逐渐闭上，嘴中苦笑着轻声道："唉，药老，出手吧，大斗师的确远非此时的我能抗衡。"

"嘿嘿，小家伙，终于知道你现在的实力在真正强者眼中，其实什么都不是了吧？强者的路，你才刚刚踏出第一步而已！"淡淡的苍老声音在萧炎心中缓缓响起。

"的确很强。"

萧炎点了点头，拳头猛然紧握，微眯的目光透过透明的水蛇，盯着远处那笑吟吟的温柔美人："不过我相信，日后，我会变得比她更强！"

轰！巨大的水蛇终于临至头顶，最后狠狠地轰在了萧炎身体之上，顿时，大地为之一颤，水花冲天而起。

望着那几乎被水幕遮掩的所在，若琳导师微微一笑，按照她所掌控的力度，这次的攻击足以让萧炎昏迷过去。

"玉儿，将他抬出来吧，在水中长久浸泡，对身子不……"若琳导师偏过头，对着萧玉柔声说道，然而话还未说完，导师俏脸骤然一变，缓缓地回转过头，美眸紧紧地盯着那水雾弥漫的场中。

淡淡的水雾弥漫在小片广场，轻轻的脚步声忽然在水雾中响起，少年颀长的身影缓缓行出，最后停在广场中。望了望对面若琳导师那震惊的脸色，少年挠了挠头，含笑道："若琳导师，抱歉，看来这一年假期，似乎跑不掉了……"

看着那满脸笑意地站在水雾之中的少年，众人脸上一片震惊！

第八章
离 去

望着那站在水幕下,而衣衫却无一点儿水渍的萧炎,若琳导师脸上的震惊缓缓收敛,再次深深地看了一眼那笑吟吟的少年,柔声道:"小家伙果然有些本事,我倒是看走眼了。"

"嘿嘿,侥幸而已,若是导师肯使出全力,我肯定走不了三个回合。"挠了挠头,萧炎笑道。

"若是对付一名四星斗者的新生,还要使出全力,你觉得我还能在学院混吗?"闻言,若琳导师白了萧炎一眼,嗔道。

"既然你达到了我所要求的条件,那一年的假期便给你吧,唉……"轻叹着摇了摇头,若琳导师有些无奈地道。显然,虽然萧炎达到了条件,但是让她批准一年的假期,她依然有些不情愿。

"嘿嘿,多谢若琳导师成全。"闻言,萧炎心中重重地松了一口气,赶快欣喜地道谢。

"唉,别人巴不得在学院多待会儿,你这小怪胎却要请这么久的假,真是让

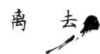

人头疼。回学院后，关于你这假期的问题，我还得忙活好一阵呢。"瞧着萧炎那兴奋的模样，若琳导师苦笑道。

萧炎尴尬地笑了笑，却保持了沉默，那种事，他并不想多说。

"好了，今天的招生工作到此结束吧，剩下的七天时间，我们会一直在城中持续招生。"见萧炎没有解释的意思，若琳导师只得无奈地摇了摇头，收起长鞭，柔声道。

萧炎微微点了点头，现在，他心头的大石头终于完全地放了下去。乌坦城的事情差不多都已经解决，只要再准备两三日，他就能放心地随药老外出修行历练了。

"导师，在乌坦城的这段时间，去我们萧家住吧？"望着打算转身要走的若琳导师，萧玉急忙跑上前来，拉着她的手臂，娇笑道。

"去萧家？"微微一愣，若琳导师黛眉轻蹙，迟疑地说道，"迦南学院在乌坦城有指定的接待处，去萧家会不会有些打扰啊？"

"呵呵，没关系，能请到迦南学院的导师，是我们萧家的福气。我想，若是知道若琳导师愿意去萧家做客，萧家上下会很高兴的。"缓缓走上前来，萧炎微笑道。

作为斗气大陆闻名的学院，迦南学院在加玛帝国的影响力极为巨大，论起实力来，就算是米特尔拍卖场，也与之相差甚远。

作为一种超然的强大势力，迦南学院看待乌坦城的这些地方势力，无疑是一种俯视的心态，而在这种心态的驱使下，历年的招生队伍很少与乌坦城中的势力打交道，更别提接受哪方势力的邀请，直接入住地方家族了。

而且在这种情况下，城中的各方势力也非常有自知之明，他们知道两者间的差距，弱者难道还奢望强者对其客气有礼吗？抱着这种想法，乌坦城的各方势力，也并没有脑子发热地去用热脸贴冷屁股，所以，对于迦南学院的招生队伍，他们都保持着敬而远之的态度，既不敢招惹，也不敢厚着脸皮去拉关系，免得到

头来反被人嘲笑。

在乌坦城生活了十多年，萧炎自然非常清楚迦南学院的招生队伍属于何种超然的势力，如果能让若琳导师入住萧家，那么萧家在乌坦城中的影响力，将会借此再次稳步上升，甚至不会弱于米特尔拍卖场。

以若琳导师的特殊身份，别说是入住地方家族，就是随便对哪个小势力表现出几分好感，恐怕第二天，那名不见经传的小势力就会感受到门庭若市的盛况。

虽然这般说有些夸张，但是毕竟若琳导师手中掌握着进入迦南学院的机会，对于那些想要把子女送进去的人来说，只要有任何一点儿机会，他们都不会轻易放弃。

所以只要若琳导师接受了萧炎的邀请入住萧家，那么乌坦城的许多势力都将会因此对萧家多出几分讨好之意。前段时间萧家疗伤药的利润太过丰厚，现在若是能够让若琳导师表现出对萧家的好感，那么萧家前段时间过度发展的一些弊端，就能被完美解决。

只是暂时居住几天时间，便能给萧家带来这般多的好处，所以难怪萧炎也不遗余力地竭力邀请。

听得萧炎开口，若琳导师微抿着红润的小嘴，以她的经验，自然能够知道她的身份在乌坦城有着何种影响力。按常理来说，往年的招生导师一般不会理会城中的这些势力。不过现在萧炎开口了，却让若琳导师说不出拒绝的话来。对于这位堪称迦南学院最近百年内潜力值最出众的学生，她可不会随意无视他的话，不然一旦气跑了这小家伙，她可就难以再找到如此杰出的学生了。

蹙着黛眉沉吟了片刻，若琳导师轻点了点头，笑吟吟地道："好吧，那便打扰萧家几日吧。"

见到若琳导师点头答应，萧玉顿时扬起了笑脸，笑嘻嘻地抱着她那柔软的柳腰。

"罗布，你与戈刺他们便先回接待处吧，明日继续来此处，记住，可不要给

我惹事！"宠溺地拍了拍萧玉的脑袋，若琳导师偏头对着帐篷处的罗布一堆人吩咐道。

"嗯。"罗布干涩地点了点头，望着那娇笑打闹着逐渐远去的一群女子的背影，无奈地摇了摇头。萧玉没邀请他们，他们自然也没脸强行跟上去，所以一众男生只得萎靡地收拾好东西，旋即全身无力地朝着广场另外一边行去。

在听得迦南学院招生导师来到萧家的消息后，议事厅内正在商议事情的萧战以及三位长老顿时静了下来，他们满脸惊喜地站了起来，对视了一眼，旋即连忙出了大厅，赶至家族大门处，满脸笑容地将门口处的一众俏丽女子迎了进来。

在得知若琳导师等人来此处的目的之后，萧战毫不犹豫地满口答应，立刻遣人去后院准备空房，这般干脆利落的举动，也博得若琳导师等人不少好感。

家族中忽然多出了一批容貌俏丽的迦南学院高才生，族内的气氛顿时热闹了许多，不少年轻族人都拥了过来。

夜色逐渐降临，作为主人家，萧家自然热情招待了大家。晚饭过后，见到双方谈话还算热切，累了一整天的萧炎找了个借口，悄悄地溜回了自己的房间，全身疲软地一头栽在了柔软的床榻之上。今日与若琳导师的那场战斗，虽说最后有药老相助，但也让他身心疲惫……

清晨的阳光从窗户中洒进，将房间照得颇为明亮。床榻上，少年睡眼蒙眬地坐起身子，愣了片刻之后，方才连连打着哈欠爬下床，简简单单地洗漱了一番。

"药老，我们什么时候动身啊？"萧炎将脸上的水擦干，随口询问道。

"待会儿出去准备一些东西吧，淡水、干粮、帐篷、驱虫散、低级药材以及一些疗伤、回气的丹药，都是修行中必不可少的东西，你得准备齐全，毕竟，我们或许会度过一段时间不短的深山生活。"虚幻的药老突兀地出现在桌旁的椅子上，淡淡地说道。

"嘿嘿，我很期待。"萧炎将衣衫飞快地套在身上，笑道。

望着萧炎那副跃跃欲试的模样，药老挑了挑眉，轻声道："从出生到现在，你从没经历过生死战斗。人的潜力，只有在生命受到威胁之时，才会犹如火山一般爆发，像你以前那般不紧不慢地修炼，恐怕永远难以成为真正的强者！"

"修炼天赋，你并不欠缺，你所欠缺的，是铁与血的历练！"药老随意地把玩着手中的茶杯，瞥了一眼穿衣速度逐渐变慢的萧炎，淡淡地道，"只有经历过血的磨炼，你才会真正地蜕变。"

萧炎缓缓握紧拳头，对着药老笑着扬起脸："我相信自己能通过。"

"有信心就好。"药老轻笑着点了点头，他很满意萧炎的自信。

"嘿嘿，不过，老师……您上次说的地阶斗技……什么时候教给我啊？"萧炎嘿嘿一笑，凑上前来，满脸垂涎地笑问道，他对那地阶斗技，可以说是向往已久。

斜瞥了一眼笑眯眯的萧炎，药老苍老的脸上扬起一抹戏谑："放心吧，既然说了会教给你，那我就不会食言，等离开了乌坦城，嘿嘿……你就等着跟我慢慢学吧！"

瞧着药老这副模样，萧炎心头顿时闪过一丝不妙的感觉。他干笑了两声，不再废话，将所有东西揣进怀中，然后拉开房门，走了出去。

此时的若琳导师等人，已经再次赶去昨天的广场，进行着今天的招生工作，所以家族中变得空荡了许多。

随意地拐过几条小路，萧炎大摇大摆地走出家族大门，望着门外的场景，却忽然一愣。只见那大门之外的宽敞通道上，此时已是车辆拥挤，那些外表华丽的马车上印有不少徽章。通过徽章，萧炎认出不少乌坦城实力不弱的势力。

"啧啧，这些家伙的消息还真灵……"惊叹地摇了摇头，萧炎再次领略到，迦南学院的招生导师，对乌坦城来说，具有何种强大的影响力了。

目光随意地瞟了瞟，萧炎便收回了视线，没有再理会这些人，径直扬长而去。

穿过因为迦南学院的招生而变得热闹至极的街道，萧炎慢吞吞地朝着城中心的拍卖场走去。在即将到达目的地时，他依然不厌其烦地套上了黑色的大斗篷，然后才放心地走进人气比平日更火爆的拍卖场中。

拍卖会，候客厅。

雅妃拿着一卷长长的纸，好一会儿后，方才把上面的材料看完，妩媚的脸上浮现一抹惊异的神色。她抬起头望着身旁的黑袍人，愕然问道："萧炎弟弟，你怎么要弄这么多野外所需的物资？难道打算出远门不成？"

"嗯，我这几天就要离开乌坦城了，或许……一两年才会回来。"轻轻抿了一口茶水，萧炎轻笑道。

"一两年？"

闻言，雅妃再次一愣，惊讶地问道："怎么要这么久？你打算干什么？"

"呵呵，我现在也成年了，想出去历练历练，一直困在这小小的乌坦城，实非我所愿……"萧炎淡淡地笑道。

"唉，以你的修炼天赋，一直留在乌坦城，也的确难以成为真正的强者。"微微点了点头，雅妃轻声道。

"那位神秘炼药师，也会和你一起走吧？"沉默了一会儿，雅妃问道。

"嗯，他是我的老师。"

"难怪……"恍然地点了点头，雅妃深深地看了一眼萧炎，沉吟道，"那你……也应该算是一名炼药师吧？"

"萧家的疗伤药，便是我自己炼制的。"萧炎这次并未再有半点隐瞒，笑着回答道。

"呵呵，谷尼叔叔从那凝血散的质量中看出了一些端倪，只是他并不知道你与那名炼药师的关系，所以并没有猜到你头上来。"对于萧炎这话，雅妃却只是平静地点了点头，并未表现出太多的惊讶，显然，她事先已经猜出了一些东西。

"麻烦帮我把物资准备好，所需要的钱从卡中扣去吧，别拒绝，我并不想走

前再欠些人情。"从怀中掏出一张淡金色的卡片,萧炎将之递向雅妃,卡中有四十多万金币,全是萧家销售疗伤药所分的利润。

"好吧。"

有些无奈地点了点头,雅妃只得接过卡片,挥手叫来一名侍女,将卡片与纸张交给她,吩咐其速去办理。

"我走后,希望米特尔拍卖场能多多照料一下萧家,日后若是雅妃姐有需要帮忙的地方,萧炎不会推辞。"萧炎微笑道。

"呵呵,既然你都叫了声雅妃姐,我又怎么好意思拒绝?"萧炎的这个比往日多了几分诚意的称呼,让雅妃狭长的美眸弯起迷人的弧度。

"萧炎弟弟,我很期待,当你再次回到乌坦城时,将会达到何种级别!"雅妃轻声道。

"我也蛮期待的。"

萧炎微微一笑,抬头望着纱帘之外快步走来的侍女,缓缓站直身子,摆了摆手,笑道:"我走了,这恐怕是告别之前最后一次来你这里了。"

雅妃盈盈站起身,俏立在萧炎面前,望着这相处了一两年的少年。虽然两人间的关系以合作为主,但是对于这比自己小了几岁的淡然少年,雅妃心中总是有几分另类的喜爱,不算是男女间的情感,而是类似一种姐弟情感。

雅妃伸出玉手,轻轻拍了拍萧炎的肩膀,灵动眸子中带着些许伤感:"保重!"

"雅妃姐,保重!"萧炎对着雅妃扬了扬手,径直转身向外行去。

"雅妃姐,再见了!一年后再见!"轻笑了一声,萧炎走到门口处,笑眯眯地从侍女捧着的银盘中拿过淡金色卡片与两枚小小的纳戒,轻声说了一句谢谢,然后头也不回地朝着拍卖场之外行去。

从拍卖场出来,萧炎立在川流不息的街道分岔口,望着这座自己生活了十多年的城市,许久之后,有些落寞地轻叹了一口气,旋即紧紧地握着拳头,似是在

给自己打气般地轻声道:"外面的世界,一定会更精彩……"说完,萧炎笑了笑,甩去心中的一些惆怅,迈着脚步,汇入人流之中,迅速消失不见。

在将所有的物资准备齐全之后,剩下的两日时间,萧炎便停止了忙碌,静下心来享受着这极其短暂的平静生活。而似是清楚萧炎此时的心情,药老也一直没有出言打扰,任由他自己安排时间。

萧炎这两日的安静,也让有些敏感的薰儿察觉到了什么,于是,小妮子一没事就跟在萧炎身边,水灵的眸子中泛着浓浓的不舍与眷恋。

对于这跟屁虫,萧炎也感到有些无奈,只得在与她相处之时,轻声地安慰着,这才让薰儿情绪稍微好转。

行走在家族宅邸里的小路上,萧炎舒展了一下身子。今天便是离开的日子,刚才他已经去见了父亲,说了自己的打算。

而在听得萧炎今日便要动身离开之后,萧战虽然心中极为不舍,但是也清楚萧炎的视野不会局限在这小小的乌坦城之中,以他的天赋,只有外面那无边无际的天空,才能让他随心所欲地展现自己。

雏鹰已长,当空而舞!

"炎儿,日后若是有机会,可以去加玛帝国边境处的石漠城看看,你大哥与二哥便在那里发展,听说他们最近几年建立了一个名为'漠铁'的佣兵团,在当地也算是不弱的势力。"

回想起先前在书房父亲所说的话语,萧炎微微一笑,在经历过成人仪式后,两位兄长便出去历练闯荡,而父亲当时还不是一族之长。最近几年,或许是因为路途遥远或者佣兵团中事务繁忙,他们很少回乌坦城,不过年少时的记忆,让萧炎对他们颇有几分感情。

"萧炎。"转过路角,女子温柔的声音让萧炎止住了脚步。

他抬起头,望着路旁的美丽女人,不由得笑道:"若琳导师,怎么没去招生啊?"

"回来拿点东西,现在请薰儿帮忙呢。"微微一笑,若琳导师缓步上前,目光在萧炎身上扫了扫,柔声道,"打算走了?"

"嗯。"摸着鼻子,萧炎点了点头。

"不和玉儿、薰儿她们打声招呼吗?"

"算了,免得到时候大家伤感,安静地走也好。"耸了耸肩膀,萧炎笑道。

"你倒是洒脱,却让别人来伤心。"嗔怪地盯了萧炎一眼,若琳导师略微沉默,旋即温柔地说道,"希望一年后,我能得到某人冲上云岚宗的消息。"

萧炎微微一怔,旋即笑着点了点头。在家族中住了几日,总有一些大嘴巴会把自己与纳兰嫣然之间的事情说出来,所以萧炎并未追问她是如何得知此事的。

"其实,我很想知道,如果她知道你如今的实力,会是何种心情。"若琳导师忽然俏皮地说道。

摊了摊手,萧炎再次与若琳导师笑谈了一会儿,然后便在她的注视中,缓缓消失在小路的尽头。

顺着小路,行进自己的房中,萧炎从枕头下取出三枚纳戒,将暗红色的一枚戴在手指上,其余两枚则被他小心地揣进了怀中。虽然是三枚低级纳戒,但是也能算是珍贵之物,"行走在外,财不露白",这点道理,萧炎还是明白得很。

萧炎携带之物很简单,三枚低级纳戒便将所有东西都收了进去。站在房门处,萧炎望着变得有些空荡的房间,淡淡一笑,伴随着房门轻轻的嘎吱声,最后一缕阳光,从门缝间逐渐消失……

少年一身普通衣衫,双手空空地从大门中走出,然后在家族护卫恭敬的目光中,缓缓地消失在街道的尽头。

这些护卫并不知道,他这一走,就得年把时间才能回家。

薰儿今日有些心绪不宁,少女微蹙的眉头有着淡淡的忧郁,目光也没有焦距,任谁都知道她此时的心不在焉。

"薰儿学妹,喝点水吧。"

一道柔和的男子的声音忽然在薰儿身旁响起，一个模样俊秀的青年正微笑着端来一杯清水。

被打断了思绪，薰儿抬了抬头，望着身旁的俊秀青年。这个青年是此次招生队伍里男学员中实力最强之人，就算是罗布，与之相比，也要弱上许多，而且这人并没有罗布那种一眼就能看出的虚假笑容。薰儿偶尔与一些女学员聊天时，发现似乎队中不少女生，对这位实力强、人又帅、脾气温和的学长抱有好感。

虽然青年的笑容温和且不刺人，但是这并不能赢得薰儿过多的关注。薰儿目光随意地瞟了瞟，淡淡地摇了摇头："不用了，谢谢。"

薰儿的冷淡态度，并未让青年脸色有什么变化。他耸了耸肩，毫不介意地收起水杯，微笑道："今天招生测验，若不是薰儿学妹帮忙，恐怕我们得手忙脚乱，真是麻烦你了。"

"若琳导师请我来帮帮忙而已。"摇了摇头，薰儿又微偏了偏头，望着那又欲说话的青年，轻声道，"学长，能让我静一静吗？"

"呵呵，抱歉，我这人话总是有些多，打扰了。"青年笑脸微僵，旋即笑着点了点头，转身朝着帐篷行去。

"嘿嘿，林喃，怎么，对人家动心了？"行近帐篷，一道笑嘻嘻的声音，忽然传了出来。

脚步顿住，被称为林喃的青年瞥了一眼满脸笑容的罗布，身子斜靠在帐篷杆上，端起手中的水杯抿了一口，微眯着眼睛，望着那在夕阳的映射下，身姿修长的少女，目光中掠过一抹炽热："很少见到这么特别的女孩了，学院中可没多少女生能与她相比。"

"可人家似乎对你不感兴趣啊。"罗布戏谑地笑道。

"兴趣是可以培养出来的，日后有的是时间，急什么？"林喃微笑道。

"她……和那个叫萧炎的家伙关系不错啊。"瞥了一眼不远处的少女，罗布似是无意地道。

晃动的水杯微微一滞，林喃眉头紧皱："那家伙真的在若琳导师手下撑下了二十回合？"

"的确是真的，那天你们几人在外面测验，所以并未看见。可我们一干人，却是亲眼所见，若琳导师最后使出了'水曼陀罗'，依然被那家伙扛了过去。"回想起那日的战斗，罗布脸上忍不住闪过一丝惊骇，沉声道。

手掌微紧，林喃将杯中的清水一饮而尽，撇嘴道："就算是真的，我也不会因此放弃她，那家伙修炼天赋的确很强，不过说起如何讨好女人来，却比我差得远了。嘿，而且他还要离开薰儿一年，这一年，我有大把的时间让薰儿淡化对他的感情……"

说到此处，林喃略微有些得意，作为一名情场老手，他对于捕获一名少女的芳心很有信心。

"薰儿，"若琳导师忽然快步跑进广场，最后停在少女面前，喘了几口气，轻声道，"他走了？"

小手微微一颤，薰儿沉默了片刻，点了点头。

"薰儿，别伤心了，只是分开一段时间而已。"瞧着薰儿安静的模样，若琳导师叹了一口气，安慰道。

"嗯。"轻点了点头，薰儿忽然站起身子，在若琳导师疑惑的目光中，朝着帐篷处的林喃两人走去。

少女缓缓走来，最后在两人面前停下，精致的小脸上瞧不出一点儿喜怒，灵动的眸子盯着林喃，轻声道："学长，能陪薰儿切磋一下吗？"

"呃……"听着薰儿这要求，林喃一愣，半晌后，方才笑道，"薰儿学妹有这要求，我自然不会反对，切磋之时，我会把实力压制到与你平级。"

薰儿没有再开口，小脸淡然地径直行进帐篷之中。

"嘿，你小心点吧，她可是六星斗者。"见少女进入帐篷，罗布笑着提醒道。

"我两个月前就已经晋入七星了。"微微一笑，林喃望着帐篷，含笑道，"看

来这似乎是一个不错的开头，女孩一般都是在这种时候，心灵最脆弱。"

林喃嘴角微翘，整了整衣衫，然后在罗布那艳羡的目光中进入帐篷。

站在帐篷之外，罗布等待了几分钟，然后那帐帘便被掀开，一脸淡漠的少女缓缓踱出。

"呃……"竟然是薰儿先出来，罗布不由得一愣，不过瞧着少女的脸色，却不敢开口询问。

少女站在帐篷之外，抬起精致的小脸，望着那即将落下的夕阳。这时候，少年或许早已经出城了吧？小手掠过额前的青丝，片刻之后，薰儿偏过头，对罗布轻声道："日后再从谁口中听见关于萧炎哥哥的不是，我会杀了他……"

被那双水灵动人的眸子紧盯住，罗布脸上却泛不起一点儿笑意，一股寒意在心中蔓延。

收回目光，薰儿朝着广场外缓缓行去。

待薰儿离开之后，若琳导师与罗布赶忙掀开帐篷，身躯陡然一震。

帐篷之内，林喃正蜷缩在地，原本俊秀的脸，此时已经青肿，显得丑陋至极。在其身旁的地面上，十几颗染血的牙齿正随意地散落着，看上去极为刺眼……

第九章
云岚宗

云岚宗——作为加玛帝国数一数二的庞大势力，其宗门直接设置在距离帝国都城仅有十多公里远的一座雄伟的山峦之上。因云岚宗之名，此山又被称为云岚山。

云岚山山势陡峭，三面临崖，仅有一条道路可通山巅，可谓是一处易守难攻的险地。而且满山上下都有云岚宗的弟子严密巡逻，整个山峦俨然是一座小型要塞。

在距离云岚山山脚仅有两公里的地方，驻扎着五万帝国铁骑。虽名为守卫都城，但任谁都能看出，这是帝国的统治者在防备着这头邻近都城的猛虎。

云岚宗后山山巅，云雾缭绕，宛如仙境。

在悬崖边缘处的一块凸出的黑色岩石之上，一个身着月白色裙袍的女子，正双手结出修炼的印结，闭目修习。其一呼一吸，形成完美的循环，在每次循环间，周围能量浓郁的空气中都会有一股股淡淡的青色气流，气流盘旋在女子周身，然后被其源源不断地吸收进身体之内，进行着炼化、收纳……

当最后一缕青色气流被吸进身体之后,她缓缓地睁开双眸,淡淡的青芒从眸子中掠过,披肩的青丝刹那间无风自动,微微飞扬。

"纳兰小姐,纳兰肃老爷子来云岚宗了,说让你去见他。"

见到女子退出了修炼状态,一名早已经等待在此处的侍女,急忙恭声道。

"父亲?他来做什么?"闻言,女子黛眉微皱,疑惑地摇了摇头,优雅地站起身子。

目光慵懒地在深不见底的山崖下扫了扫,女子玉手轻拂了拂月白色的裙袍,旋即转身离开了这处她专用的修炼之所。

宽敞明亮的大厅之中,一名脸色有些阴沉的中年人正端着茶杯,放在桌上的手有些烦躁地不断敲打着桌面。

纳兰肃现在很烦躁,因为他几乎是被他的父亲纳兰桀用棍子撵上云岚宗的。

他仅仅是率兵去帝国西部驻扎了一年,没想到自己这个胆大包天的女儿,竟然就敢私自把当年老爷子定下的婚事给推了。

家族之中,谁不知道纳兰桀极其要面子,而纳兰嫣然这举动,无疑会被别人说成是他纳兰家看见萧家势力减弱,不屑与之联姻,便毁信弃诺。

这种闲言碎语,让纳兰桀每天都在家中暴跳如雷,若不是因为动不了身,恐怕他早已经拖着那行将就木的身体来爬云岚山了。

对于纳兰家族与萧家的婚事,说实在的,其实纳兰肃也不太赞成。毕竟当初的萧炎,几乎是废物的代名词,让他将自己这容貌与修炼天赋皆是上上之选的女儿嫁给一个废物,纳兰肃心中还真是一百个不情愿。

不过当初是当初,根据纳兰肃所得到的消息,现在萧家的那小子,不仅摆脱了废物的名头,而且所展现出来的修炼速度,几乎比他小时候巅峰的时期还要恐怖。

此时萧炎所表现出的潜力,无疑已经足够让纳兰肃重视。然而,纳兰嫣然的私自举动,却让双方的关系陷入了冰冷的僵局,这让纳兰肃极为尴尬。按照这样

下去,搞不好,他纳兰肃不仅会失去一个潜力无限的女婿,还会因此让萧家对纳兰家族怀恨在心。

只要想到一个未来有机会成为斗皇的强者会敌视纳兰家族,纳兰肃在后怕之余,就会气得直跺脚。

"这丫头,现在胆子是越来越大了……"

越想越怒,纳兰肃忽然把手中的茶杯重重地摔在桌面之上,茶水溅了出来,将一旁侍候的侍女吓了一跳,她赶忙小心翼翼地换了一杯。

"父亲,你来云岚宗,怎么不通知一下嫣儿啊?"

就在纳兰肃发怒之时,女子清脆的声音忽然在大厅内响起,一道月白色的倩影从纱帘中缓缓行出,对着纳兰肃甜甜笑道。

"哼,你眼里还有我这个父亲?我还以为你成了云韵的弟子,就不知道什么是纳兰家族了呢!"望着这出落得越来越水灵的女儿,纳兰肃心头的怒火稍稍收敛了一点儿,冷哼道。

瞧着纳兰肃不甚好看的脸色,纳兰嫣然无奈地摇了摇头,对着一旁的侍女挥了挥手,将她遣走。

"父亲,一年多不见,你一来就训斥嫣儿,等下次回去,我可一定要告诉母亲!"待侍女退出之后,纳兰嫣然顿时皱起了俏鼻,在纳兰肃身旁坐下,撒娇般地哼道。

"回去?你还敢回去?"闻言,纳兰肃嘴角一咧,"你敢回去,看你爷爷会不会打断你的腿!"

纳兰嫣然撇了撇嘴,她自然清楚纳兰肃话中的意思。

"你应该知道我来此处的目的吧?"狠狠地灌了一口茶水,纳兰肃阴沉着脸问道。

"是为了我悔婚的事吧?"纤手把玩着一缕青丝,纳兰嫣然淡淡地道。

看着纳兰嫣然这平静的模样,纳兰肃顿时被气坏了,手掌重重地拍在桌上,

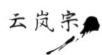

怒声道:"婚事是你爷爷当年亲自允下的,是谁让你私自去解除的?"

"那是我的婚事,我才不要按照你们的意思嫁给他,我的事我自己会做主!我不管是谁允下的,我只知道,按照约定,嫁过去的是我,不是爷爷!"提起这事,纳兰嫣然也是一脸不高兴。性格独立的她,很讨厌按照别人所指定的路线行走,即使这人是她的长辈。

"你别以为我不知道,你无非是认为萧炎当初是一个废物配不上你,是吧?可现在人家的潜力不会比你低!以你在云岚宗的地位,应该早就接到过有关他实力提升的消息了吧?"纳兰肃怒道。

纳兰嫣然黛眉微皱,脑海中浮现出当年那个倔强的少年,红唇微抿,淡淡地道:"的确听说过一些关于他的消息,没想到,他竟然真的能摆脱废物的名头,这的确让我很意外。"

"意外?一句意外就行了?你爷爷开口了,让你找个时间,再去一趟乌坦城,最好能道个歉,让彼此僵冷的关系缓和一些。"纳兰肃皱眉道。

"道歉?不可能!"闻言,纳兰嫣然柳眉一竖,毫不犹豫地直接拒绝,冷哼道,"虽然他萧炎不再是废物,但是我纳兰嫣然依旧不会嫁给他!更别提让我去道什么歉!你们喜欢,那就自己去,反正我不会再去乌坦城!"

"这哪有你回绝的余地!祸是你闯的,你必须去给我了结了!"瞧得纳兰嫣然竟然一口回绝,纳兰肃顿时勃然大怒。

"不去!"冷着俏脸,纳兰嫣然扬起雪白的下巴,脸上有着一抹与生俱来的娇贵,"他萧炎不是很有本事吗?既然当年敢应下三年的约定,那我纳兰嫣然就在云岚宗等着他来挑战,若是我败给他,为奴为婢,随他处置便是。哼,如若不然,想要我道歉,不可能!"

"混账,如果那三年约定,你最后输了,到时候为奴为婢,那岂不是连带着我纳兰家族的脸也给丢光了?"纳兰肃怒斥道。

"谁说我会输给他?就算他萧炎恢复了天赋,可我纳兰嫣然难道会差了他什

么不成？而且云岚宗内不仅高深功法数不胜数，高级斗技更是收藏丰厚，更有丹王古河爷爷帮我炼制的丹药，这些东西，他一个小家族的少爷难道也能有？说句不客气的，恐怕光光是寻找高级斗气功法，就能让他花费十几年时间！"被纳兰肃这般小瞧，纳兰嫣然顿时犹如被踩到尾巴的母猫一般。她最讨厌的，便是被人说成比不上那曾经被自己万般看不起的废物！

被女儿当面这般顶撞，纳兰肃气得吹胡子瞪眼，猛然站起身来，扬起手掌欲对着纳兰嫣然扇下去。

"纳兰兄，你可不要乱来啊。"瞧着纳兰肃的动作，一道白影急忙掠了进来，挡在了纳兰嫣然面前。

"葛叶，你这个浑蛋，听说上次去萧家，还是你陪着嫣然的？"望着挡在面前的人影，纳兰肃更是怒气暴涨。

尴尬一笑，葛叶苦笑道："这是宗主的意思，我也没办法。"

"云韵她搞什么？竟然任由嫣然去做这些蠢事？如果三年后萧炎真的打败了嫣然，那她岂不是真要为奴为婢？"听着"宗主"二字，纳兰肃怒气微微收敛了些，不过话语中依然有不少的怨气，毕竟任谁忽然间失去一个潜力极大的女婿，以及多了一个潜力极大的敌人，心情都不会好到哪儿去。

"呵呵，纳兰兄不要着急，这事做也做了，现在说什么也没用了，而且就算嫣然听你的去道歉了，也难以弥补两家的关系，何必再去自讨没趣。至于那三年的约定，你大可放心，宗主最近已经亲自下山，替嫣然准备一个药方中的最后一种材料。只要到时候古河长老将丹药炼出，那萧炎绝对难以追上嫣然的修炼速度，只要嫣然在应三年之约时手下留点情，那也该抹去他心中的怒火了。"葛叶微笑道。

"什么药方有这般作用？"眉头微皱，纳兰肃问道。

"呵呵，这还不能说。这药方是古河长老去年在一次历练中，偶尔从深山中所得，应该是前人所留，至于药效，到时候你便知道……"葛叶神秘地道。

瞧着葛叶不愿透露，纳兰肃不耐烦地挥了挥手，望着那躲在葛叶身后、依然满脸倔强的纳兰嫣然，只得无奈地跺了跺脚，愤愤地道："算了，懒得管你，到时候败了，给别人做暖被的侍女，可别说你和纳兰家有关系，我可丢不起这人。"说罢，他满脸怨气地出了大厅。

望着那消失在视线尽头的背影，葛叶这才松了一口气，回过头望着同样是满脸无奈的纳兰嫣然，叹了一口气，道："真的没想到……萧家的那小家伙，竟然真的爬起来了。"

"爬便爬吧……"纳兰嫣然坐在椅子上，无所谓地道。

"嫣然，你……真的有信心在三年约定到时打败他吗？"迟疑了一会儿，葛叶忽然问道。

"葛叔，怎么连你也认为我比不上那废……他。"闻言，纳兰嫣然顿时不悦地道。

苦笑着摇了摇头，葛叶叹道："总觉得那小家伙有些诡异……"

撇了撇嘴，纳兰嫣然端着茶杯的玉手微微紧握，眸子盯着淡绿的茶水，心中冷哼道："我就不信，你还真能爬到本小姐头上来！还有一年半时间，我看你能从三星斗者，爬到什么级别。我纳兰嫣然，在云岚宗等着你！有本事就如约来吧！"

漆黑的夜空，一轮弯月孤独地悬挂其上，淡淡的清冷月光洒落大地。

漆黑的小森林之中，一处篝火轻盈地跳动着，为寂静的黑夜带来一丝丝温暖的光亮。

篝火之旁，少年斜靠着树干，手中拿着火棍，有些无聊地拨弄着火苗。

算上今天，萧炎离开乌坦城已经五天了，初始的新鲜感在孤单的赶路中已经淡去了许多，一股淡淡的思绪缓缓攀爬上了少年的心间。

萧炎随意地放进一根木柴，让篝火再次明亮了许多，他手掌托着下巴，懒懒

地道:"老师,我们究竟要去哪儿啊?"

"魔兽山脉。"苍老的声音从手指上的戒指中传出。

"乌坦城附近不就能够进入魔兽山脉吗?怎么还要跑这么远?"

"这里属于魔兽山脉的东部,从此处横穿过它,就能到达塔戈尔大沙漠,那里才是我们修炼的最终目的地。"药老笑道。

"横穿魔兽山脉?"嘴角一咧,萧炎干笑道,"以我现在的实力,只能对付一些年轻的一阶魔兽,顶多只能在外围晃荡,想要横穿,恐怕……有些不可能吧?"

"处于险地,潜力才能爆发。"药老淡淡地道,"我打算让你在魔兽山脉中,晋级成斗师。"

"呃……那我修行的这段时间,不是要一直在魔兽山脉里度过?"闻言,萧炎脸色顿时变得苦涩起来。

"我的预计期限是一年时间,剩余半年,你需要去塔戈尔大沙漠修炼。"

"塔戈尔大沙漠?"喃喃了几声,萧炎无奈地摇了摇头。算了,反正有药老在身边护持着,他总不会任由自己被魔兽给吃了吧?

萧炎摸着下巴,舔了舔嘴唇,笑吟吟地道:"老师……那地阶斗技?"

"你这小家伙,每天都要提好几次,不烦吗?"

听得萧炎又重复这个问题,药老有些哭笑不得。他无奈地摇了摇头,略微沉默,说道:"进入魔兽山脉后,再教你地阶斗技吧。这外面人多眼杂,万一被别人看见了,不免惹上一些麻烦。"

听得又要拖延几天,萧炎只得郁闷地点了点头。

"瞧你这没出息的样,贪多嚼不烂,你难道不知道吗?你的'吸掌'与'吹火掌'倒的确修炼得炉火纯青,不过那'八极崩'却还是仅仅摸着点皮毛而已。"望着萧炎郁闷的模样,药老忍不住斥道。

"摸着点皮毛?怎么可能?上次对付加列奥那家伙,我使出来的八极崩,可是把他的手臂都给震断了。"闻言,萧炎顿时不服气地嘟囔道。

"嘿嘿,没错,你的确震断了他的手臂,可当时你的脚不也完全麻木了吗?若不是那家伙没有什么防备,你与他顶多是两败俱伤的局面。"

药老接着说道:"八极崩的攻击力,足以与地阶斗技相匹敌,若是修炼得当,战胜实力超越自己两三星的对手并不困难,可在你手中,对付一个平级的对手都差点儿弄得两败俱伤。"

萧炎哑然,旋即眉头紧皱,沉思之中,脑海内忽然想起当日药老输入斗技时,有关八极崩的介绍。

"八极崩:玄阶高级斗技,近身攻击斗技,以攻击力强横著称,练至大成,攻击暗含八重劲气,八重叠加,威力堪比地阶低级斗技!"

"八重劲气,是在修炼中逐步累积的,你认为你现在掌握了几重?嘿嘿,似乎除了明面上的那股劲气,并没有半丝暗劲吧?"药老淡淡地道,"若是你能在明劲之下,暗藏一缕暗劲,当日对战加列奥,定然能让他措手不及,又岂会打得那般辛苦?"

"暗劲要如何才能修炼出来?"脸色缓缓凝重,萧炎终于开始重视这被自己忽视的重要问题。

"你以前使用八极崩,完全是一鼓作气地猛击而出,没有丝毫的技巧性可言,我以前没有与你提起,一则是因为你本身实力太弱,二则是你自己从未发现过。"

萧炎尴尬地挠了挠头,他还真的从没思考过暗劲的问题,因为八极崩光是明面上那股凶猛的爆发力,就已经让他极为满意。

"闭目,凝神!"药老一声轻喝,萧炎赶紧盘腿摆出修炼的姿态。

篝火旁,少年缓缓闭目,四周再次变得寂静,只有木柴轻轻爆裂的响声以及昆虫的低鸣声。

寂静持续了许久,闭目的萧炎猛然睁开双眸,微皱着眉头,思考着药老先前在心灵交流时所说的话。

沉吟了半响,萧炎眉头缓缓舒展开来,微微点了点头,拳头紧握,其上泛着

的淡黄斗气，略微沉寂之后，旋即在萧炎的低喝声中，重重地砸在身旁巨大的树干之上。

"八极崩！"

嘭！一声闷响，拳头所砸之处，树干一片焦黄，几道裂缝顺着拳头打出的小坑蔓延而出。

嘭！前一道闷响声落下不久，又是一道更加低沉的闷响声，从树干中猛地传出。咔……后面这道闷响所蕴含的劲力，直接被萧炎送进了树干的深处，然后骤然从其内部炸开，巨大的树干也在这记暗劲的破坏下四分五裂。

"好……好强的暗劲！"

那几乎被扩大了好几倍的破坏力，惊得萧炎目瞪口呆。虽说这记暗劲足足消耗了他体内三分之一的斗气，但所取得的效果，明显与斗气的消耗成正比。

"拥有了暗劲的八极崩，才不愧于能与地阶斗技媲美的称赞啊。"缓缓收回拳头，萧炎惊叹道。

"还不错，第一次就能使出一点儿暗劲，不过明显太生涩，暗劲爆发的时间拖得太久，这段时间，对手若是感知敏锐，便能将你这股还未爆发的暗劲化解而去。"药老先是赞叹了一声，旋即有些感觉美中不足地道。

"嘿嘿，没关系，这只是第一次而已，我相信只要多加练习，就能更加自如地控制暗劲的爆发时间。"虎虎生威地快速击出几拳，今夜暗劲的突破，让萧炎的战斗力骤然间上升了许多，同时也让萧炎更加满怀信心。

点了点头，药老迟疑了一会儿，道："虽然这'焚诀'具有进化的奇效，但是功法的初始等级实在太低了，你体内气旋现在所储存的斗气，顶多只能支持你使出几次暗劲。所以，以后若是与人对战，务必要一击必杀，这八极崩本来就是一种动如崩雷的杀人斗技。"

"嗯。"萧炎郑重地点了点头。他同样非常清楚自己的弱点，那就是不能持久，一旦在斗气告竭之前收拾不了对手，失败的就会是自己。

"看来得想想办法提高你的斗气修炼进度了,进入魔兽山脉后,我会指引你前去寻找一些炼药所需要的珍稀药草,你现在除了依靠天赋之外,还需要丹药相助。"药老沉吟道。

萧炎笑了笑,眉头忽然一挑,笑道:"那纳兰嫣然,恐怕也会采取这种办法吧。"

"嘿,那又怎样?整个加玛帝国,就那古河炼药术最精湛,可在我眼中,他却屁都不是,和我比炼药术?这斗气大陆,还找不出五个人来!"药老淡淡地道,平淡的话语中有着一股难以掩饰的傲气以及不屑。

萧炎摸了摸鼻子,对药老的身份越发好奇了。

"对了,把这个东西背着,日后就连睡觉也不许取下。"

药老沉吟了一会儿,一个巨大的黑色物体忽然从古朴的戒指中飞射而出,最后重重地砸在地面之上,掀起一地灰尘。

"呃……"萧炎愣愣地望着面前这等同于自己身高的漆黑物体,额头上顿时冒出些许冷汗,咽着唾沫道,"这……有什么用啊?"

"这是用焰陨玄铁所铸,整个大陆恐怕就这么一件,它不仅极为坚硬,而且沉重无比,最重要的是它具有压制斗气的神奇效果。在它的压制之下,你若能够适应下来,那日后与人交战,取下此物,在脱离束缚的刹那,你的实力将会让所有人震惊。"药老笑了笑,旋即补充道,"而且,我日后所教你的地阶斗技,也与这东西有关。"

第十章
小医仙

　　烈日炎炎，炽热的阳光将泥土地面晒出了裂缝，脚掌踏在坚硬的泥土之上，顿时一股热浪从脚底涌进，让行路之人在大汗淋漓之余，不断地咒骂着这鬼天气。

　　宽敞的黄土路面上，一个衣着普通的少年正满脸大汗地艰难行走着。少年每一次的落脚，都犹如重物落地一般，重重地砸在地面之上，掀起一地黄尘。

　　近距离观看，只见少年的背上竟然背着一把黑色巨剑。呃，这与其说是一把巨剑，倒不如说是一把没有锋与刃的厚实铁巨尺，因为它没有剑刃，在其顶端，就如同被什么东西从中间一刀切断一般，露出了光滑如镜的横切面。

　　漆黑巨剑的表面，绘有一道道有些模糊的奇异纹路。纹路直至剑柄处，几乎弥漫了巨剑的所有部位，配合着古朴的颜色，看上去，颇有几分神秘。

　　怪异巨剑的长度，几乎超过了少年的身高，这般奇异的组合，让偶尔赶路经过的一些人，忍不住投去好奇的目光。

　　再次走出了几百米的距离，少年终于有些支撑不住，口中犹如风车一般不断

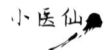

地喘着粗气,他拖着重如千斤的双脚,朝着路边的树荫下行去。

行至树下,少年直接仰面朝天,一头栽在了温凉的草皮之上,任由额头上的汗水,犹如小溪一般流淌而下。

"老师,这东西……也太恐怖了,背上它后……体内流转的斗气,竟然变得迟缓起来,而且这鬼东西也太重了吧?本来只要一天的路程,现在竟然已经走了两天了,而且还没到达!"重重地喘了几口气,萧炎的声音因为过度的脱力竟然有些嘶哑。

"嘿嘿,修行已经正式开始,你不会以为让你出来,只是四处逛逛那么简单吧?既然名为苦修,那就准备给我承受最艰苦的修行吧,乌坦城那种舒适的生活,已经开始远离你了。"戒指之中,传出药老那有些幸灾乐祸的苍老笑声。

闻言,萧炎苦笑着摇了摇头,微微侧过身子,眼角瞟了一下身后那把无刃无锋的黑色巨剑,眼瞳中流露出一抹惊骇的神色。

他没想到,这看起来其貌不扬的东西,竟然如此恐怖,不仅能够将自己体内快速流转的斗气压制得犹如龟爬,而且其本身那种堪称变态的重量,几乎让萧炎在全力运转斗气的情况下,将腰给折了。

这两天时间,萧炎也终于体会到,何谓真正的精疲力竭。

背上这把诡异的黑色巨剑,萧炎的战斗力,恐怕只能和一名初晋斗者的菜鸟持平。

虽然黑色巨剑带来了许多束缚,但是因为它的压制之效,倒也让萧炎免去了被人从气息上看穿真实实力的担忧。他是单人行走,在这种人生地不熟的情况下,随意将自己的实力暴露出来,无疑是种愚蠢的举动。

手指在纳戒上轻抚了抚,一枚淡青的丹药出现在掌心中,这是一种药效较为不错的回气丹,能够在短时间内加速斗气的恢复。

此丹是在离开乌坦城之前,药老特意为萧炎所炼制的,不过由于回气丹所需要的药材较为稀少,饶是以米特尔拍卖场的能力,也只凑齐了炼制三十几枚的药

材,所以萧炎一般舍不得随意服用,不过现在的这种情况,却再也节俭不得。

目光谨慎地在不远处的道路上扫过,见到无人之后,萧炎才一口将之吞进肚中,斜靠着树干,缓缓地等待着丹药发挥药力。

虽说在服用丹药后,进入修炼状态才能最大限度地发挥丹药的药力,不过此时的萧炎,明显不具备安静修炼的环境条件,外面大路上不断走过的人群,便将他想要进入修炼状态的念头给打消了。

微微闭目,处于极度疲惫状态的萧炎,能够清晰地察觉到,体内那近乎酸麻的肌肉,正在贪婪地吸收着逐渐散开的温顺药力。

当最后一丝药力被吸收之后,萧炎有种感觉,此时肌肉中所蕴含的爆发力,似乎比先前隐隐地强了一些……

虽然苦修方才开始两天时间,可萧炎有种自信,若是取下背上的重剑,他绝对能打败一名六星斗者!

"似乎还真有点效果。"萧炎喃喃着摸了摸脸,忽然咧嘴一笑,懒懒地舒展了一下手臂,这种活力让他几乎有种从内到外焕然一新的感觉。

从地上撑起身子,萧炎又恨又爱地拍了拍身后那把被他视为累赘的诡异巨剑,再次迈开沉重的步伐,朝着那已经不远的目的地行去。

在天色彻底暗下来之前,萧炎终于到达了最靠近魔兽山脉的一个小镇。

小镇名为青山镇,因为邻近魔兽山脉,又被称为魔兽小镇。小镇之中,最多的人群,自然是那些成日在刀头舔血的佣兵。他们成群结队,抱着臂弯,在街道上口沫横飞,肆无忌惮地讨论着小镇中哪里的女人最有味道,哪里的酒最烈,哪里的魔兽最凶狠……

行走在由青石铺就的街道上,背着与体形不相称的巨剑的萧炎,自然吸引了不少奇异的目光,对此他并没有理会,而是抹了一把额头上的汗水,顺着街道继续缓缓地行走着。

街道两边有不少商店,而且因为地利,人气还颇为火爆。萧炎的目光饶有兴

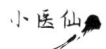

致地在那些灯火通明的商店中扫过,而在看见一处门面颇为宽敞的药材铺时,他却停下了脚步,略微沉吟后,便举步走进了这个名为"万药斋"的药材铺。

萧炎对武器铠甲那些东西没多大的兴趣,可对各种珍稀药材,却是兴趣极浓。只要能够寻到珍稀的药材,药老就能够将之炼制成各种各样提升实力的丹药,行走在危险密布的魔兽山脉之中,丹药才是最能保命的实在东西。

走进宽敞的店铺,店内被悬挂在墙壁上的月光石照得犹如白昼,此时的店铺中,人流不少,店员也都极为忙碌,所以暂时还没人招呼刚进来的萧炎。

没有人招呼,萧炎也乐得清净,目光在透明柜台缓缓扫过,当其视线移到一小玉盒时,却是微微一愣。

"疗伤药?难道这里也有炼药师不成?"盯着小玉瓶下面所写的资料,萧炎怔了一下,有些诧异地喃喃道。

摇了摇头,萧炎目光继续移动,不过当他把柜台上的所有东西看完之后,却有些失望地摇了摇头,虽说其中也不乏一些中级药材,但那对现在的萧炎来说,却没多大的用处。

就在萧炎准备空手离开时,胡乱瞟的眼睛,却骤然一顿。透过透明的柜台,萧炎双眼死死地盯着角落处的一块淡黄色的块状物体。半响后,他舔了舔嘴唇,若无其事地走近柜台,低下脑袋,再次打量了一番那块淡黄色物体。

"咳……麻烦帮我将这东西取出来一下。"缓缓地收回有些贪婪与兴奋的目光,萧炎抬起头,对着一名走过来的男店员微笑道。

被叫住的青年店员,斜瞟了一眼衣着普通的萧炎,再看了一眼他所要求的物品,在发现只是一块最低级的黄连精后,顿时有些不耐烦地撇了撇嘴,脸色僵硬地从柜台中将之取出:"黄连精,低级药材,一百金币。"

萧炎并没有在乎店员那副狗眼看人低的态度,他心中冷笑了一声,随手接过这块被认为是最低级的黄连精,指甲悄悄地在上面轻划了划,泛黄的表面翻开少许,竟然露出了一点儿犹如鲜血般的殷红之色。目光望着那抹难以看见的殷红,

萧炎眼角微微抽搐,旋即不着痕迹地摸了摸鼻子,深嗅了一下手指上那股有些血腥的奇异味道,顿时,他的眼睛深处,忍不住地跳起了一抹异彩。

"果然是它——血莲精!"

在萧炎心头振奋之时,药老那略微诧异的声音,也骤然在心中响起。

"小家伙,运气似乎挺不错啊,竟然能够遇见这种罕见的药草!"

血莲精是一种极为罕见的高级药材。这种药材一般与黄连精相伴生长,不过数量极其稀少,其外貌与黄连精几乎完全相同,若是对其不熟悉之人,定然难以将两者区分开。先前初见此物时,若不是药老忽然发出惊疑声,凭萧炎这么个小菜鸟,是无论如何也不会发现这不起眼的小东西,竟然便是他苦寻而不得的一种罕见药材。

血莲精是炼制血莲丹的主材料之一,而说起血莲丹,便得提起萧炎所修炼的诡异功法——焚诀!要知道,焚诀的进化,必须要吞噬异火,然而吞噬异火,可不是一个安全的活。异火不仅极其狂暴,而且还具有颇为恐怖的毁灭性,别说人体,就算是以坚硬度著称的特殊金属,也禁不起异火的高温烘烤。所以,想要成功将异火吸进体内并将之炼化吸收,那便需要准备一些极其烦琐的东西,只有使用这些东西保护着肉体,才有可能提高吞噬异火的成功率。

而这血莲丹,便是其中颇为重要的一环。血莲丹在服用之后,便会在人体表面形成一层奇异的能量血痂,而这层血痂,能够抵御极异火炽热的烘烤。所以只有借助它的功效,才有可能接近异火,并且寻找机会,对之采取下一步措施。

而对于药老所说的一些必备之物,萧炎曾经在乌坦城暗地寻找过,却毫无所得,没想到这才刚刚来到异地,便侥幸地寻到了罕见的血莲精。

过人的定力,让萧炎完美地将心头的狂喜收敛了起来,在店员那不耐烦的目光中,他随意地把玩了一下手中的血莲精,略微沉吟后,微笑着问道:"请问你们这里还有其他黄连精吗?我想要批量购买。"

闻言,店员微微一愣,怀疑的目光在萧炎身上扫过,虽然黄连精一块只卖一

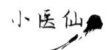

百金币，但是批量购买，那也需要不菲的价钱。

视线逐渐地转移到萧炎手指上的纳戒之后，店员脸上的怀疑表情迅速消失，取而代之的是谄媚的笑容："先生，请稍等，我立刻去拿。"

淡笑着点了点头，萧炎并未再对手中的这块罕见的血莲精投去关注的目光，反而若无其事地在柜台上寻找着其他东西。

店员离开不久，便快步走回，将手中端着的木盒放在柜台上，笑着说道："先生，这里共有五十三块黄连精，您全部购买吗？"

萧炎笑了笑，并未回答，目光在木盒中的那些黄连精上扫过，片刻之后，眼中掠过一抹难以察觉的失望。他发现这些黄连精中并没有第二块血莲精。

萧炎心中失望地叹了一口气，面部依然满是笑容，在盒中随意地挑出二十多块之后，方才将手中的血莲精也放进其中，对着店员笑道："帮我打包，算账吧。"

"先生，一共是两千四百枚金币。"目光扫过黄连精的数量，店员快速地报出了价格。

微微点头，萧炎手指一抬，一张存有五千枚金币的淡绿卡片出现在手中，他将之递向店员，然后把那些黄连精迅速地装进纳戒之中，顿时，心头重重地松了一口气。

沉默了一会儿，萧炎忽然朝着那正在刷卡的店员随意地询问道："你们这里的黄连精，是在魔兽山脉中寻找到的？"

"嗯，这里的魔兽山脉药源丰富，我们万药斋有专门的采药队伍，不过每次进入魔兽山脉，都会花费大笔资金聘请佣兵团做护卫。"将卡片递回给萧炎，刚刚做成功一笔生意的店员，心情大好地回道。

萧炎微微点了点头，收拾好东西，正准备撤离的时候，却发现药铺门口忽然骚动了起来。

"哇，竟然是小医仙！"

"好漂亮,啧啧,那腰真细……"

"白痴,你想死啊?青山镇大半的佣兵,都被小医仙救治过,当心被别人听见,割了你这家伙的舌头!"

站在萧炎不远处的两名男子正低声地交谈着,当其中一人说出有些调戏性的话语之后,他的同伴急忙一把将他扯住,低声骂道。

"我胡说呢……嘿嘿,嘿嘿……"似也察觉到周围射来的不怀好意的目光,那名男子脸色微白,满脸尴尬地被同伴拉着赶紧逃出了药铺。

"那什么小医仙,在这里竟然有这么大的声望?"有些惊诧于两人的交谈以及其他佣兵的反应,他立在远处,微微偏了偏头,从人群的缝隙间,隐隐地能够看见一个身着白裙的女子的身形。

随着人群的散开,萧炎终于看清了那名被众人簇拥着的女子的面貌。

女子身穿一套淡白色的衣裙,虽然容貌算不上绝色,但是也能说是难得一见的美人。淡然微笑的脸颊散发着一股清新空灵的气质,这股与众不同的气质,顿时让女子的魅力大幅度上升。

这时,萧炎耳边传来了店员的低笑声:"小医仙是我们万药斋特聘的医师,整个青山镇,喜欢她的人不知有多少。每次去魔兽山脉采药,若是有小医仙同去的话,那些佣兵团都会将价格压到最低,而且为了仅剩的名额,还经常差点儿打起来。"

"医师?"闻言,萧炎一愣,愕然道,"她不是炼药师吗?"

医师也属于炼药师的一类,不过地位比起炼药师来,却要差上许多。毕竟他们不能真正地炼出丹药,只能使用一些普通火焰将药材配制在一起,也有治疗的效果,不过比起炼药师的丹药,却要差上许多。所以,每一名医师都以成为一名炼药师为梦想,不过很多医师穷尽一生,都难以踏入那个门槛,追根究底,主要是囿于自身天赋以及无人引领的缘故。

看着她在此处的受欢迎程度,再想起先前在柜台中所看见的疗伤药,萧炎还

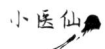

以为她也是一名炼药师呢。

"若是能够那么容易便成为一名炼药师,那这职业就不稀奇了。"店员无奈地道。

耸了耸肩,萧炎也懒得再询问,望着那已经坐在位子上替来往的伤员治病的白裙女人,他用手掌摸了摸下巴。不得不承认,这位小医仙在替伤员治病时所露出的善良笑容,的确很能感染人心,难怪这些平日凶悍的佣兵大汉,在面对着她时会犹如小绵羊一般温顺。

站在此处再次观看了一会儿这唯美的画面,萧炎便走出了这个药铺。他又在街道上行走了片刻,望着已经暗下来的天色,便随意在街道尽头处,寻了一间客栈,开了个房间,住了进去。

走进房间,萧炎将房门关好,双脚微微曲卷,重重地吐了一口气,双掌紧紧地抓住背后重剑的剑柄,随着一声低喝,巨剑脱离了束缚,被萧炎小心翼翼地靠在了床榻旁。

虽然药老口中说连睡觉也不许取下重剑,但是此时的萧炎,无疑没有那种实力。所以,在睡觉的时候,药老也只得允许他暂时取下。

怪异的重剑一离身,萧炎就能够察觉到,体内的斗气,几乎是在瞬间犹如河水一般迅猛地奔腾了起来。他缓缓地呼出一口气,浑身的毛孔都在此刻乍然张开来,舒适的感觉让萧炎痛快地呻吟了一声,这种忽然间变强的感觉实在太爽了。

扭了扭发酸的肩膀,萧炎从纳戒中将先前所购买的大堆黄连精取了出来,从中把血莲精分辨出来,最后从纳戒中取出一品质上佳的白玉盒,小心翼翼地将之装了进去,那些低级的黄连精则被萧炎胡乱地收进了纳戒之中。

"呼……血莲精已经到手,现在还差一株冰灵焰草和一颗四阶冰属性的魔核,就能炼制血莲丹了。"拍了拍手中的玉盒,萧炎撇了撇嘴,叹息道,"看来以后有的忙了,仅仅是血莲丹的药材,就让我找得焦头烂额,唉……想要成功吞噬异火,果然不是简单的事。"

叹息着摇了摇头，全身酸麻的萧炎，终于一头栽在了温软的床榻上，睡意顿时铺天盖地地涌进已经疲倦了一天的脑海之中……

寂静的夜，静悄悄地溜过，第二日天刚蒙蒙亮，沉睡中的萧炎便准时睁开了眼睛，这段时间的野外生活，已经让他将生物钟调节得极为合理。

经过一夜的沉睡，体内那股从骨子中释放出的疲惫已经彻底消失，取而代之的是那充满朝气的活力。

从床榻上盘腿坐起，萧炎双手结出修炼的印结，再次缓缓闭目。清晨，是修炼斗气的最佳时间段。修炼斗气犹如行舟，不进则退，唯有坚持不懈，才能有破茧化蝶的成功。

随着萧炎呼吸逐渐平稳，周身平静的空间，忽然犹如水波一般，微微地波荡而起，一缕缕斗气从空间中渗发而出。

经过昨日那般高强度的锻炼，萧炎此时的皮肤就如同一团海绵一般，一接触到盘旋在身旁的斗气，无数毛孔就会争先恐后地张合，将那一缕缕斗气贪婪地吞噬而进。

在浑身毛孔贪婪吞噬之时，大部分斗气却顺着萧炎的呼吸，钻进了他体内，在经过几条功法特定的脉络炼化之后，被萧炎缓缓地储存进了那不断悬着的小小气旋之中。

斗气的修炼，持续了将近一小时，待窗外的阳光将房间照射得通亮之后，萧炎方才缓缓收功，手中印结散去，一口浊气被长长地喷吐而出。

萧炎逐渐睁开眼睛，漆黑的眸子中，淡黄光芒掠过，瞬息之后，隐于眼睛最深处。

"照这进度，或许再有半月时间，就能成为五星斗者了吧？没想到，这苦修效果还真挺不错。"伸了一个懒腰，听着体内传出的那阵噼里啪啦的声响，萧炎脸上扬起一抹满意的笑容。

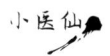

"今天，就要进入魔兽山脉了。"

从床榻上跃下，萧炎在房间中简单地洗漱了一下，然后行至床边，无奈地盯着那把怪异的黑色巨剑。

双腿缓缓曲卷，萧炎深吐了一口气，双掌微曲，犹如鹰爪一般，牢牢地抓住剑柄，脚掌重重地往地面一踏，一声低喝："起！"

在斗气运转之下，萧炎双臂之力足可砸断巨树，然而将这种力量用于这把诡异的巨剑，却只能将它缓缓地提离地面。

身子微微弯下，萧炎的脸涨得通红，口中呼吸越来越急促，再次发出一道低沉的喝声，巨剑终于被甩上了背。顿时，身子猛地往下一沉，好在萧炎有所准备，他咬紧牙关，片刻之后，身子终于逐渐地直了起来。

"妈的，太恐怖了……"抹了一把额头上的冷汗，萧炎咧嘴苦笑道。

手掌拍了拍身后的黑色巨剑，萧炎再次迈着步伐朝着房间之外行去。经过几日的适应，萧炎现在即使背着巨剑走路，也不会像以前那般每一次落脚都会震得地动山摇了。

魔兽山脉中，魔兽横行，危险重重，单人行走其中，最容易遭来魔兽的进攻。所以一般进山的佣兵，除了一些艺高人胆大的之外，大多都是成群结队。

以现在萧炎的实力，顶多能够应付一只一阶的魔兽，所以，他根本没有本事单人在魔兽山脉中横冲直撞。

当然，这是在排除掉药老出手帮助的前提下。

在苦修开始的那一天，药老便开口说过，苦修的日子中，除非萧炎遭受到致命危险，否则他不会再出手替萧炎解决任何麻烦。也就是说，在以后的日子中，即使萧炎有药老这张底牌，那也不能随便动用，一切麻烦都必须依靠他自己解决！

而对此，萧炎即便很苦恼，也只得无奈接受。萧炎知道药老这般做，是因为

害怕在他的护持下,自己迟早会丧失掉对危机的警惕。

一只躲在母鹰翅膀下的雏鹰,始终难以真正地搏击长空,只有身处险地,才能爆发潜力,最终笑傲天宇!

药老并不想萧炎成为一只躲在他身后的雏鹰,所以他必须让萧炎明白自身的处境。

走过街道,萧炎来到了小镇的另外一处出口,这里也是魔兽山脉的入口。

在小镇门口,已有不少佣兵簇拥在此,一声声吆喝,不断地招呼着想要进山的独行佣兵。

小镇上的佣兵,大致分为三种。一种便是已经形成严密组织的佣兵团,这种佣兵团在青山镇中只有三支,人数都在百人左右,团员实力大多在斗者之上,而且据说三支佣兵团的团长,都是斗师级别的强者,可以说是青山镇中最强大的势力之一。

第二种便是一些临时的佣兵队伍。这种队伍一般做完一次任务便解散,彼此的信任度以及配合默契度,远远比不上那种正规的佣兵团。

第三种便是那些单人独行的佣兵。这些人一般都有着一些保命的底牌。

此时小镇门口处这些大声吆喝的佣兵,便属于第二种。

站在一处角落,萧炎并未立刻前去加入什么佣兵队伍,而是暗中观察着哪支临时队伍看上去要更严谨一些,毕竟在危险的魔兽山脉之中,任何一点儿疏忽,说不定都会导致团灭的惨剧。

就在萧炎寻找如意的队伍之时,小镇门口处忽然骚动起来,兴奋的大喊声响了起来:"万药斋要进魔兽山脉采药了,同行的还有小医仙哦,只有五十个名额,实力要在二星斗者之上,各位抓紧了!"

大喊声让喧闹的小镇门口微微寂静,众人面面相觑了一会儿,自认达到了条件的佣兵,顿时争先恐后地朝着那名身着万药斋服饰的中年人拥去。

愣愣地望着忽然间疯狂起来的佣兵们,萧炎眨了眨眼睛,犹豫了一瞬,竟然也卖命地朝着人群挤去。

如此多的人进入魔兽山脉，普通魔兽定然不敢轻易袭击。这样，生命也就多了几分保障，等自己在路途中寻找到既偏僻又安全的修炼之所，便能放心地脱离这支队伍了。

昨日在万药斋的时候，那名店员所说果然不假，小医仙的名头，在这青山小镇，简直比什么都管用。五十个名额，几乎让众人抢破了头，不过萧炎仗着身手敏捷的优势，倒还蹿到了前面。

"还有最后一个名额！"中年人笑眯眯地扬了扬手中的羊皮卷，对拥挤的人群笑道。

"我！"少年有些稚嫩的声音，带着几分气喘，在中年人身前响了起来。

"呃？"望着面前这看上去不过十七八岁的清秀少年，中年人一愣，旋即笑道，"小兄弟，我们的条件是需要二星！斗者！"中年人特别强调了一下最后四个字，显然，他并不相信这年仅十多岁的少年达到了条件。

"哪里来的小娃娃？毛都没长齐，就出来乱晃荡！"

"小子快闪一边去，别浪费大爷们的时间！"

眼见竟然要被一名少年抢去最后一个名额，外围的佣兵大汉顿时骂骂咧咧地道。

对于这些谩骂声如同未闻，少年上前两步，行至一棵足有两手臂粗壮的树干面前，拳头猛然紧握，淡黄色的斗气犹如一层淡淡的光幕，覆盖着拳头。略微沉寂，少年一声低喝，拳头夹杂着凶猛的劲气，狠狠地砸在树干之上。

咔嚓！随着清脆的声响，那棵颇为粗壮的树，在众人那惊愕的目光中，嘎吱倒地，掀起满地尘埃。

"这应该够了吧？"拍了拍手，萧炎对着那名目瞪口呆的中年人笑道。

"啧啧，小兄弟天赋还真高，小小年纪，竟然便修炼到了二星斗者，简直是天才。"惊叹地点了点头，中年人对着萧炎笑道，"好吧，最后一人，便是你了，

佣兵酬金是五百枚金币，来回护送我们万药斋采药队的安全，待会儿会先付你一半酬金，另外一半，则要回来时才能付清。"

"好。"微笑着点了点头，萧炎并不在乎那五百枚金币的酬金，他只需要这支队伍能为自己寻找到足够安全的修炼之所。

见到最后一个名额被这不知道从哪儿冒出来的小家伙夺走，围观的佣兵只得悻悻地离开，而在离开之时，还不忘对萧炎投去些许异样的目光。

能够在十七八岁便成为一名二星斗者，这种天赋，在这青山小镇中，可算颇为难得！

第十一章
进入魔兽山脉

寂静的森林之中,大队人马安静地行走着,一双双警惕的眼睛不断在周围树木下的阴暗地方扫过,手掌紧紧地握着腰间的武器,随时准备着应付一切突发状况。

作为已经在魔兽山脉混了多年的老佣兵,这些人虽然是第一次合作,却都能保持着基本的默契,眼神交错间,也能从对方眼神中识别一些代表危险与安全的信号。

黑色巨剑压制斗气的怪异能力以及超负荷的重量,让萧炎的行走有些艰难。他几乎每一次落脚,都会深陷在松软的泥土之中,所以这才走了没多少距离,便有些气喘起来。

抹了一把脸上的汗水,萧炎回过头,望了望后方那处于重重护卫中的万药斋采药队,视线随意地在队伍中扫过,最后停留在那犹如被众星捧月一般簇拥在中间的白裙女子身上。

此时,这位被称为小医仙的柔弱美人,也正好微微直起身子,手背轻轻地擦

拭着额头上的汗珠,轻轻气喘的模样,配合着那副柔美的脸颊,看上去颇让人心生怜爱。

见到小医仙露出这副模样,周围的一些佣兵顿时有种将她背到目的地的冲动,不过他们也知道,即使他们想背,人家小医仙也会含笑婉拒。

在众人目光汇聚到小医仙身上时,一名模样颇为英俊的青年满脸笑容地从一旁的护卫队中走出,低头对着气喘的小医仙说着什么。

两人交谈了一会儿,小医仙便微笑着摇了摇头,然后继续朝着前方行去。

被小医仙拒绝,那名青年的脸上没有丝毫的恼怒,他淡淡一笑,手掌一挥,大喝道:"狼头的人,都给我注意点,现在快要进入魔兽山脉了,可别在阴沟里翻了船!"

"是,少团长!"

听得青年的喝声,周围的几十名大汉顿时齐声应和,整齐的声调引得众人不断看过来,就连那前行的小医仙,也向后瞥了一瞥。

非常满意这种反应,青年微微一笑,再次快行两步,与小医仙并肩而行,极为殷切地贴身护持着。

"不就是仗着他父亲是狼头佣兵团的团长嘛,难道他以为凭这个就能得到小医仙的芳心啊?"瞧着那能够近身与小医仙聊天的青年,萧炎身旁的一名佣兵汉子,顿时低声骂骂咧咧地道,语气中酸气颇浓。

萧炎微眯着眼睛,目光在那名青年身上扫过,最后停留在其胸口的一枚徽章之上,徽章中间雕刻着一只独眼的狼头。视线跃过青年,望着那三十几名胸口佩戴着同样徽章的佣兵,萧炎眨了眨眼,看来这些人应该属于青山镇三大佣兵团之一的狼头佣兵团了。

瞧着这些狼头佣兵团成员对采药队的护持程度,显然他们也是万药斋聘请来的护卫,而且,似乎万药斋对狼头佣兵团的信任程度,要比前面这些散兵游勇强上许多,不然也不会让他们来做贴身护卫队了。

缓缓收回目光,萧炎对那个青年与小医仙间的关系并无多大的兴趣,摇了摇头,再次踏着重重的步伐,向着魔兽山脉进发。

在魔兽山脉之外,一切倒还算平静,然而在队伍刚刚进入魔兽山脉不久,一次小规模的魔兽袭击,便残酷地展现在了萧炎面前。

袭击者是三头一阶魔兽,名为赤冰蛇。这种魔兽,在魔兽山脉外围颇为常见,属性为冰,冰中蕴寒毒,中毒者若半日内未获救治,将会被寒毒冻僵体内血液,直至死亡。

三头一阶魔兽赤冰蛇,倒悬在树干之上,趁着下方人员不备,犹如闪电一般,非常轻易地将寒毒输进了三名佣兵体内,顿时,三名脸色惨白如冰雕的汉子,便手脚冰凉地软了下来。

遭受到攻击,众人顿时含怒出手,片刻时间,三头一阶魔兽便不出意料地被群殴致死。而在将三头一阶魔兽斩杀之后,众人却并未从其体内寻找到半点魔核的踪迹,只好有些遗憾地叹了一口气。在野外击杀魔兽,伤亡惨重,却无功而返,并不是什么稀罕的事,所以他们对此也并未太失望。

在赤冰蛇被解决后,三名中了寒毒的佣兵被迅速地送到了后方的采药队中,由小医仙亲自出手,替他们将体内的寒毒驱逐了出去。

而经过赤冰蛇的袭击之后,吃过一次亏的佣兵队伍,更是变得谨慎小心起来。然而,在魔兽密布的魔兽山脉之中,想要完全避开魔兽,显然是件不可能的事情。队伍行走不到五百米的路,众人便足足受到了三波魔兽的攻击,不过好在佣兵人多势众,以十几名佣兵受轻伤为代价,将三波魔兽的攻击尽数打退。

跟在前方的探寻队伍中,避无可避的萧炎,也直接地参与了一次战斗。不过,在与一头一阶魔兽的正面碰撞中,却是以他手掌发麻的代价而告终。望着逃之夭夭的狡猾魔兽,萧炎恨恨地咬了咬牙齿,要不是体内斗气被巨剑束缚着,他绝对能将这头魔兽斩杀,可惜……

不过即使让魔兽逃脱了,萧炎所表现出来的实力,依然让周围的佣兵刮目

相看。

"小兄弟，很了不起啊，竟然能和以力量著称的蛇尾豹硬抗一记。"

"啧啧，小小年纪便如此强悍，日后还得了？"

"哈哈，这小家伙便是队伍中年龄最小的二星斗者吧？看这实力，果然不假啊。"

周围佣兵们的喝彩声，在队伍中引起小小的骚动，所有人在看向那名背着巨剑的少年之时，已经自动省略了质疑。

在这种以实力分辨地位的圈子之中，只要你表现出令人重视的实力，就能获得别人的敬畏，这是很简单，也很直接的规则！

对于这些喝彩声，萧炎只是随意一笑，笑容既不含矫作，也不嚣得意，跟着队伍，继续默默地朝着采药地点行去。

"各位，这里已经接近采药区了，请休息一下吧，走了这么久，大家也累了。"再次行了一段路，女子那轻柔的脆音，忽然在安静的队伍中响起。

前进的脚步微微一顿，整个队伍都不约而同地停了下来，佣兵们回过头，望着那笑容中不含丝毫杂质的白裙女子，极为老实地点了下头。

迅速商量后，十几名佣兵分散到四周警戒，其他人原地而坐，恢复因为赶路而大量消耗的气力。

一屁股坐在地上，萧炎缓缓地吐了一口气，手指轻弹，一枚淡青的回气丹再次出现在掌心中。目光在周围扫过，萧炎微偏过头，仰头打了一个哈欠，手掌轻拍着嘴，而丹药也在此时不着痕迹地被丢进了嘴中。

丹药入体，药力迅速发挥，萧炎斜靠着树干，微闭着眼睛，任由药力快速地补充着体内耗尽的斗气。

因为有回气丹的帮助，当萧炎再次恢复巅峰状态时，周围的佣兵依然在窃窃私语中，等待着体力的缓慢恢复。

在心中嘀咕了一声"有丹药就是爽"之后，萧炎站起身来，对着身旁的佣兵说了一声出去小解，便缓缓地朝着一旁的小林子中行去。

走进林子，光线微暗，不过此处是先前佣兵侦察过的区域，所以萧炎也不用担心会被魔兽忽然袭击，目光在周围扫过，寻找着最合适的修炼地点。

随着萧炎的探测，他也越来越深入小密林，再次行走了一段路，昏暗的视野忽然大亮，抬眼一看，原来已经穿过小密林，出现在面前的是一面有些陡峭的悬崖，悬崖下方布满葱葱郁郁的绿林，颇为美丽。

视线在悬崖边缘扫了扫，眼睛忽然一顿，萧炎摸了摸鼻子，然后在悬崖边上一株盛开着淡白花朵的植物面前停下了脚步。这株植物隐隐盛开的花朵之中，赤红的果实若隐若现，一股淡淡的药香味，从中散发而出。

目光在这株植物上仔细地扫了扫，萧炎有些诧异地挑了挑眉，然后微蹲下身子，手掌对着植物伸去，想要摘下它。

就在萧炎碰触到植物之时，一只如玉般的洁白小手突然从面前悬崖中伸探而出，也对着这株植物抓来，却一把抓在了萧炎手掌上。

玉手刚刚碰触到萧炎的手掌，在略微停顿后，犹如触电般地缩了回去，只是瞬间，一张泛着空灵气息的柔美脸蛋便从悬崖下露了出来，脸上带着慌张，望着那蹲在前面、满脸愕然的少年。

望着这忽然从悬崖下面冒出的俏脸，萧炎初始也被吓了一跳，不过当他迅速回过神来时，却发现这女子似乎正是采药队中的那位小医仙。

悬崖之上，两人便这样呆愣愣地对视着，情景颇为诡异。

"能……能拉我一把吗？"

再次对视了片刻，小医仙终于率先打破尴尬，声音柔柔地问道。

眨了眨眼，萧炎若无其事地点了点头，一把抓住小医仙伸出的如玉小手，微微使劲，后者便从悬崖下跃身而起。

"谢谢。"脚掌触地，小医仙低声道了一声谢，快速挣脱了萧炎的手掌，旋即目光不着痕迹地扫过悬崖边缘，纤指掠过额前的青丝，视线在萧炎脸上移过，轻

声道,"你……你是此次万药斋聘请的佣兵护卫之一吧?"

"嗯。"萧炎回味了一下先前手中的柔软,笑着点了点头,然后将目光继续转移向悬崖之外的无尽青山。虽说这女人容貌并不是极美,但那股柔美的气质颇让人心动,若是放在平常,萧炎倒还会调侃一二,不过现在苦修期间,却是没了这份心思。

见到萧炎随意答应,似乎没有离开的意思,小医仙黛眉微蹙,乌黑的眼珠转了转,纤指指向悬崖边上的那株白色植物,微笑出声道:"看你先前似乎想摘这株药草,你难道认识?"

闻言,萧炎摸着鼻子笑了笑:"这应该是白兰果吧,中级药草,一般只生长在悬崖边。虽说产量不少,但因为这种药草是鸟类魔兽最喜欢的食物,一般刚刚生长出来,便被魔兽所食,所以也能算作中级药材中的稀少之物,如果将这枚成熟的白兰果拿去药铺卖,应该能值四千多枚金币吧。"

看着面前对白兰果侃侃而谈的少年,小医仙美眸中掠过一抹讶然,有些惊异地道:"你也学过辨别药草?"

"学过一点儿皮毛吧。"耸了耸肩,萧炎含糊道。

跟着药老这么久的时间,萧炎在学习炼药之余,对药草的辨别同样有不错的训练,毕竟,以药老的见识,什么珍稀药草没见过?而对他唯一的弟子,他自然是将所有东西一股脑儿地都装进了萧炎脑中。

"虽说见者有份,但这枚白兰果毕竟是你先看见的,那我就不夺人所好了。"冲着萧炎微微一笑,小医仙蹲下身来,小心翼翼地将那枚赤红色的果实从花朵中取出,然后递向萧炎。

见到小医仙的举动,萧炎摸了摸脸,无所谓地点了点头。白兰果对于别人来说算得上珍奇,可对自己,却是可有可无而已,不过既然她不要,那顺手收下也无碍。

"好了,队伍已经要歇息完毕了,我们还是回去吧。"见到萧炎收下白兰果,小医仙心中略微窃喜，连忙道。

手掌握着冰凉的白兰果，萧炎望着小医仙这副有些急切的模样，眉头微皱，眼睛虚眯，他觉得现在的小医仙……似乎有点不对劲。

"她急着走干什么？"

心头闪过疑惑，萧炎将白兰果装进怀中，似是若无其事地随意笑问道："你刚才怎么跑到悬崖下面去了？"

萧炎这问题一出口，小医仙的玉手就猛然一握，美眸中闪过一抹慌张，旋即迅速隐匿。

"没什么，有些药草生长在悬崖峭壁上，我只是下去看了看而已。"

"哦……"微微点了点头，小医仙这理由，让萧炎心中的疑惑稍解，毕竟有些药草只生长在峭壁之上。

"不对，悬崖下似乎有点东西……"

就在萧炎准备转身之时，药老的声音却忽然在其心中响起。

眼瞳微缩，萧炎脚步不由自主地朝前一跨，陡峭的悬崖壁便映入眼帘。其上布满着碎石、胡乱横生的怪木，以及一些骨头类的东西。

萧炎的目光，缓缓地在陡壁上扫过，骤然停在了一处被横木遮掩的山壁处。

虽然山壁上的怪木被布置得极为巧妙，但是在药老的提醒下，萧炎还是发现了此处的一点儿不对头。

微眯着眼睛，借助着斜射的阳光，萧炎似乎从树木的缝隙中，看见了峭壁上的漆黑空洞……

"果然有鬼……"望着那处峭壁，萧炎心头悄悄嘀咕了一声，旋即脸色微变，脚掌一错，身形急退，大喝道，"你干什么？"

在萧炎急退之时，一把白色粉末突兀地喷撒而来，迅速将他包裹。

白色粉末将萧炎包裹了片刻之后，才缓缓地被微风吹走，而地面上、却留下了闭眼昏迷的萧炎。

望着那陷入昏迷的萧炎，小医仙轻拍了拍手掌上残留的粉末，贝齿咬着红唇，叹道："都说了让你走，你却偏不听，现在吃苦头了吧？"

摇了摇头，小医仙缓缓走向昏迷中的萧炎，然后蹲下身子，从怀中取出一条结实的皮筋，抓起萧炎的手掌，就欲将他捆住。

此时，变故骤起。那本该陷入昏迷的萧炎，眼睛乍然睁开，双掌一旋，趁小医仙不备，将其双手使劲抓住。

"没想到你竟然还制作了这些东西，若不是我有些底子，恐怕还真的就让你给阴了！"

小医仙被突如其来的变故吓了一跳，不过她反应也不慢，在手掌被钳制后，脚尖狠狠地对着萧炎胯间踢去。

见着小医仙还不肯罢休，萧炎冷笑了一声，右脚也猛然踢出，最后重重地和小医仙的小脚碰撞在一起，顿时，对方那张柔美的脸蛋儿便布满了疼痛的神情。

萧炎脸色缓缓冷厉："悬崖下面有什么东西？"

"我不知道你在说什么。"俏脸微微一变，小医仙皱眉道，"赶紧放开我，不然我可要喊了，若是被别人看见，你别想活着走出魔兽山脉。"

"喊吧，如果你想让越来越多的人知道下面的秘密的话，那便吼破了喉咙地喊吧。"萧炎淡淡的声音，让小医仙迅速打消了大喊的想法。

"你究竟想干什么？"小医仙深吸了一口气，嗔怒道。

"下面是什么东西？如果你不想说实话的话，我不介意把你捆起来，藏在某处，然后我自己下去巡查。"

"你……"闻言，小医仙脸颊上闪过一抹惊慌，她虽然年龄比萧炎大上一些，但是比起精明以及定力来，却较萧炎差了许多。

"放我起来，我告诉你下面有什么东西！"在萧炎的恐吓中，这位小医仙终于支撑不住，只得无奈地缴械投降。

微微一笑，萧炎用力地撑起身子，将小医仙拉起，不过为了以防万一，他还是用力地将对方的手腕抓住，全然不顾对方羞怒的表情。

两人走向悬崖，目光同时望向那处有些奇怪的峭壁。半晌后，小医仙红唇微启，有些不情愿地低声道："那里是我在一次采药中意外发现的，怪木之后，隐藏了一个隐蔽的山洞。山洞里面，应该有某位前人所留的东西，不过我并没有进去过，所以对于内部也不太清楚，可从一些痕迹来看，留下山洞的那位前人，应该很强。"

"山洞？"眉尖一挑，萧炎饶有兴致地盯着小医仙，笑道，"你刚才便是想进去吧？"

"嗯，不过悬崖太陡峭，我进不去。"小医仙瞟了一眼有些跃跃欲试的萧炎，淡淡地道，"我可以和你共享这秘密，不过，你最好别打什么独吞的主意，不然，我不会让你安稳地得到其中的东西。相信我，虽然我实力不及你，但是你这仅仅二星斗者的实力，在青山镇中也算不上强者！"

看着一脸严肃的小医仙，萧炎笑了笑，摸着鼻子戏谑道："本来我的确打算把你打昏，然后自己下去的，不过，见你这么有信心……为了保险起见，还是算了吧。"

闻言，小医仙轻哼了一声，恨恨地剜了一眼萧炎，她没想到，这家伙竟然还真的存有这等心思。

"我现在来试试？"向前走了一步，萧炎望着那处极其隐蔽的怪木之所，偏头问道。

"算了，我们现在已经出来很久了，再不回去，穆力那家伙就会起疑心了，我们的采药队会在魔兽山脉中停留一夜，我们今晚来吧。"摇了摇头，小医仙沉吟道。

"穆力，就是那位狼头佣兵团的少团长吧？"

"嗯。"微微点了点头，小医仙显然不想过多提起这人，瞥了一眼萧炎后，轻声问道，"你的名字？"

"萧炎。"

微微点头,小医仙并未再说话,转身朝着密林之外行去。

望着那缓缓消失在黑暗中的曼妙倩影,萧炎耸了耸肩,回过头,目光再次投向那处若隐若现的山洞,兴奋地搓了搓手。在乌坦城与别的佣兵交谈的时候,他便对这种探险寻宝非常感兴趣,若不是有着小医仙的制约,他现在就会脱离队伍,然后单身前去寻宝。

轻声笑了笑,萧炎同样转身朝着密林中行去,他可没想到,自己这次随意闲逛,竟然会撞着这么大的一条鱼。

当两人回到队伍中时,却发现休息的佣兵们早已经在原地翘首等待了。

"小医仙,你再不回来,我可都要派人去寻了。"

见到小医仙从密林中走出,一道人影急忙走过来,不过当他看见小医仙身后的萧炎之时,脚步微微一顿,含笑问道:"这位小兄弟是?"

"他是佣兵中的护卫,刚才随意碰到的。"小医仙若无其事地回了一声,然后轻声道,"穆力少爷,走吧,还有一小段距离,马上就能到达目的地了。"

"呵呵,好。"

被称为穆力少爷的青年人,笑眯眯地点了点头,侧身让小医仙走过,然而当萧炎走过之时,他忽然一伸手臂,将他拦了下来。

眉头微皱,萧炎偏头望着这位容貌英俊的少团长,笑道:"穆力少爷,有事?"

"呵呵,我没恶意,你应该便是那名二星的年轻斗者吧?我听手下报告过,你的修炼天赋很好。"穆力微微一笑,声音平缓地笑问道。

"侥幸而已。"瞥了一眼笑容看似温和的穆力,萧炎淡淡地笑道。

"有兴趣加入狼头佣兵团吗?我们佣兵团对你这种天赋杰出的团员,有很不错的待遇,毕竟一个人在魔兽山脉,可随时有着生命危险,有人照料,也是很好的。"十指交叉在一起,穆力含笑道。

听着穆力这拉拢意味颇浓的话语,萧炎摸了摸鼻子,摇了摇头,笑道:"呵呵,抱歉,我这人野惯了,若是加入了贵团,恐怕会给你们惹来不少麻烦,所以,要让穆力少爷失望了。"

"呵呵,没关系,日后小兄弟若是想通了,可以随时来找我,狼头佣兵团的高位,随时向有潜力的人敞开。"听得萧炎拒绝,穆力似是无所谓地摆了摆手,笑道。

脸上露出些许歉意,萧炎闪身让开穆力,汇入前方的散兵队伍之中。

望着那汇入人群中的萧炎,穆力眼睛缓缓眯起,眼瞳深处掠过淡淡的寒意,显然,萧炎的拒绝,并非没有让这位少团长动怒。

"小子,希望你别坏了我的好事,不然,管你以后有什么成就,我都会把你永远留在魔兽山脉!"十指紧握,穆力的声音中已然不复先前的温和,而是夹着丝丝阴冷。

队伍在歇息过后,再次启行,此次的行路,比起前段路要安静许多,虽然路上依然遇见了两波魔兽攻击,但是未引起太大的骚乱。

当天色逐渐变暗之时,队伍终于安全到达了采药队的目的地——一处遍地生长着药草的盆地。盆地之中生长着各种各样的药草,芬芳的药香味飘浮在空中,进入此处,深吸一口气,顿时让人感到心旷神怡。

"大家在此处安营吧,小心别弄坏了周围的药草。"擦去额头上的汗水,小医仙转身冲着大伙柔声笑道。

听得小医仙开口,周围的佣兵顿时大声应诺,然后开始热火朝天地安设营帐。

瞧着那些在小医仙简单的一句话下,便卖命苦干的佣兵,萧炎心中暗暗咂舌,看来这女人在这些佣兵心中的地位,比他想象中的还要高。

萧炎摇了摇头,瞥了一眼那开始指挥着采药队挖掘药草的小医仙,自顾自地在盆地中逛了起来。

出于某些原因，这块凹陷之地内的能量，较之外面要浓厚与精纯许多，所以才能够促使这些药草成批在此处生长。

盆地面积颇大，其内部的地形，就连万药斋也未曾探明，现在萧炎他们所处的位置，不过只是这块巨大盆地的外围而已。

在外围转了转，萧炎却并未找到一株他所需要的药草，当下有些失望地摇了摇头。望了一眼那黑漆漆的内部所在，在沉吟了一会儿之后，他还是选择乖乖回去。以他现在的实力，在这危险密布的魔兽山脉中，基本上是举步维艰。

回到扎营之处，朵朵白色帐篷已经拔地而起，许多佣兵正在为晚餐忙碌着。

走进营地，萧炎一眼便望见那俏立在中央位置的小医仙，而穆力也紧紧跟随在她的身边。在萧炎望向两人的时候，小医仙与穆力也似乎有所感应般地将目光投了过来，三人视线相碰，目光中所蕴含的意味，却是各不相同。

脸上噙着笑意，萧炎对两人点了点头，然后便转身向着一处帐篷行去。

望着萧炎消失的背影，穆力脸上含笑，对着小医仙笑道："萧炎小兄弟修炼天赋非常不错，想必日后成就肯定不会低。"

"或许吧。"小医仙淡淡一笑，不置可否。

"我去清点药材了，营中的秩序，还麻烦穆力少爷帮忙维持一下。"对着穆力微微一笑，见到对方点头后，小医仙这才行进中央位置的一处较大帐篷中。

目光盯着那窈窕的背影，待其主人消失在视线中后，穆力这才有些意犹未尽地收回目光，手掌微微握了握，嘴角挑起一抹莫名的诡异笑容。

夜色在篝火的燃烧中，缓缓降临在了山峦上。黑暗笼罩着森林，枝叶探伸，宛如一只只张牙舞爪的凶兽。

随着夜色的降临，营地也逐渐安静下来，除了守夜的佣兵之外，便只有那木柴在火焰中爆裂的轻微脆声。

寂静的黑暗中，一处帐篷忽然微微一动，一道漆黑的曼妙影子从帐篷中悄悄溜出，然后悄无声息地从守卫的漏洞处，溜进了漆黑的森林中。

在黑影离开后不久，又一道影子从另外一处帐篷中钻出，紧紧地跟随着前面的黑影。

密林之中，偶尔传来一声悠远的狼嚎，让人有些毛骨悚然。

随着两道黑影一前一后地急行，两人逐渐离营地越来越远。

黑暗之中，萧炎微微抬起头，借助着淡淡的月光，看到前面不远处的曼妙倩影，淡淡一笑，快步追了上去。

"探宝，开始了……"

黑暗中的细微余音，带着少年的兴奋，缓缓消散。

第十二章
飞行斗技：鹰之翼

陡峭的山崖上，两道人影在淡淡月光的照射下若隐若现。

"开始吧？"向前走了一步，萧炎望着那黑漆漆的山底，转头冲着那穿着一身紧身黑衣的小医仙笑问道。

小医仙微微点了点头，蹲下身子在地上捡了一些干柴，然后麻利地捆好，做成一支火把，在上面洒了一点儿淡黄粉末，然后从怀中取出火种，将之点燃。

小医仙又从怀中掏出长长的绳子，对着萧炎晃了晃，笑吟吟地道："你是大男人，不会让我一个弱女子打前锋吧？"

萧炎测验了一下绳子没有问题之后，这才瞟了一眼笑意柔和的小医仙，微微摇头，淡淡道："一起下去，我不放心把后背交给一个认识不久的人。"

"你……你也太没男子气概了吧？"

被萧炎如此怀疑，小医仙顿时感到有些愤愤不平。她平日所见的佣兵，大多颇为豪爽，像萧炎这种对她一个仅仅是普通斗者的弱女子都要谨慎对待的家伙，她还真是很少见到。

"我只有一条命,玩不起,为了在美人面前逞英雄便要将自己置于险地……呵呵,还是算了吧。"没有理会小医仙,萧炎的话语依然平淡如水。

"你……"

"到底下不下去?若再拖延,天就要亮了。"偏过头,萧炎微笑着问道。

"去!"望着萧炎那可恶的笑容,小医仙只得咬着牙,恨恨地跺了跺小脚。

微微一笑,萧炎将绳子系在一棵粗壮的巨树之上,再次使劲扯了扯之后,对着手拿火把的小医仙张开怀抱:"过来。"

"我自己有绳子,不用你帮忙!"瞧着萧炎这动作,小医仙顿时后退了几步,俏脸泛红地羞怒道。

"好吧,你单独行动吧,不过先提醒一声,谁也不知道夜晚悬崖下会不会有毒蛇啊、蝎子啊、老鼠啊……"耸了耸肩,萧炎若无其事地笑道。

"你这个浑蛋,不得好死!"

"你手脚敢乱来,我定把你给毒死!"随着小医仙的威胁声落下,一阵香风迎面扑来,旋即小医仙便撞进了萧炎怀中。

萧炎伸出手臂,紧搂了搂小医仙,脚尖在悬崖之上轻轻一点,两人便径直对着漆黑的悬崖底下落去。

耳边传来猛烈的风声,衣服被吹得紧紧贴在皮肤表面,萧炎左手搂住小医仙,猛然一扯右手上旋转了几圈的绳子,急速掉落的身形,便缓缓地悬在了半空处。

萧炎长长地呼了一口气,低下头轻声道:"能分辨出那山洞的位置吗?"

听得萧炎询问正事,小医仙这才舒缓了一些高空蹦极带来的紧张感,目光在四周扫了扫,略微沉吟后,纤指指向一处黑暗,轻声道:"应该是在那里吧……"

望着小医仙手指指向,萧炎微微点了点头,低声提醒了一句:"搂紧了。"

听得萧炎这话,小医仙有些迟疑,不过当萧炎脚尖在山壁上一蹬,身形再次狂猛甩荡起来,她惊得赶紧一把搂住萧炎的腰,将脸埋在他的怀中,动也不

敢动。

萧炎脚尖不断地在山壁上点动着,借助着绳子的拉扯力量,两人与那处山洞间的距离也被逐渐拉近。

"将火把丢过去。"再次移过一段距离,萧炎对着不远处的黑暗地方扬了扬下巴,沉声道。

"哦。"俏脸微白地点了点头,小医仙将手中的火把对着黑暗处,使劲地甩掷而去。

火把甩掷在山壁之上,溅出四射的火花,借助着这微薄的火光,萧炎模糊地看见了那不远处的隐蔽山洞。

"呼——"目的地即将到达,萧炎刚欲松一口气,浑身毛孔忽然猛地一缩,心头闪过一抹警戒,脚尖在山壁上重重地一弹,身形便弹射而起。

"嗤——"破空声在夜空中响起,借助着那尚未完全熄灭的火光,萧炎终于看清了那偷袭之物。

"岩蛇。"脸色微沉地喊出这一名字,萧炎的脸色顿时变得有些难看起来。

岩蛇,顾名思义,是一种生活在岩壁之上的蛇形魔兽,级别在一阶左右。这种魔兽身体扁长如翅,能够犹如猎鹰一般在空中翱翔,而且由于它的属性是一种变异的石属性,所以其身体坚硬如石,普通刀剑根本难以对其造成太大伤害。

在平常的时日,就算萧炎单独遇上这岩蛇,也得纠缠好一番才能获胜,可此时,因为悬空以及怀中抱有小医仙,他根本没可能与之抗衡。因此,萧炎的脸色才这般难看。

"岩蛇?这可怎么办?"听得萧炎的惊呼,小医仙娇躯一颤,急忙问道,她也曾经听说过这种魔兽的名头。

萧炎微眯着眼睛望着那盘旋在空中,三角眼释放着血腥寒光的黄色岩蛇,心头微动,低声问道:"你还有那种让人昏迷的药粉吗?"

闻言,小医仙乌黑的眼珠转了转,旋即点了点头,从怀中掏出一包粉末,递给萧炎，道："这是最后一点儿了，省着点用……"

接过药粉，萧炎将之全部倒入手中，然后紧紧握住，目光盯着那即将展开攻击的岩蛇。

"嗤——"又一声嘶鸣，岩蛇狭窄的双翼一振，目露凶光地对着萧炎俯冲而下，巨嘴之中，尖锐的獠牙泛着森冷的光泽。

冷冷地望着那越来越近的岩蛇，萧炎手掌越收越紧。

"快攻击它啊，笨蛋！"见到萧炎竟然没有采取行动，小医仙急忙催促道。

没有理会她的催促，萧炎依旧保持着沉默，只是体内的斗气已然开始顺着脉络，缓缓地游走起来。

望着那距离自己越来越近的岩蛇，小医仙气得直抓萧炎的背："浑蛋，这次被你害死了！"

就在岩蛇距离两人只有十多米之时，萧炎终于有所动作。只见他紧握的手掌猛然摊开，掌心中，凶猛的劲气携带着白色粉末，犹如一道白色箭气一般，重重地与岩蛇撞击在了一起。

白色粉末与岩蛇相撞，顿时爆成了满天粉末，然后将岩蛇包裹进了其中。

扑腾！黄色影子在白色粉末中挣扎了片刻之后，便浑身僵硬地从空中跌落，重重地砸进了那深不见底的山谷之中。

望着那消失在黑暗中的岩蛇，萧炎这才松了一口气。这种高度，即使它体如岩石般坚硬，也应该会摔成肉酱吧？

抬头看了看那飘浮在半空中的白色粉末，萧炎再次挥出手掌，狂猛的推力劲气顿时将之一扫而空。

"没想到你除了欺负人之外，还真有点本事。"虽说萧炎在对战中取了巧，但见到这家伙在这种危险时刻竟然还如此镇定，小医仙开始对他刮目相看。

淡淡地笑了笑，脱离了危险之后，萧炎才抱着小医仙慢慢地降落到那处山洞之外。望着洞口处密布的碎石与怪木，萧炎眉头皱了皱，旋即无奈地摇了摇头，

道:"看来又得做一回苦力了。"

手掌缓缓摊开,萧炎深吸了一口气,心中一声低喝:"吹火掌!"

随着喝声的落下,巨大的推力从掌心中喷薄而出,犹如狂风扫落叶一般,将那一堆堆互相盘结的碎石与怪木,吹进了漆黑的山洞之中。

做完这一切,萧炎额头上浮现些许冷汗,呼吸也有些急促,在背上漆黑巨剑的压制之下,他能够动用的斗气,不足气旋中的十之六七。

在略微顺了几口气后,萧炎将目光投向了那已经被清除遮蔽物后的山洞。

没有了树木与碎石的遮盖,借着淡淡的月光,萧炎与小医仙终于近距离地看清了这个前人所遗留的山洞。

洞口并不宽,仅能容两三人通过,洞内一片黑暗,不过却隐隐有着淡淡毫光散发,看上去颇有几分通幽的神秘之感。

在洞口的四周,有着不少刀刻般的痕迹,不过或许是由于岁月久远,这些刀刻变得极为模糊,若不是萧炎视线锐利,或许还真发现不了。

"终于到了……"

有些兴奋地笑了笑,萧炎抱着小医仙,脚尖在山壁上最后一次借力,两人的身形划过半空,最后稳稳地落在了山洞洞口处。

落地之后,小医仙迅速脱离了萧炎的怀抱,然后高兴地打量着洞口。

"走吧,看看能得到点什么东西,希望不会让我失望。"

对着小医仙微微一笑,萧炎从身上掏出火折子,然后率先朝着漆黑的洞内小心行去。望了望那漆黑的山洞内部,小医仙有些踌躇。片刻后,她跺了跺脚,咬着牙跟了上去。

行走在幽静而黑暗的山洞之中,淡淡的寒意缭绕在周身,安静的通道中,只有两人细微的脚步声。

周围阴暗的环境,让小医仙不由自主地抱紧了双臂。抬头望了望前面缓缓行走的萧炎,她略微迟疑,旋即快走了几步,紧紧地跟在他后面,在这种环境下,唯有前面的少年，能让她多出几分安全感来。

在这般安静的氛围中行走了十来分钟，就在小医仙实在受不了这种寂静得能让人发疯的黑暗之时，走在前面的少年却忽然停下了脚步。

"啊……"身体收力不及，最后撞在了萧炎的后背之上，小医仙急退了一步，恼道，"你干吗啊？"

萧炎重重地呼了一口气，干咳了一声，指向面前散发着淡淡黄色光芒的石门，无奈地道："没路了。"

闻言，小医仙黛眉微蹙，上前两步，望着石门，沉吟道："石门之后，应该便是我们的目的地了吧。既然这位前人在此处打凿山洞，我想，他应该不会造出无路可进的局面。"

萧炎走上前来，用手摸了摸石门，测验了一下其厚度，缓缓摇了摇头："石门很厚，恐怕至少需要一名斗师强者，才有可能将之强行击破。"

"就知道用蛮力，看石门上的黄色光芒，这里明显被设置了土系机关术，只要细心一点儿，想要打开并不困难。"白了萧炎一眼，小医仙纤手触着石门，然后缓缓地移动起来。

"你懂得机关术？我记得那似乎是木系斗者或者土系斗者所擅长的吧？"瞧着小医仙严肃的俏脸，萧炎不由得好奇地问道。

"只是看过一些有关机关术的书籍罢了，算不上精通，不过用来探测一下倒没什么问题。"小医仙随意地回答着，手上的动作依旧保持着平缓。

微微点了点头，萧炎不再打扰她的探寻，目光从石门上移走，借助着微弱的火光，上下打量着四周的石壁。

石壁之上有一些刻痕，虽然现在刻痕已经模糊，但是萧炎还能够看出上面的一些人影，想来这些人影便是山洞主人的印迹了吧。

"找到了！"就在萧炎观察石壁之时，小医仙欣喜的叫声，让他赶忙移过目光。

石门旁,小医仙已经蹲下身子,一只纤手触摸着石门之下的一块小小凸点,手指微微下按,一阵嘎吱的声响便在山洞之中缓缓地响了起来。

望着那逐渐上移的石门,萧炎松了一口气,对着小医仙竖了竖拇指。

看着那散发出光亮的石门内部,小医仙微微笑了笑,退后了两步,然后对着萧炎扬了扬雪白的下巴,轻笑道:"喏,进去吧。"

耸了耸肩,萧炎从地上捡起几块石头,将之狠狠地投进石门之内,见到没有什么反应,这才略感放心。

"你还真是个小心得过了头的家伙。"望着这时候还不忘谨慎的萧炎,小医仙有些无奈地摇了摇头。

"多谢夸奖。"萧炎毫不在意地淡淡一笑,这才迈着步子小心地朝着石门之内行去。

瞧着萧炎举步而进,小医仙也紧紧地跟上。

两人踏进石门,眼前的视线骤然变得开阔起来。石门之内是巨大的石室,石室看上去有些简朴与空旷。墙壁之上镶嵌着照明用的月光石,在石室中央位置,有一把座椅。一具枯骨坐在座椅上,骷髅头掉落在惨白的大腿骨处。这种模样,在这安静的氛围中,看上去有些阴森。

在座椅前方,摆设着一方有些宽大的青石台,青石台上整齐地摆放着三个被锁上的石盒。

另外,在石室的三个角落,竟然堆放着不少金灿灿的金币与其他珍稀的财物,这般大的金币数量,恐怕不下几十万。

财宝与金钱,萧炎并不缺少,而且这些财宝的原主人这般将之随意摆放,看来同样没有看重这些财物。

萧炎将目光从金灿灿的金币上移开,然后停留在了最后一处角落,脸上浮现淡淡的喜意。

那里,有一个用泥土堆起来的小花坛,花坛之中种植着各种各样的花草,一股异香缭绕其间。

望着这些花草，萧炎与小医仙几乎同时快走了几步。可能别人不认识这些东西，但是他们心知肚明，这些看似普通的花花草草，论起来，可要比那几堆金币贵重得多。

"紫蓝叶、白灵参果、雪莲子……"美眸呆呆地望着小小的花坛，一个个代表着珍稀难寻的高级药材的名字，从小医仙红润的小嘴中偷偷地蹦了出来。

"冰灵焰草！"目光在小花坛中移过，萧炎眼瞳骤然一缩，最后死死地盯着花坛中央位置的一株草叶。

这株草叶分白、红两色，白色的枝干上面，覆盖着点点类似冰晶的物体，而那火红的草冠，却犹如一团在燃烧的火焰。两种不同的颜色与属性，却奇异地生长在一株植物之上，当真是神奇至极。

淡淡的雾气缭绕着这株植物周身，使其看上去颇有几分处于云雾间的感觉。

冰灵焰草，外界一般极难寻见，是萧炎炼制血莲丹的必备物之一。

萧炎兴奋地死盯着这株药草，脸上浮现些许激动。他在乌坦城寻找了大半年都未曾寻到两株草药的半点消息，这才出来历练没多久，竟然全部到了手中，这种意外的收获实在让萧炎满心欢喜。

"你也认识这东西？"见到萧炎兴奋地盯着冰灵焰草，小医仙不由得有些诧异地问道。

"嗯，我需要这东西！"点了点头，萧炎偏过头，凝视着小医仙。

"真是个讨厌的家伙，一开口就想要最珍贵的。"闻言，小医仙顿时蹙起了黛眉，有些不情愿地嘟囔道。

有点尴尬地笑了笑，萧炎摊了摊手："抱歉，我是真的很需要它，我找它很久了。"

瞧着小医仙那依然有些郁闷的模样，萧炎只得无奈地道："这样吧，只要我取走冰灵焰草，那这里的药草，你拿三分之二，我只取三分之一，如何？"

听得萧炎这般说,小医仙脸色这才好看了一点儿,微微点了点头。

见着小医仙点头,萧炎松了一口气,也不避嫌地从纳戒中取出许多精致的玉瓶,然后再掏出玉质的小铲子,小心翼翼地把冰灵焰草旁边的泥土挖开,最后将之连同泥土,一起轻轻地放进了玉瓶之中。

呼……将玉瓶飞速地收进纳戒中,萧炎嘴角一咧,将手中的小铲递给小医仙,示意她开始挖掘药草。

一直目送着萧炎将那株冰灵焰草送进纳戒之中,小医仙这才恋恋不舍地收回目光。对于她这种爱药之人来说,得到一株稀奇的药草,远比得到几十万的财物更让人激动与兴奋。

叹了一口气,小医仙心中很懊恼,要不是被这家伙意外地发现悬崖下的秘密,这些东西就该全归自己了,可现在……唉,一想起来,小医仙就感到有些欲哭无泪。

"该死的浑蛋。"咬着牙骂了一声,小医仙只得接过小铲子,然后开始小心翼翼地将花坛中的珍稀药草挖掘而出,将之盛放进温润的玉瓶之中。

见小医仙开始挖掘药草,萧炎的目光再次在石室之内移动起来,不过此次的搜索,却并不再有什么收获。当下,他也只得将目光投向青石台上的三个被锁上的石盒。

缓缓地踱着步子来到石台前,萧炎摸了一把那金属锁,入手却有些温热,当下不由得眉头微微一皱。经过长久的岁月还能保持着温度,这明显不是普通金属,所以用蛮力开锁的法子,有些行不通了。

"钥匙在哪儿?"嘀咕了一声,萧炎的目光停留在了石台后面的枯骨之上,视线下移,眼睛却是一亮,只见那骷髅的手掌处,悬着三把黑色的钥匙。

搓了搓手,萧炎走上前去,望着枯骨,心头有些发虚地对着它双手合十拜了拜,这才小心翼翼地抓住钥匙,轻轻一扯。

"咔嚓——"由于岁月久远,枯骨手臂竟然被这小小的力量给拉断了。

望着那断裂的臂骨，萧炎讪讪一笑，再次对着枯骨鞠了一躬，然后从地上捡起臂骨，想要将之接上。

手掌握住臂骨，萧炎眉尖忽然一挑，他察觉到，手中枯骨的重量，似乎有点不对劲……

眼角余光扫了扫那正在仔细移植药草的小医仙，萧炎偷偷地瞟向手中的臂骨，透过上方的断裂口，隐隐地发现，在那骨骼缝隙中，似乎藏着一个小巧的卷轴。

望着那若隐若现的古朴卷轴，萧炎咽了一口唾沫，手指几乎不由自主地伸了进去，然后将之飞快掏出，最后闪电般地丢进纳戒。

做完这些，萧炎这才松了一口气，亲切地把臂骨上的灰尘擦去，然后殷切地把它接回到主人身上。

抛了抛手中的黑色钥匙，萧炎露齿一笑，缓缓地走向石台上的三个石盒。

拿着钥匙来到石台之前，萧炎再次摸了摸那泛着温热的金属锁，偏过头，望着那已经将药草完全挖掘出来的小医仙，笑道："快过来吧，免得我私自打开后被你说成想独吞。"

"算你还有点良心。"

皱了皱俏鼻，小医仙怀中抱着十多个小瓶子过来，然后将之放在石台上，最后有些恋恋不舍地从中挑出六个玉瓶，递向萧炎："喏，这些是你的。"

笑着接过玉瓶，萧炎瞟了一眼，便收进了纳戒之中。反正冰灵焰草已经到手，其他一些药草虽然珍稀，可对现在的他来说，却没多大的用处。

冲着小医仙扬了扬手中的三把黑色钥匙，萧炎笑了笑："那我打开了哦？"

"开吧！"白了萧炎一眼，小医仙迅速地将玉瓶收进怀中，顿时，纤细的柳腰变得丰满了许多。

望着石盒，萧炎舔了舔嘴唇，随意地从三把钥匙中选出一把，然后抓起锁孔，小心翼翼地探了进去。

"不是这个……"萧炎耸了耸肩,将之抽出,换了另外一把钥匙。

"又错了。"无奈地摇了摇头,萧炎紧紧地握着最后一把钥匙,再次将之插进锁孔之中,然后谨慎地缓缓移动着。

望着那越探越深的钥匙,萧炎与小医仙都不由自主地屏住了呼吸,空荡的石室之内,只有钥匙在金属锁孔中移动时发出的细微声响。

"咔——"骤然间在石室内响起一声轻微脆响。

"打开了。"望着那弹射而回的金属扣,萧炎松了一口气,笑道。

"快打开吧。"小医仙也是脸颊含喜,有些迫不及待地催促道。

萧炎白了一眼急切的小医仙,拉着她退后了几步,手掌微曲,然后猛然击出,一股强猛的劲气自掌心中喷薄而出,将那石盒的盖子掀了起来。

盖子掀开,萧炎等待了片刻,见到并未有什么反应,这才松了一口气,对着一旁双臂抱在胸口、冷眼望着自己的小医仙耸了耸肩:"小心点没坏处。"

"若是把你丢在魔兽山脉,我想你一定能活得比在外面还快活,因为就算是那些魔兽,也没你这般小心。"小医仙撇嘴道。

"我也是这么认为的。"摸了摸鼻子,萧炎含笑道。

狠狠地剜了一眼这脸皮厚到极点的家伙,小医仙走向石台,目光投向打开的石盒内,微微一愣,旋即欣喜地伸出玉手,从中取出了一卷古朴的彩色卷轴。

"这是什么?"好奇地凑过头来,萧炎问道。

"一本记载着如何配置毒药的毒经。"小医仙将彩色卷轴翻过来,笑吟吟地道。

"毒经?"惊诧地挑了挑眉,萧炎从小医仙手中取过卷轴,来回地翻看了一下,望着七彩卷轴上所写的几个小字,惊异地问道,"七彩毒经?竟然还真有这种专门配置毒药的东西,难道留下这些东西的人,也是一位医师不成?"

在斗气大陆,一般只有医师才会弄一些毒药来防身,这种人被称为毒师,不过毒师的地位,比起炼药师来,却要差上许多。

"或许吧,这东西,你可不能和我抢。由于天生属性,我不能成为炼药师,所以只得依靠这些东西了。"说到此处,小医仙俏脸上浮现一缕黯然。显然,她心中最希望的,是成为一名炼药师,而非一名让人又厌又惧的毒师。

望着黯然的小医仙,萧炎笑了笑,将七彩卷轴递回去,笑道:"这东西固然不错,不过想要精通,可得花费不少精力,光是练……斗气就已经让我精疲力竭,我可不会傻得再去沾这些东西,贪多可嚼不烂。"

"谢谢。"听着萧炎这般说,小医仙心中松了一口气,冲着他感激地点了点头。

"你手上的东西,应该可以收起来了吧?我这人虽然算不得什么正人君子,但是至少现在和你是同伴关系,独吞这种事,我做不出来。"望着将七彩卷轴收起的小医仙,萧炎微微一笑,忽然淡淡地道。

俏脸微微一愣,旋即浮现一抹尴尬,小医仙玉手摊开,露出一袋小小的绿色粉末。

"我……"被萧炎逮了个正着,小医仙俏脸微红,吞吞吐吐地说不出话来。

"算了,你毕竟是个女子,和我单独来寻宝,弄点东西以防万一,倒也没什么。"耸了耸肩,萧炎倒是无所谓地笑道。

"谢谢。"感激地道了一声谢,小医仙赶忙把手中的绿色粉末收了起来。

摸了摸脸,萧炎再次将目光投向第二个石盒,将钥匙插进去,然后慢慢地探索着。

"你那绿色药粉有什么用?"手中的钥匙缓缓地探索着,萧炎随口问道。

"这是用醉龙草与其他几种具有催眠效果的药草混合而成的,被吸入体内,就能让人沉睡半天时间。不过,这些药粉都只是简单的毒药,实力稍强点的人能用斗气压制毒性甚至把它逼出体外。"小医仙有些不好意思地说道。

"还好不是什么致命的毒药,算你没心狠到那地步。"萧炎撇了撇嘴,手中动作微微一顿,咧嘴一笑,"开了。"

随着萧炎的话音落下，那紧闭的石盒缓缓地张开。

在石室内月光石的照射下，石盒内部的东西，一览无余。

"又是卷轴？"望着那被摆放在盒子内的一卷黑色卷轴，萧炎眉尖顿时一挑。

伸出手来，将黑色卷轴从盒子中取出，萧炎细细地翻看了一下，最后目光停留在了卷轴上的小字："玄阶高级飞行斗技——鹰之翼。"

"飞行斗技。"嘴中喃喃着这有些陌生的词语，萧炎眼瞳缓缓睁大，惊愕地失声道，"竟然是最罕见的飞行斗技？"

"飞行斗技？什么东西啊？"

第一次听说这名字，小医仙顿时疑惑地眨了眨眼。她听说过攻击斗技、防御斗技、身法斗技等，却头一次听说飞行斗技。

"顾名思义，这斗技能够让人在天空飞行。"惊叹地咂了咂嘴，萧炎解释道。

"飞行？那不是至少是斗灵强者，才能勉强具备的技能吗？"闻言，小医仙先是一惊，旋即满脸迷惑。

在斗气大陆上，只有斗灵以上的强者，才有可能进行短距离的飞行，在实力达到斗王或者斗皇之后，便能用外放的斗气在背后凝聚成能量双翼，从而离开大地的束缚，冲上云霄。

而这所谓的飞行斗技，则是一种颇为诡异的秘法。这种秘法能够让修炼之人在背后的脉络中，延伸出两条小小的支脉，就算本人实力达不到斗王级别，也能够凝化出双翼，进而破空飞行。

飞行是一种能让很多人怦然心动的诱惑，为了这个梦想，很多强者前仆后继地对着那高不可攀的斗王级别努力冲击着，而在这种情况之下，能够走捷径的飞行斗技，其珍贵程度自然可想而知。

握着手中这卷有些沉重的黑色卷轴，萧炎缓缓地吐了一口气，强行将心中的喜悦压下，对着小医仙扬了扬手。

"我知道，这归你是吧？"瞧着萧炎的举动，小医仙顿时明白了他的意思，当下无奈地点了点头。

"嘿嘿，各取所需。"咧嘴笑了笑，今天夜里的收获，几乎让萧炎脸都笑烂了。

"还有最后一个，赶紧吧，弄完我们就回去。"目光移向最后一个石盒，小医仙催促道。

"嗯。"有了前两次的收获，萧炎浑身充满着活力，握着最后一把未曾动用的钥匙，准备开启仅余的石盒。

空荡的石室再次安静，萧炎微微弯下身子，刚欲开盒，忽然身体一僵，旋即迅速转过身望着石门处，脸色骤然变得阴沉。

"有人来了?!"

"什么?"闻言，小医仙同样一惊，旋即摇头道，"不可能，这里就我们两人知道!"

"我不会听错，来的人数还不少!"萧炎脸色难看地盯着小医仙，目光中寒芒闪过。

"你怀疑是我叫来的?"瞧着萧炎的表情，小医仙顿时一怒，"我若要害你，你早死好几次了!"

望着小医仙那不似作假的愤怒，萧炎眉头紧皱，迅速转过身，手中钥匙不断地对着锁孔探去，可在心情紧张的情况下，却始终插不进去。

最后，萧炎只能双掌抱住石盒，想要将之抱起，却发现石盒竟被粘在了石台上。

脸色铁青地再次骂了一声，萧炎缓缓地吐了一口气，阴冷地道："他们进来了!"

听着萧炎的话，小医仙急忙将目光投向石门处，果然听见脚步声越来越响亮。

"呵呵，小医仙，多谢你们带路了，看来我得到的这消息，果然不假啊!"

十几道人影缓缓地从门外的黑暗中行进,熟悉的淡淡笑声,在石室内得意地响了起来。

"穆力!"

听着这声音,小医仙顿时咬紧了牙。

第十三章
生死逃亡

漆黑的石门处，十几道影子缓缓从门外的黑暗中行来，最后将石门堵得死死的。

一道人影从后面走上前，最后在月光石的照耀下，露出了面目，正是那狼头佣兵团的少团长——穆力！

目光先在石室内的几堆金光闪闪的金币上扫过，穆力眼中掠过一抹贪婪的神色，舔了舔嘴唇，视线瞟了瞟那已经被两人打开的石盒，不由微笑道："抱歉，打扰两位了。"

缓缓地握紧手中的钥匙，萧炎脸色有些阴沉，瞥了一眼身旁柳眉倒竖的小医仙，对着穆力冷冷地道："你跟踪我们？"

"算不上跟踪吧，早在几日前，我便得到了小医仙找到宝洞的情报，不过因为不知道确切位置，所以……"耸了耸肩，穆力含笑道。

"你是如何得知情报的？这件事我只与我的助手莉菲提过，你……你收买了她？"小医仙俏脸上先是闪过一抹疑惑，紧接着愤怒起来。

"呵呵,那女人挺傻。我不过随便用点花言巧语,她便乖乖地把什么东西都说了出来。"穆力微微一笑,并未否认小医仙的猜测。

"你这个浑蛋!"柳眉倒竖,小医仙叱骂道。

"抱歉,这些东西对我们狼头佣兵团来说太过重要,只要拥有了它们,我们就能轻易吞并青山镇的所有势力,到时候,就能有资格与实力向外发展。我的目光,可不仅仅局限在这小小的镇子之中。"穆力淡淡地道。

"把东西交给我吧,小医仙,我对你的感情,你应该很清楚,只要你跟着我,日后等我掌管了狼头佣兵团,绝对不会亏待你!"目光泛着深情地盯着小医仙,穆力声音缓缓地变柔起来。

"跟着你?我现在和你说话都觉得恶心!"小医仙的语气颇为刻薄,看来,穆力收买她身边人的举动,实在是让她极为愤怒。

笑了笑,穆力眼中掠过丝丝阴冷,轻声道:"没关系,我会把你强行留在身边的。"说完,穆力将目光转向一旁沉默的萧炎,含笑道:"早说了让你加入狼头佣兵团,可你偏偏不听,现在,就算你想加入也晚了。"

"一个连大斗师都没有的佣兵团,也能如此嚣张?"摸了摸鼻子,萧炎讥讽地摇了摇头。

"至少杀你,非常简单。"微微一笑,穆力的笑容中杀意凛然。

"把东西交出来吧,留你个全尸。"双臂抱着胸口,穆力阴冷地瞥向萧炎。

萧炎阴沉地扯了扯嘴角,目光在那将石门完全堵死的十多名佣兵胸口处的等级徽章上扫过。这十多名佣兵实力都在斗者四星或五星,穆力的实力更是在六星级别。

盘算了一下对方的阵容,萧炎的心微微沉了沉。他自己现在最多仅能对付一名四星斗者,不过若是取下背上黑色重剑,他应该能够与六星斗者抗衡一段时间。

可这时的石门处,有十多名实力不俗的佣兵,以萧炎此时的实力,若被他们

围攻的话，正常情况下，十有八九会被当场斩杀。

"老师？"心中呼喊了一声药老，却未有半点回应，萧炎只得苦笑着摇了摇头，看来想要让药老出手解围，是不可能了。

穆力抱着膀子站在石门中央处，满脸戏谑地望着场中脸色急速变化的萧炎，心头忽然有种猫戏老鼠般的快感。

"虽然你天赋不错，但是翅膀还未长硬。嗯，说真的，我很怕你日后的报复，所以，为了杜绝这种会让我寝食难安的情况发生，你今天必须死在这里！"手指轻轻地敲打着手臂，穆力微笑道。他从小便被父亲告诫，不管日后招惹到什么人，若是有机会，一定要赶尽杀绝，绝对不能给对方留下任何一丝死灰复燃的机会！

森然地瞥了一眼笑容满面的穆力，萧炎眼睛微眯，这么多年来，可一直都是他在欺负人，还真没遇见过这种被人围杀的状况。

"你说得很对，若是有机会出去，我会把狼头佣兵团搞得鸡犬不宁。"嘴角泛起阴冷，萧炎阴声道。

"很佩服你在这种情况下，还有向我露出敌意的勇气，不过，这也同时更坚定了我要永久把你留在这里的决心。"穆力笑道，眼瞳中充斥着杀意。

萧炎抬了抬眼皮，漆黑的眼睛中，同样杀气凛然。

就在萧炎心中思量着如何突围时，那背在身后的一只手掌忽然碰到了什么东西，他不着痕迹地握了握，随意地瞥向紧贴在身旁的小医仙。

"这是先前的催眠药粉。"小医仙红唇微动，细微的声音传进了萧炎耳中。

轻点了点头，萧炎目光迅速在石室内部的墙壁上扫过，望着那三枚散发着淡淡光芒的月光石，心头微微一动。

"待会儿紧跟着我！"萧炎脸色凝重地低声吩咐了一句。

"嗯。"乖巧地点了点头，这时候，小医仙也只得把所有的脱困希望，全放在萧炎身上了。

"动手,杀了那小子,注意别给我伤着小医仙!"望着两人,穆力森然地一挥手,冷喝道。

"是!"听得穆力的命令,其身后的十多名佣兵顿时分出五名,然后满脸凶光地对着萧炎两人扑来。

瞧着那佣兵过来了五名,但是石门依然被堵得严实,萧炎眉头一皱,这些佣兵的谨慎让他颇为头疼。

嘭!目光扫了扫疾扑而来的五名佣兵,萧炎手掌一扬,强猛的劲气将手中的小袋药粉送上了半空,然后骤然爆炸开来,洒落的药粉顿时弥漫了整个石室。

"屏住呼吸,门边的人不准移动,把门堵死,马四,攻击他们!"望着弥漫石室的药粉,穆力脸色微变,急喝道。

穆力的命令让骚乱的佣兵们迅速平静下来,五名佣兵抽出腰间的武器,眼中凶光毕露,对着不远处的萧炎两人冲去。

萧炎身形急退,一只手拉着小医仙,另一只手猛然曲卷,对着那被镶嵌在墙壁上的月光石一吸。顿时,月光石便脱离束缚,被萧炎牢牢地抓在了手中。

手掌一转,月光石就被装进了纳戒之中。失去了一枚照明用的月光石,石室内的光芒顿时黯淡了几分。

收了一枚月光石,萧炎脸色凝重地急速移动,右掌吸扯间,另外两枚也被准确地收进了纳戒之中。

当最后一枚月光石被装进纳戒之中,石室内骤然变得黑暗。

在黑暗降临的一刹那,萧炎拉着小医仙,身形一转,径直朝着记忆中的石门位置暴冲而去。

"不要慌!拿出火折子,门口的人不准乱动,室内的人也不准过来。记住,谁敢来到门边,不管是谁,杀!"

突如其来的黑暗让穆力脸色阴沉,不过他很有心机,当下急忙暴喝道。

有了指挥的人,狼头佣兵团团员们也不再慌乱。一些带有火折子的佣兵赶忙

从怀中掏出火折子，然而他们刚欲举起，面前急风掠过，蕴含着凶猛劲气的手掌便重重地轰在了胸口之上，顿时，几名被打得措手不及的佣兵一声闷哼，重重地坐到了地面上。

"他过来了！他来石门处了！拦住他！"被攻击的佣兵忍着剧痛大喊道。

听到手下的大喊声，穆力脸色再次一沉，脚步向后急退了几步，刚好落在石门最外边，同时也把石门的空间完全堵了起来。

嘭！强猛的劲气从前方猛然暴射而来，石门处的几名实力在五星斗者级别的佣兵若不是反应及时，差点儿被这股劲气吹飞了去，不过饶是如此，几人的身形也被推得跟跄了起来。

在几人身形不稳时，两道急风犹如泥鳅一般，从他们的缝隙中悄悄地溜了出去，而当他们回过神时，却已经阻拦不及，当下只得对着站在最后的穆力急喝道："少团长，他们冲你来了！"

眼瞳微缩，穆力双脚缓缓打开，将狭窄的通道堵死，双掌紧握，其上淡绿的斗气逐渐涌动，而在绿色斗气的渲染之下，那双肉拳竟然开始逐渐变成犹如木头一般的颜色。

"我倒要看看，你这二星斗者，如何在正面碰撞中将我击退！"冷笑了一声，穆力从怀中掏出一枚夜明珠，向前一丢，微弱的光芒虽然只能照亮附近两三尺的地带，但是对于狭窄的通道来说已经足够了。

刚刚丢出夜明珠，两道影子便从上急速跨过，借助着夜明珠的毫光，穆力能够模糊地看见少年脸上的杀意。

"给我滚回去！"望着犹如飞蛾扑火般的萧炎，穆力冷笑了一声，那如同一对木头制作的拳头，泛着绿色光芒，带起一股凶悍的劲气，狠狠地对着萧炎怒砸而去。

"玄阶低级斗技——木之硬化！"

迎面而来的劲气，将萧炎的脸刺得微微发疼，抬了抬眼，他能清楚地看到穆

力眼瞳中所隐藏的狰狞。

萧炎深吸了一口气，双掌骤然反握住背上的巨大黑剑，一声暴喝，巨剑顿时离开后背，手掌一转，巨剑便被收进了纳戒之中。

巨剑一消失，萧炎的速度几乎在眨眼间暴涨了起来，体内流动得有些迟缓的斗气，在此刻也犹如潮水奔腾一般，疯狂地涌动在经脉之中。

萧炎终于第一次爆发，拳头紧握，一条条青筋不断地鼓动着，令人惊恐的力量正在急速凝聚。感受到体内那奔腾流动的斗气，少年清秀的脸上涌上了疯狂的战意，眼瞳有些阴冷地瞥着那已经近在咫尺的穆力，体内的斗气开始顺着斗技的脉络狂猛运转。

"八极崩！"

响起在心头的喝声，几乎让萧炎的衣袖口骤然间紧绷起来，本来柔软的布料，此刻却是堪比钢铁。

袖口蕴含着强横的劲气，萧炎的拳头先是猛然一缩，一瞬之后，暴射而出。

砰！两只拳头在狭窄的山洞中轰然相遇，闷雷般的声音在通道中久久不息。

瞧着那竟然与自己不相上下的萧炎，穆力脸色一变。他没想到，不过是眨眼时间，这家伙的实力居然连跳了好几级。

"我拖住他了，快点杀了他！不惜代价！"

一声阴冷的咆哮，从穆力的喉咙中吼出，萧炎此时所表现出来的实力，已经让这位心机颇深的少团长惊慌起来。小小年纪，竟然便能与身为六星斗者的自己相抗衡，若是再等个一两年，那还了得？如果让他逃出此地，日后狼头佣兵团，绝对会遭受到毁灭性的打击。

只要一想到日后那铺天盖地的报复，穆力心头就杀意狂涌。

听得穆力的喝声，萧炎嘴角挑起一抹嘲讽与森然，嘴唇微动："爆！"

嘭！又一声闷响乍然响起，不过这记闷响，竟然是从穆力的身体内传出来的。

扑！忽然在体内爆炸的劲气，让穆力脸色瞬间惨白，身体一阵摇晃，终于一口鲜血狂喷了出来。

"走！"击倒穆力，萧炎强行忍住了当场击杀他的诱惑，当机立断一把拉住身后的小医仙，然后头也不回地朝着山洞之外蹿去。

而萧炎前脚刚走，十多名佣兵便从石室内冲了出来，望着地面上脸色惨白的穆力，都不由得满脸骇然：实力在六星斗者的少团长，竟然会被那名少年打败？这摆在面前的残酷现实，让所有人呆滞了片刻。

"白痴，还愣着做什么？去追啊，一定要杀了那小子，出去之后放信号，让埋伏在上面的人全力截杀他们！"望着这些呆头呆脑的属下，穆力一口鲜血再次喷出，暴怒地吼道。

"是！"穆力的吼声，让这些佣兵恢复了清醒，他们急忙应了一声，然后身形掠过，疯狂地朝着萧炎二人追击而去。

艰难地撑起身子，穆力斜靠在石壁之上，重重地吐了一口气，眼瞳中闪过一抹狰狞。他将拳头重重地砸在石面上，森然道："小杂种，别让我逮着你，不然定要你求生不能，求死不得！"

萧炎面无表情地拉着小医仙不断地向外冲，缩在袖口中的拳头，滴着殷红的鲜血。自从学会了八极崩的暗劲爆发之后，这是萧炎第一次用来对敌，效果出乎意料地好，不过与穆力的正面对冲，也让他受了一些伤。

"以穆力的心机，在悬崖之上，肯定还有狼头佣兵团的佣兵！"急促地喘着气，小医仙提醒道。

"只有爬上悬崖，我们才能混入森林中逃脱！不然，只有死路一条！"萧炎沉声道。

"出去之后，不要攀上去，如果被他们砍断了绳子，我们就得葬身在悬崖底了。"

"不上去，难道你还想跳崖？或者等着他们出来围杀我们？"脚步不停，萧炎

皱眉道。

咬了咬红唇,小医仙似是下了决心,开口道:"我能带你离开。"

心头微微一动,萧炎沉默。

"别磨磨蹭蹭了,你帮了我,我不会害你的!"望着萧炎犹豫的模样,小医仙怎能不知道这小心谨慎的家伙在想什么,当下无奈地催促道。

缓缓地吐了一口气,萧炎微微点头。

见到萧炎点头,小医仙从怀中掏出一支短短的竹笛,将之放在小嘴边,轻轻一吹,一道有些奇异的声波从笛中迅速传出。

"你在干什么?"萧炎忍不住好奇地问道。

"召唤我的伙伴。"扬了扬手中的竹笛,小医仙俏皮地笑道,"一只一阶的蓝鹰。"

"飞行魔兽?"闻言,萧炎略感诧异,见到小医仙点头后,欣喜顿时浮现脸上,这下有救了。

"可惜,还有最后一个石盒没被打开。"脚步紧跟着萧炎,小医仙有些惋惜地道。

"算了,别贪多了,以后有机会,找他拿回来就是!"萧炎脸上浮现些许阴冷,"嘿嘿,本来还在为以后苦修日子的枯燥而苦恼,没想到,这家伙却自己送些乐子过来。好吧,狼头佣兵团,小爷在魔兽山脉的这些日子,就和你们耗上了!"

再次顺着黑暗的通道急跑了一阵,那洞口的月光越来越明亮,两人眼前骤然一亮,漫天繁星以及那硕大的银月,便出现在了视野之内。

从洞口出来,萧炎眼疾手快地拉着小医仙,贴着石壁,目光悄悄地向悬崖上瞟了瞟,果然发现在悬崖之上,不少人正拿着火把四处巡逻着。

"果然还留了一手。"骂了一声,萧炎耳朵贴着地面,旋即沉声道,"追兵快来了,你那头飞行魔兽呢?"

小医仙的美眸在夜空中扫了扫，再次将竹笛放进小嘴边，奇异的声波悄无声息地在夜空回荡着。

声波传出不久，尖锐的叫声便响彻夜空。

借着月光的照耀，萧炎能够模糊地看见，在那大山深处，一只通体蔚蓝的巨大老鹰急速地掠出，仅仅片刻时间，便在悬崖之下盘旋起来。

"走吧。"望着到达的蓝鹰，小医仙顿时松了一口气，对着萧炎招了招手。

微微点了点头，萧炎回过头，望着那已经能够看见一些人影的山洞，冷冷一笑，手臂揽过小医仙的纤腰，身形一跃，径直跳到那只巨大的蓝鹰身上。

"小岚，快走！"跃上了鹰身，小医仙急忙催促道。

听得小医仙的声音，蓝鹰顿时双翅一振，巨大的劲风扑扇而过，然后载着背上的两人，冲天而起。

"射下它！"望着两人竟然骑上了蓝鹰，那出现在山洞口的十多名佣兵急忙对着悬崖上喝道。

咻，咻，咻！

听到下方的喝声，悬崖之上骚乱了起来，旋即一阵箭雨破空而出，对着空中的蓝鹰急射而去。

望着那射来的箭雨，萧炎心头微微一惊，刚欲出手将之震退。身下的蓝鹰却双翅猛地一振，淡青色的狂风席卷而出，顿时便将一波箭雨扇落下了悬崖。

小医仙俯下身子，狂风将她的长发吹得有些凌乱，她的玉手温柔地摸着蓝鹰的身子，回过头对着萧炎笑道："现在安全了。"

"呼——"重重地松了一口气，萧炎身体软软地坐在蓝鹰身体之上，低下头望着那急速倒退的树林，心头略微战栗，他可是第一次飞这么高。

抹了一把额头上的冷汗，萧炎全身发软，先前的那般高强度战斗，实在是让他极为疲惫。

坐在蓝鹰之上，萧炎俯视着那处山洞，森然的视线紧紧地盯着那被一名佣兵

扶着站在洞口的穆力。

二人的目光在夜空中对视，彼此都是狰狞一笑，毫不收敛地释放着对对方的杀意。

蓝鹰逐渐远去，萧炎也收回了目光，偏过头望着小医仙，问道："你打算去哪儿？"

"我回采药队。"小医仙淡淡地笑道。

"你还回去？穆力那家伙说不定也会回去啊。"闻言，萧炎有些惊异地道。

"呵呵，回到了采药队，他便再不敢对我做什么。"小医仙微笑道，以她在青山镇的名声，穆力若是不想惹起众怒的话，便绝对不敢再对她出手。

"而且回到青山镇后，他更不敢动手，万药斋的势力，不会比狼头佣兵团小，而且另外两大佣兵团的首领，都曾经欠了我的人情。"

"既然这样，那便随你吧。"微微点了点头，从那些佣兵看待小医仙的目光，萧炎便能知道她在小镇中拥有何种声望，所以也并不太担心她的安全。

"你呢？"偏过头，小医仙微笑着问道。

"我？嘿嘿，我就不回去了，我没有你那种声望，穆力想要杀我，肯定没人会阻拦，而且以我所表现出来的实力，那家伙一定会想尽办法杀了我，所以，我不能再回青山小镇了。"手掌紧抓着蓝鹰的羽毛，萧炎笑道。

"你要离开？"闻言，小医仙有些迟疑地问道。

"离开？嘿嘿，我萧炎可不会干那种夹着尾巴灰溜溜逃跑的事情，我以后会在魔兽山脉修炼一段时间，然后……再找狼头佣兵团慢慢算账。"萧炎淡笑道。

"狼头佣兵团的团长，是一位二星斗师，你若想报复，可得小心一些。"沉默了一下，小医仙郑重地提醒道。

"唉，斗师而已，又不是没见过。"随意地摆了摆手，萧炎无所谓地笑道，当初加列毕还是一位大斗师呢，还不是被他搞得家族败落。

见到萧炎这模样，小医仙也只得点了点头，不再说话，转过头，指挥着蓝鹰，向着大山之中飞掠而去。

鹰背之上，逐渐地陷入了安静，两人都在缓缓回味着先前与死亡擦肩而过的刺激。

"嘿嘿，小家伙不错，竟然能够以如此微小的代价脱离那种险境，实在是出乎我的意料。"就在萧炎闭目回气之时，药老满意的笑声忽然在心中响了起来。

听着药老终于开口，萧炎撇了撇嘴，心中哼道："我还以为你失踪了呢。"

"哈哈，小家伙怨气挺大，不让你亲身经历这种险境，实力如何才能爆发？"药老大笑道，"而且先前脱去束缚的感觉，如何？"

"还不错。"摸了摸鼻子，萧炎淡淡地道。

"嘿嘿，想不想报仇？"药老的笑声，犹如一只奸诈的老狐狸，充满着诱惑。

"你什么时候见我吃了亏没找回来过？既然那王八蛋想要我死，那我又怎能让他好过？"萧炎微笑道，眼瞳中却掠过一抹阴冷的森然。

"那小姑娘的话，你也听见了，狼头佣兵团的团长，是一位二星斗师。"药老笑道，"所以，你想报仇，那就必须把自己迅速提升成一名斗师！"

"当然，这段时间我会在魔兽山脉潜修，不管老师用何种艰苦的修行方式，我都会坚持下去。"萧炎耸了耸肩。

"哈哈，好，既然你有这决心，那我会用最快的办法，让你毫无后遗症地成为一名斗师！"听得萧炎这话，药老顿时乐了起来，看来仇恨还真是促人上进的最好良药。

夜空之中，巨大的蓝鹰缓缓地盘旋而下，最后收拢翅膀在一处山顶上降落了下来。

"下面便是采药队的所在了，既然你不回去，那我就把你放在这里吧，等到天明后，你便自行离去，行吗？"望着下方的篝火，小医仙转头对着萧炎微笑道。

"嗯。"笑着点了点头，萧炎对着小医仙抱了抱拳，朗笑道，"那我们便在此分别吧，下次见面，或许得等很久以后了。"

"嗯。"轻点了一下雪白的下巴,小医仙略微迟疑,最后从怀中取出一小袋药粉,将之递给萧炎,"这些药粉虽然药力不算大,但是也能勉强防身。"

接过略微带着体温的药粉,萧炎心头有些感动。说实在的,他与小医仙不过萍水相逢,而且自己还死皮赖脸地抢了人家一半的宝贝,虽说在逃离的时候救了她一把,但那种时候,只要是个男人,或许都会这么做。

摸着鼻子笑了笑,萧炎微微点头,对着小医仙扬了扬手,转身朝着黑暗的森林之中行去:"再见吧,下次见面的时候,我会去把那破佣兵团给端了,算是给我俩出口气。"

"呵呵,我等着。"俏皮地眨了眨眼睛,小医仙笑吟吟地道。

目送着少年的背影缓缓地消失在黑暗之中,小医仙方才收回视线,将头转向下方的营地,淡淡地轻声道:"穆力,你给我等着吧,女人的记仇程度,可远比你想象中的要深。"

冷笑了一声,小医仙再次跃上蓝鹰,蓝鹰缓缓地盘旋而下,最后消失在黑暗的夜空之中。

寂静的夜缓缓消逝,第一抹晨旭从天际洒落,照射在了白色帐篷之中。

当小医仙从睡梦中清醒过来时,听着帐篷之外的骚乱以及那让她恶心的熟悉声音,红润的小嘴缓缓挑起一抹冷意,慵懒地从床榻上行下,换好衣衫,然后缓缓地行出帐篷。

帐篷之外,七八名佣兵正严实地守在门口,此时,这些佣兵正满脸肃然地把一名青年拦在外面,见到小医仙出来后,都赶忙对着小医仙行了一礼。

"呵呵,穆力少爷,大清早的,你怎么闯我的帐篷?"对着那几名佣兵微微一笑,小医仙偏过头,冲着那脸色不甚好看的穆力含笑问道。

"呵呵,没事,只是时间不早了,想过来叫你启程。"目光在小医仙身后扫过,穆力眉头一皱,旋即笑道。

微微点了点头,小医仙挥手将几名佣兵遣开,上前两步,微笑地看着穆力:"穆力少爷'螳螂捕蝉,黄雀在后',当真是好手段啊。"

"可惜,'螳螂'太狡猾了。"穆力笑了笑,笑容中泛着阴冷,目光再次扫过小医仙身后的帐篷,淡淡地道,"我也知道只要你回到这里,就奈何你不得,不过我的目的也不是你,交出萧炎,我不会再为难你。"

"他走了。"摊了摊手,小医仙笑道。

"走了?"眼瞳一缩,穆力脸色越加难看。

"你不会以为他会傻得还回营地吧?"嘲讽地一笑,小医仙望着周围已经起床的佣兵,这些佣兵是她的凭仗,只要有他们在,穆力就不敢对她出手。

"浑蛋!"低声骂了一句,穆力深吸了一口气,诅咒道,"进入魔兽山脉,他会死得更快!"

没有理会他的谩骂,小医仙红润的小嘴微翘,美眸中满是讥讽。

"小医仙小姐,药草差不多都已经齐全了,我们是不是该回去了?"一名万药斋的采药员快步走上来,对着小医仙恭声道。

"嗯,启程吧。"小医仙微笑着点了点头,美眸在营地中扫视了一圈,忽然柔声道,"各位,因为狼头佣兵团出了点事故,所以我想请各位代替一下他们的近身护卫一职,不知可否?"

听着小医仙此话,满场佣兵先是一愣,旋即猛地丢下手中的东西,急忙朝着小医仙兴奋地拥过来。

望着那笑吟吟地安排着佣兵队伍的小医仙,穆力嘴角微微抽搐,他知道这是小医仙在防备着他。

将贴身护卫分配好之后,小医仙回头望着还停留在原地的穆力,微笑道:"穆力少爷,萧炎在离开的时候,让我代送一句话。"

"只要他交出在山洞中的所得,我就可以不计较他打伤我的事。"穆力冷笑道。

"呵呵，穆力少爷，你错了，萧炎让我告诉你……他会回来的……"温柔一笑，小医仙轻声道。

眼瞳紧缩，穆力深深地吐了一口气，眉宇间充斥着杀意，半响后，方才阴冷地点了点头："好，只要他能在魔兽山脉中活下来，我等着他来报仇！"

说罢，他恨恨地一甩袖子，带着几名手下，离开了此处。

望着离去的穆力，小医仙俏脸上的笑意逐渐淡去，美眸中同样掠过几缕冷意。纤指掠了下额前的青丝，她忽然看向那处高高的山尖。

在晨光的照耀下，山尖上，似乎隐隐有少年的身影。

站在山顶，望着那启程离开的佣兵队伍，萧炎扭了扭脑袋，手掌缓缓紧握，冷笑道："王八蛋，给我等着吧，昨晚的事，小爷会牢牢记着的，下次见面，我要你加倍偿还！"

深吸了一口清晨的清爽空气，萧炎霍然转身，背着黑色巨剑，再不回头地朝着密林之中行去，他知道，真正的苦修，现在开始了！

空气清新的森林里，萧炎趴在一处草丛之中，身体上的枯叶将他伪装得严严实实。他将呼吸努力地压至最小，几乎完全收敛气息，身体犹如磐石一般，动也不动，目光透过草丛，死死地盯着正朝着这边缓缓走过来的一头红色巨狼。

今天已经是萧炎与小医仙分开的第二天了，两天时间中，他一直在朝着魔兽山脉内部进发，按照这速度，他现在应该已经算身处魔兽山脉的中间位置。

两天时间，萧炎遭遇了不下十次的魔兽的攻击，其中有两次获得了胜利，其他几次都以落荒而逃而告终。虽然逃跑了很多次，但是在与魔兽的亡命战斗中，倒也让萧炎身上多出了几分真正的血腥之气……

两天以来，萧炎一直在寻找着药老所要求的修炼场所，却都未能找到符合其心意的地方。所以他只得四处奔波，冒着被各种魔兽袭击的危险，小心翼翼地生存着。

出现在萧炎面前的红色巨狼是一头成熟期的一阶火狼，论起实力来，堪比人

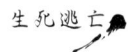

类的六星斗者。在前几次与魔兽的战斗中,萧炎便遇见过一头火狼,不过因为背上重剑束缚,最后落得个狼狈逃窜的局面。

手指轻轻地触着地面,萧炎望着那已经近在咫尺的红色巨狼,身体猛然弓起,略微停滞后,犹如拉开的弓弦,闪电般地从草丛中暴射而出。顿时,枯叶洒满天空,然后缓缓飘落。

身体穿过飘落的枯叶,萧炎身体掠现在巨狼身后,拳头紧握,携带着凶猛的劲气,重重地砸在了巨狼的腰部位置。

"八极崩!"

心头的低喝声刚落,巨大的劲气便让巨狼一声呜咽。巨狼的身体在地面上狠狠地擦出了十多米距离,方才撞在一棵树的树干上,四脚抽搐了一番,终于不甘地软了下去。

脚掌重踏在地面之上,萧炎长长地松了一口气,长时间的匍匐,让他手脚有些发麻。他扭了扭脑袋,快步上前,取出腰间的小匕首,将巨狼头部切开,顿时,一枚小小的红色晶体出现在眼前。

"呃,魔核?"

望着这枚红色晶体,萧炎一愣,旋即欣喜地将之取出,毫不介意上面的鲜血,在身体上擦了擦,这可是两天来他收获的第一枚魔核。

将魔核取出之后,萧炎随意地将狼尸丢在一边,抬头分辨了一下方位之后,向着一处隐隐有着水声传来的地方飞奔而去。

身形敏捷地穿过树林,在急行了片刻后,萧炎面前视野骤然开阔起来,轰隆隆的瀑布飞流声,让他满脸狂喜。

钻出阻拦的最后一棵巨树,萧炎望着出现在面前的景象,忍不住深吸了一口气。一条巨大的瀑布宛如银色匹练一般,从高高的山峰之上怒砸而下,水流砸在巨石之上,水汽弥漫天空……

在瀑布两旁的陡峭山壁上,有一个个天然形成的山洞,这让萧炎喜出望外。

只要在这些山洞口堆上一些石头,就能将魔兽拒之门外,再也不用担心在修炼醒来后,猛地发现身旁盘踞着一条凶残的毒蛇了。

"终于找到最好的修炼之所了……"萧炎张开双臂,深嗅着周围弥漫着水汽的空气,喃喃地笑道。

摸了摸鼻子,萧炎手掌一转,两个卷轴出现在掌心之中。这两个卷轴是萧炎在山洞中所得,前两日因为身处险境,萧炎一直没有时间细细查看,如今有了安身之地,终于能够开始放心地研习了。

第十四章

紫云翼

跃过一处山沟,萧炎缓缓地走向瀑布,目光在四周谨慎地扫了扫,在未曾见到有魔兽出没之后,方才松了一口气。

来到陡峭的山壁,萧炎在细心挑选了好半晌之后,方才选出了一个离地有四五米距离的山洞。小心地攀着有些湿润滑腻的石头,萧炎宛如一只灵猴一般,快速钻进了事先选好的山洞之中。

山洞内部有些清凉,面积倒是不小,萧炎一人居住,显然绰绰有余。

目光在山洞内部的地面上细心地扫视了几圈,未曾发现有什么魔兽遗留下的东西,萧炎这才略微放心,从纳戒中拿出一些购买的野外物资,在山洞中搭建出一个柔软干燥的歇息床榻。

安设好一些必备的生活物资后,萧炎又用巨石把洞口堵得只容一人通过,他将会在这里度过不短的时间,安全问题是最重要的。

做完这些,萧炎拍了拍手上的灰尘,望着有些昏暗的山洞,略微沉吟,接着从纳戒中取出三枚从那宝洞内抠出来的月光石,将之摆放在石壁上的凹槽中,顿

时，柔和的光芒便将山洞照得亮堂起来。

瞧着焕然一新的山洞，萧炎咧嘴笑了笑，一屁股坐在柔软的床榻上，长长地吐了一口气，旋即盘起双腿，双手在身前摆出修炼的印结，缓缓地恢复着体内消耗的斗气，驱赶着近两日赶路所带来的精神疲惫。

在安静的修炼中，萧炎的心神沉入体内，奇异的内视让他能清晰地看到体内流转的斗气。心神穿过几条主干经脉，最后来到小腹处，作为斗气基地的气旋，缓缓旋转着出现在了视线之内。

再次见到这神奇的气旋，萧炎心中略感欣慰。经过近一年的修炼，当初在晋升斗者时仅有巴掌大小的乳白气旋，如今因为斗气功法，转化成了淡黄色，而且增大了许多。萧炎能够清楚地感觉到，如今气旋中所蕴含的斗气浓度，足足比当初强了十倍不止。

望着那些从经脉中不断输入到气旋的淡黄斗气，萧炎微微一笑，心神缓缓地撤离了体内，待体内斗气完全恢复之后，才睁开眼睛。

懒懒地扭了扭身子，神清气爽的感觉再次回到萧炎身上。紧紧地握了握拳头，萧炎能够察觉到，因为近段时间的苦修，自己的实力正在从五星斗者逐步朝着六星迈进，或许再有一两个月的时间，自己便能进入六星层次。

而到时候，如果去掉重剑的束缚，再加上自身的几种玄阶斗技，或许便能够与八星斗者相抗衡。当然，前提是那位八星斗者所精通的斗技等级要低于萧炎，毕竟萧炎的功法，仅仅是最低级的黄阶，这是他唯一的软肋！

将精气调理到正常状态之后，萧炎手掌一翻，一个黑色的卷轴出现在了手中，正是那卷玄阶高级的飞行斗技。

翱翔天空是每个人的梦想，而对于自由飞行，萧炎同样非常感兴趣。飞行是逃命的最好保障，如果那天夜里没有小医仙的蓝鹰，他们两人想要逃离被重重包围的悬崖，难度恐怕会直线上升。

现在的斗气大陆，斗气化翼是斗王以上的强者才有的专利，别人一般都只能望天兴叹。可这偶然得到的罕见飞行斗技，却能够让他脱离这种束缚。

双手握着卷轴，萧炎舔了舔嘴唇，解开卷轴上精心捆绑的细绳，然后缓缓摊开。摊开之后，两只漆黑得有些令人发寒的鹰翼便出现在了眼前，这对鹰翼因为是被画在卷轴之上的，所以并不大，却隐隐散发着些许热气，看这奇异模样，明显不是一幅简简单单的画像。

鹰翼呈黝黑之色，隐隐还透着一些紫色云纹，细细看上去，双翼竟然犹如黑色的钢铁一般，有着一种特殊的金属质感，鹰翼上的羽毛散发着微弱的热气。萧炎对着上面轻吹了一口气，不由微微一惊，只见在那阵轻风之下，鹰翼上的羽毛，竟然犹如真正的翅膀一般，拂动了起来，极为神奇。

目光在鹰翼上扫过，萧炎眼睛忽然停留在了一旁的小字之上，眨了眨眼睛，轻声念了出来："黑焰紫云雕，五阶飞行魔兽，相传拥有远古凤凰的稀薄血脉，飞行速度在所有飞行魔兽中名列前茅，天性狡诈凶残，极难捕获，只生存于大陆偏南的云之岚地带。"

"五阶魔兽?"心头震了一震，萧炎咽了一口唾沫，那可是相当于人类的一名斗王强者啊!

"本卷斗技，名为鹰翼，也称紫云翼。本人与几位好友耗费三年时间，方才成功捕获一头黑焰紫云雕，以秘法取其双翼，最后形成这卷可供人修习的飞行斗技，此斗技是我临终前用斗气所绘，仅能容一人修行，切记!"

"真是牛人，竟然敢去抓斗王级别的飞行魔兽……"啧啧地惊叹了两声，萧炎有些好奇留下这些东西的这位前人究竟是何种级别的强者。

目光从小字上移开，萧炎小心地伸出手掌，轻轻地触摸了一下那双泛着紫色的漆黑鹰翼。

"怎么摸起来……像真实的东西一样?"

手掌上传来的羽毛触感，让萧炎大为惊异，手掌再次细细地抚摸了一次，他脸色猛地一变，犹如触电一般地收回手掌，惊骇地失声道："这鹰翼里竟然有灵

魂的存在？"萧炎的灵魂感知力极为优秀，刚才他在触摸鹰翼之时，分明察觉到鹰翼中隐藏了一个充满暴虐的狂暴灵魂。

"咦，果然隐藏有灵魂，却是毫无意识的灵魂。"苍老的诧异声音，忽然从萧炎的戒指中传出。

"毫无意识？"愣了愣，萧炎疑惑地问道。

"我想，这应该是以前制造飞行斗技的秘法所致吧。嗯，把飞行魔兽的灵魂与翅膀剥离而出，最后融合在一起，当然，这里的融合，肯定是需要一些独特的秘法相配合，才能形成真正的斗技……难怪现在的飞行斗技几乎已经失传，原来在制作的过程中，还必须懂得这些古怪的东西。"药老淡淡地笑道。

"那……修炼这东西应该没啥副作用吧？"萧炎有些忐忑地问道。

"你刚才所感应到的灵魂，应该便是那头紫云雕吧，经过这么多年，它的灵智多半已经变成了野兽的本能，只要在使用的时候防备一点儿，一般就不会出事。"药老笑道。

听得药老的话，萧炎这才松了一口气，他可是有些害怕修炼了这东西，会让自己反被那头紫云雕的灵魂给控制了。毕竟，五阶的魔兽所具备的智慧，并不会比人类低。

再次把目光投注到黑色鹰翼上，萧炎把卷轴上所述的如何修炼的过程细细地看了好几遍之后，眉头微皱，轻声道："这上面说，在修炼的过程中，翼中的紫云雕灵魂，或许会攻击修炼之人，若能够抵御住它的灵魂攻击，那便能够继续修炼，如若不然，奉劝得到之人放弃修炼。"

"呼，看来想要修炼这飞行斗技，还是有些危险啊。"吐了一口气，萧炎无奈地叹息道。

"想要得到一些东西，自然要付出点其他东西。"药老淡淡地笑道，"以你的灵魂强度，并不需要太过担心紫云雕的灵魂攻击。它虽然是五阶，如今却不过是个残魂而已，成不了气候。"

闻言，萧炎微微点点头，旋即咬咬牙，终于下定决心缓缓伸出手掌。

双掌移至卷轴之上，轻压着柔软的双翼，萧炎深深地吸了一口气，眼睛缓缓闭上。在手掌贴着双翼之后不久，鹰翼之中那暴虐的鹰魂猛然间发出一声让灵魂战栗的尖厉鸣叫，鸣叫声穿过卷轴，最后顺着萧炎的手臂，犹如钻子一般，死命地冲击着他的脑子。

第一次受到来自灵魂的攻击，萧炎浑身猛地一颤，脸色凭空白了几分。

"凝神，守好脑袋，任由它攻击！"戒指中传来药老的喝声。

咬着牙点了点头，萧炎的灵魂感知力在脑袋之外，围绕成几圈防护，终于抵御住了那能够直至灵魂的尖厉鸣叫声。

似是见到灵魂嘶鸣没有效果，那道紫云雕的灵魂在瞬间沉默之后，一股暴虐的情绪，忽然从卷轴中传出，然后对着萧炎心灵深处蹿去。

"稳守心神，别让它控制你的情绪，不然你会沦为只知杀戮的野兽！"药老的沉声，极合时宜地响了起来。

再次深吸一口气，萧炎紧守着心神，不敢让那暴虐的情绪侵入丝毫。

这番灵魂上的较量，持续了十多分钟，方才以紫云雕的落败缓缓收场。论实力，萧炎远远比不上五阶魔兽，但在经过无数岁月的压制后，现在这头紫云雕已经和一头残废的野兽没什么区别。

当那犹如野兽一般的暴虐情绪从心中潮水般地退出之后，萧炎顿时全身酸麻地软了下来，脸色苍白，看上去极为疲倦，这种灵魂上的对碰，远非肉体对碰所消耗的精力可比。

"成功了吧？"抹去额头上的冷汗，萧炎问道。

"嗯，你具备修炼这东西的资格了。"

闻言，萧炎欣慰地笑了笑，双掌再次触着鹰翼，不过此次却再未受到攻击。萧炎抿了抿嘴，斗气按照卷轴上所写的轨道在体内缓缓地流转了起来，片刻之后，斗气流转到了手臂处，逐渐蹿进手掌之中。

　　当斗气出现在掌心之时，黑色卷轴之上的鹰翼骤然间光芒大盛，紫黑两色越来越浓，最后化为两道细小的紫黑光芒，闪电般地蹿进了萧炎的手掌之中。

　　两道细小的紫黑光芒，进入萧炎体内之后，便顺着经脉急速流转。当它们流转到萧炎脊背处的经脉之时，却骤然停顿，然后转头，竟然硬生生地将经脉拉扯出两条极为细小的支脉。

　　这两条支脉从主干中延伸而出，在到达脊背处时，方才缓缓停止。

　　本来还在因为鹰翼的消失而愣神的萧炎，猛地发出一声凄厉的惨叫，额头上的汗水顿时滚流而下。萧炎的拳头紧紧地握在一起，重重地喘着粗气，嘶声骂道："这鬼东西，在搞什么？"

　　身体蜷曲在床榻之上，萧炎使劲地咬着嘴唇，丝丝血迹在嘴中蔓延开来。在坚持了片刻之后，萧炎终于忍受不住这种经脉撕扯的剧痛，非常干脆地晕了过去。

　　当萧炎从昏迷中苏醒过来时，全身依然犹如针扎般地隐隐疼痛，手指抚了抚纳戒，一个小玉瓶出现在手中，倾斜着瓶口，萧炎往嘴里倒了几滴粉红色的液体。

　　服下这带有止痛效果的粉红液体后，萧炎浑身的刺痛才缓缓地消解了许多。爬起身来，萧炎将黑色卷轴拿起来，却发现上面所有的字以及鹰翼图画，已经全部消失不见。

　　望着空荡荡的卷轴，萧炎眨了眨眼睛，忽然一把将衣衫脱了下来，然后从纳戒中取出一块水晶镜子，借着反射的余光，萧炎发现，自己的背上竟然不知何时多出了一对巴掌大小的黑色鹰翼文身。

　　"这就是那紫云雕翼吗？"有些疑惑地喃喃了一声，体内斗气心随意动，顺着那两条分化而出的小小支脉，灌进了背后的一对小小文身之中。

　　接收到传输的斗气，漆黑的文身立马释放出淡淡的紫色光华，最后竟然化为实质翅膀，而且黑色鹰翼的面积，也从巴掌大小扩大到了半尺左右。

　　好奇地看着这对带着紫纹的鹰翼，萧炎控制着它微微扇了扇，一股细小的浮力便在身下浮现，不过浮力太小，还远远不足以使萧炎离地。

　　"想要使用紫云翼飞行，需要不少的斗气，以你现在的实力，在熟练掌握之前，恐怕都只能进行短距离的滑翔吧。"望着举止有些滑稽的萧炎，药老忍不住地笑道。

　　咧嘴一笑，萧炎点了点头，他本来就没指望立刻便能真正地飞行，如今能有这点效果，已经让他很满意了，毕竟什么东西都得慢慢来不是。

　　停止了斗气的输入，背后的鹰翼再次贴在了背上，化为一团漆黑的鹰翼文身。

　　缓缓地伸了个懒腰，萧炎将面前已经空白的黑色卷轴收起来，略微沉吟后，再次从纳戒中取出一卷极为古朴的卷轴。

　　上下打量了一下这古朴得有些发黄的卷轴，萧炎兴奋地搓了搓手，能够被那位前人藏在骨头缝隙这种隐蔽的地方，想来不是凡物。

　　解开卷轴，然后缓缓摊开，望着卷轴，萧炎却是微微一愣："这是？"

　　出现在眼中的，是一张不知用何种材料制作而成的皮纸，在略微泛黄的皮纸上，绘着一些看上去没有丝毫规律的纹路。萧炎一根手指指着一条纹路，然后跟着它缓缓地移动，最后直到移出了皮纸，也没有发现半点其他的东西。

　　"这是什么鬼东西啊？"望着这犹如鬼画符一般的神秘东西，萧炎皱眉道。

　　手指上，漆黑戒指微微颤了颤，药老竟然也飘了出来，目光在古朴的皮纸上扫了扫，皱着眉头，沉吟道："好像……是一幅残缺的地图。"

　　"地图？还残缺的？"闻言，萧炎双眼一翻，顿时兴趣全无。

　　没有理会兴致不高的萧炎，药老缓缓地把皮纸完全摊开，来回地细看着。当其目光忽然落在皮纸角落处的一朵有些类似莲花的模糊东西时，脸色却微微一变，再次俯下身来，细细地观察着这朵莲花状的神秘物体。

　　这朵莲花状的东西，或许是因为岁月久远，看上去有些泛黄，也有些模糊，不过倒也还能看清其大致所绘。莲花呈黑色，表面似乎黏附着一层薄薄的黑浪，

认真看上去,整朵莲花竟然隐隐给人一种妖异的感觉。

"老师,你发现什么了?"见到药老这般模样,萧炎微微一惊,相处这么久,他还是第一次看见药老露出这种神态。

"这……难道是'净莲妖火'?"眼睛死死地盯着这朵奇异的黑莲,经过细细的观察之后,药老忽然有些惊疑地喃喃道。

"净莲妖火?"疑惑地眨了眨眼睛,萧炎心头忽然一动,试探地问道,"是异火?"

"嗯,这是一种异火,而且是异火榜中最神秘的一种。"药老脸色微微凝重地点了点头,沉声道。

"净莲妖火,异火榜上,排名第三,有净化万物的特效,任何东西只要被其沾上一丁点儿,就会被净化成一片虚无,威力极为恐怖。这种异火天地间极为少见,似乎只有寥寥两三朵而已,可谁也不清楚它们在何方。我之所以能够认出,还是因为当初在寻找异火时,刚好寻见过一点儿关于这东西的粗浅痕迹。啧啧,难道这地图,便是寻找净莲妖火的途径?"药老震惊地望着这古朴的皮纸,惊叹道。

"可惜这只是残图,依靠这么模糊的信息,我们根本找不到。"萧炎也被挑起了一些兴趣,不过一想到这只是一张残图,就不由得感到惋惜。

"能得到净莲妖火的这点信息,很不错了,就算你现在能够找到那东西,以你的实力,也拿它没办法,还是慢慢来吧,说不定日后还有机会弄到其他残图。"药老笑了笑,道,"如果你能成功吞噬掉净莲妖火,不知道这焚诀会进化到何种级别。"

"最高不就是天阶高级吗?"萧炎摊了摊手,嘟囔道。

"那可未必。"低声神秘一笑,药老却忽然住口,挥了挥手,淡淡地道,"斗气大陆很大,等你踏入某个层次后,自然会知道它有多大,现在的你,还是老老实实地从最底层混起吧。你可别忘记,仅仅是一个小小的狼头佣兵团,便已经让

你焦头烂额了。"

望着装神秘的药老,萧炎只得无奈地点了点头,撇了撇嘴道:"谁不是从最底层爬起来的?"

药老笑了笑,身体微颤,化为一道流光钻进戒指中,留下一句笑声:"休息一天吧,明天起,苦修开始!"

闻言,萧炎摸了摸脸,咧嘴笑道:"我很期待!"

温和的日光洒照着大地,巨大的瀑布在日光中奋力地奔腾着,最后化为一条银色匹练,犹如怒龙一般冲下山顶,顿时轰鸣声响彻小小的山谷。

站在瀑布之下,萧炎深嗅了一口湿润的空气,抬起头来,望着那高耸的巨大瀑布,心头忍不住有些发颤。

在萧炎身后的空地中,插了几十根木桩,在距离木桩仅仅两米高的地方,十几根木桩被悬挂在高高的树干之上,一阵狂风吹来,木桩顿时四处摇晃。

漆黑的戒指微微一颤,药老摇摇晃晃地飘了出来,望着那几十根木桩,满意地点了点头,不怀好意地盯着萧炎,指着木桩,含笑道:"以后每天上午,你都要在这上面修炼,我会指挥这些悬浮的木桩攻击你,你必须躲开它们,在躲避之时,你不能取下背上的重剑。哦,差点儿忘记了,你已经把它叫作玄重尺了……在躲避的时候,你不能取下玄重尺,而且也不能运用吸掌与吹火掌。"

闻言,萧炎微微点了点头,有些跃跃欲试,他对自己的躲避速度,还是颇为自信的。

"想试一下吗?"望着萧炎的表情,药老忽然微笑道,笑容中透着些许狡诈。

"如你所愿。"

耸了耸肩,萧炎脚尖在地面上一蹬,身形便飘上了一根木桩,倒也隐隐有着几分高人般的气质。萧炎对着药老扬了扬手,笑道:"来吧,让我看看老师搞的这些东西,究竟会如何让我感觉到苦。"

"有志气，让我看看你能避开几根木桩的同时攻击。"笑眯眯地点了点头，药老袍袖一挥，一股狂风自袍袖间暴冲而出，顿时，那十几根悬浮在半空中的木桩在胡乱摇晃间，立刻分出一根，猛然对着木桩上的萧炎撞击而去。

木桩撞来，隐隐传来的压迫之感让萧炎脸色微微凝重，目光盯着那越来越近的木桩，身体骤然下弯，木桩贴着身体，险险地飞了过去。

下弯的身体还来不及起来，又是一根木桩飞射而来，萧炎的脚尖在木桩上一踩，正欲离开这根木桩，脸色却是骤然一变，那踩在木桩上的脚掌，犹如被什么东西给粘住了一般。

突如其来的变故，让萧炎惊了惊，不过他定力还算不错，体内斗气几乎是随心而动，迅速传至脚掌处，再次重重一踏，双脚终于脱离了束缚，同时也将那贴身而来的两根木桩躲避开来。

虽然躲开了这次攻击，但是当五根木桩再次齐齐撞来之时，被粘住双脚的萧炎，终于被狠狠地撞了出去。

笑吟吟地望着在地上呻吟的萧炎，药老微笑道："如何？"

"你在木桩上搞了什么鬼？"萧炎揉了揉发胀的胸口，哼哼地道。

"木桩上涂了墨胶，你每一次的移动，都必须用斗气来化解那股黏力，否则，一旦躲避不及，就是被撞出场的结局，所以在躲避的同时，你体内的斗气必须时时刻刻保持着流转状态，不过当你在这种状态持续久了之后，你所得到的好处，将会非常巨大。"药老淡淡地笑道。

"这东西，便是用来锻炼你的敏捷性以及对斗气的掌控……"转过身来，指着木桩，药老含笑道。

第十五章
晋级六星

奔腾的瀑布，怒砸着岩石，弥漫的水汽，笼罩着小小的山谷。

瀑布之下的空地上，赤裸着上半身的少年，背负着怪异的黑色巨剑，脸色凝重地躲避着那呼啸而来的木桩的攻击。他偶尔间腾闪，宛如一只灵猴般敏捷。

距离萧炎来到小山谷，已经接近一个月时间了。这一个月之内，萧炎大半时间都是在木桩上度过的，为此，他的身上多出了不少被木桩撞出来的瘀青伤痕。

有付出自然也有回报。现在的萧炎，已经能够躲避开十二根木桩的同时攻击，这比起此前被五根木桩搞得狼狈不堪的结局来说，已经成长了太多。

木桩之外的一处巨石，药老盘坐其上，微眯的双眼望着在场中十二根木桩的间隙中不断灵活闪避的少年。他微微点了点头，袍袖再次一挥，悬挂在半空中的最后三根木桩，立刻分出一根，然后狠狠地对着萧炎怒砸而去。

突如其来的攻击，立刻将萧炎与十二根木桩间的平衡打破，那本来能够借助的细小缝隙，却在此刻，被那新加入的一根木桩完全堵死。

萧炎脸色微微凝重，眼睛死死地盯着从四面八方夹杂而来的十三根木桩。下

一刻，木桩迅速临体而来，强大的风压让萧炎呼吸有些困难。

深吐了一口气，萧炎体内斗气狂涌，身体诡异地斜侧，将迎面而来的两根木桩闪避开来。

闪避的弧度还未完全压下，萧炎脚尖在木桩上猛然一点，身形迅速飘闪到了另外一处木桩之上，脑袋微微一侧，一根巨大的木桩贴着其耳朵险险地飞了过去。

经过一个月的适应，萧炎的躲避速度远非之前可比。面对十二根木桩的连环攻击，萧炎每次都是险之又险地擦过，始终不让它们击中。

擦身而过的木桩所带起的压迫劲气让萧炎皮肤生疼，不过他不敢开启斗气护体。在这种时候，每一丝斗气都必须用在最重要的地方，否则一旦斗气告竭，等待着他的，便只有失败的悲惨结局。而在这段时间里，这种结局一直伴随着他。

黄阶低级的斗气功法，远远不足以支撑萧炎的挥霍，所以，他必须极为吝啬地支配着体内每一丝斗气的消耗。

"如果功法能够进化一次就好了，那样就再也不用这般'省吃俭用'了……"躲避开第十一根木桩的袭击，萧炎心头忍不住想。

第十二根木桩刁钻射来，不过对此萧炎早有准备，其立在木桩上的脚尖微微旋转，整个脚掌竟然只有脚趾扣在木桩之上，整个身躯顿时倾斜成了一个诡异的弧度。

咻！木桩在距离其身体仅有半寸的位置处呼啸而过，尖锐的劲气，让萧炎龇牙咧嘴地吸了一口气。

当第十二根木桩的尾部离开之时，萧炎脸色骤然一变，身后，竟然又是一股更加急速的劲气暴射而来。

为适应十二根木桩的同时攻击，萧炎用了二十多天时间，方才掌握它们的攻击轨迹，而现在药老忽然加入的第十三根木桩，让他有些束手无策。

感受到越来越近的劲气，萧炎心中缓缓地吐了一口气，眼睛竟然在此刻忽然闭了起来，听着身后那带有压迫性的风声，萧炎赤裸后背上的汗毛犹如触手一般，轻轻地摇摆着。

借助劲气的压迫，闭上眼睛的萧炎，脑海中竟然隐隐地出现了木桩攻来的轨迹图画。萧炎将木桩的攻击轨迹以及其上所蕴含的力量看得极为透彻，最好的躲避方位也自然而然地在脑海中浮现。

场外，望着那忽然闭目的萧炎，药老眼睛微微一亮，有些惊诧地轻声道："这小家伙，竟然懂得运用灵魂感知的力量了？"

当萧炎脑海中出现木桩之时，他的身体也骤然诡异地扭曲了起来，双手抱着脑袋，身体直挺挺地倒了下去，在倒下的一刹那，巨大的木桩贴着其面门疾射而过，压迫的风声让萧炎耳朵隐隐发胀。

惊险地躲避开了第十三根木桩的袭击，萧炎脚尖在木桩上一点，身形急射而出，最后稳稳地落在地面之上，一把扯过衣衫，随意地套在身上。

长长地呼了一口气，萧炎来不及与药老说话，便一屁股盘坐在地上，迅速从纳戒中取出一个小瓶子，倾斜着瓶口，两枚药丸滚落出来。

"呃，回气丹快用光了吗？看来以后得去采药了啊。"

望着这仅剩的两枚丹药，萧炎无奈地摇了摇头，将其中一枚丢进嘴中，然后双手迅速摆出修炼的印结。

盘坐在地，萧炎快速地进入了修炼状态。经过一个月的训练，他知道，每一次斗气告竭后，便是修炼的最佳时间，这种时候，身体将比其他任何时候，都要更加贪婪地吸收大地精华。

随着进入修炼状态以及呼吸的平稳，淡淡的能量气流盘旋在萧炎的周身，在接触到其皮肤毛孔之后，都犹如液体碰到了海绵一般，被贪婪地吞噬了进去。

随着修炼的持续，围绕在萧炎体外的能量越来越浓，丝毫没有减少的势头。

手指敲打着石壁，药老计算着萧炎的修炼时间，忽然眉尖一挑，今天萧炎修炼的时间，似乎比往日要更长久一点儿。

按照药老的计算，现在的萧炎，体内所能够储存的斗气，应该差不多要满了吧？可看萧炎依然没有停下来的打算……

"难道……要突破六星斗者了？"

敲打的手指微微一顿，药老心头一动，轻声笑道："不错，本来我的底线是一个半月达到六星斗者，可这小家伙竟又节省了半个月时间，看来前段时间的森林搏杀，让他受益颇多啊。"

目光紧紧地盯着闭目的萧炎，眼光毒辣的药老顿时看出了一些不对劲，眉头皱了皱："突破还是有些勉强啊，看来他需要一点儿外界的力量。"

沉吟了一会儿，药老屈指一弹，一缕劲气从指间弹射而出，直接击打在萧炎的脑袋上，顿时把他从修炼状态中打了出来。

被搅乱了修炼，萧炎顿时瞪着眼睛怒视着药老，这种突破的机会，可不是随随便便就能遇见的啊。

"笨蛋，照你这强行突破的架势，就算成功晋升为六星斗者，那也得休养一个月时间，你有这么多的时间来消耗吗？"白了萧炎一眼，药老斥道。

闻言，萧炎顿时萎靡了下来，一个月的时间换现在突破，的确得不偿失。他叹了一口气，有些不舍地哀号道："多好的机会啊！"

翻了翻白眼，药老撇嘴骂道："我又没说没机会，现在立刻上木桩，我开启十五根木桩！"

"十五根？"嘴角一扯，萧炎恨不得对着药老竖起中指，他的极限便是十三根。十五根，上去就会被直接打飞吧？

"笨蛋，你不会把玄重尺取下来啊？"望着赖着不肯上去的萧炎，药老哭笑不得地骂道，"你现在只需要一个契机，就能顺利地突破，别再拖延了！"

听到可以取下玄重尺，萧炎眼睛顿时一亮，双脚微曲，一声低喝，手掌抓着尺柄，手臂之上，青筋鼓动，用力地将之一把抽出，然后重重地插在面前的地面上。

玄重尺一离体，萧炎便感觉到体内流转的斗气犹如山洪暴发一般，汹涌地滚动在经脉之中，充盈的力量之感，伴随着骨头脆响的连绵声音，遍布萧炎全身各处。

再次感受着这几乎是脱胎换骨般的快感，萧炎宛如是在炎日里喝了一碗冰镇酸梅汤，全身都散发着一种自骨子里释放出的畅快。

脚尖在地面上轻点了点，萧炎只觉得自己忽然身轻如羽，抬头望着悬浮在半空中的十五根木桩，咧嘴一笑，脚尖一蹬，身体犹如炮弹一般，射上木桩，稳稳挺立。

"来吧！"

双掌缓缓摊开，萧炎对着药老扬了扬手，解开所有束缚的他，非常有信心在十五根木桩毫无间隙的攻击中撑下来。

"有个性。"

瞧着自信心大涨的萧炎，药老微微一笑，袍袖一挥，狂风刮过，悬浮的十多根木桩迅速摇摆起来，片刻之后，携带着凶猛的劲气，对着木桩之下的萧炎铺天盖地地暴冲而去。

望着那砸来的木桩，萧炎抿了抿嘴，脚尖在木桩之上轻点，竟然主动地迎了上去。

十五根巨大的木桩在药老的控制下，编织成一片毫无空隙的攻击阵势，朝着萧炎同时砸下，强大的劲气将地面上的草叶刮得四处飘散。

脱去了玄重尺的束缚，萧炎的速度几乎暴增了两倍之多，脚下墨胶的黏力竟然再没有让他有丝毫的停滞。

木桩之上，重重攻势中，少年的身影若隐若现，十五根木桩的连番攻势，竟然被解开束缚的萧炎完全躲避开去。

望着场中敏锐跳闪的萧炎，药老微微点了点头，眼中掠过一抹赞赏，脱去束缚的萧炎，同样有些出乎他的意料。

当最后一根木桩被萧炎险险躲过之后,半空中摇摆不定的十几根木桩,骤然停顿了下来。

缓缓地吐了一口气,萧炎身体笔直地立在木桩之上,将最后一枚回气丹吞进肚内,沉寂片刻后,淡淡的能量气流忽然诡异地从其周身涌动而出,然后疯狂地灌注进其身体之内。

随着越来越多的能量的灌入,萧炎身体表面浮现出淡淡的黄色光芒,清秀的脸犹如温玉,半晌之后,双眼乍然睁开,漆黑的眼睛中射出一缕精光。

长长地吸了一口气,萧炎偏过头,望着巨石上的药老,脸上扬起灿烂的笑容。

"突破了!"

闻言,药老含笑点头,目光中透着些许欣慰。

在突破到六星斗者之后,萧炎的实力再次大幅度地增进了不少。再经过三天的木桩训练,他现在已经能够在背负着玄重尺的情况下,在十五根木桩的连环攻击间支撑下来,这种明显的进步,让他眉开眼笑。适应了十五根木桩的同时攻击,萧炎终于不用再像以前那般被撞得满身瘀青,紧绷之后的平缓日子,让萧炎颇为享受。

茂密的森林之中,萧炎背着玄重尺缓缓地行走着,目光不断地在周围扫过,今天的训练已经结束,他出来的目的是寻找炼制回气丹的药材。回气丹对萧炎的训练颇为重要,有了这东西,他便起码可以节省大半的斗气恢复时间,而时间是萧炎现在必不可少的东西。

虽然现在随着实力的增长,萧炎已经成为一名真正的一品炼药师,但是回气丹属于二品丹药,以他一品炼药师的实力,还不可能炼制得出来,所以炼制回气丹的事,还得依靠药老。

再有,炼制回气丹的药材也算是较为珍稀。当初萧炎在乌坦城,也不过寻找到炼制几十枚的药材量,按照正常情况,光是寻找药材,就得花费萧炎不少时间。

不过让萧炎松了一口气的是，魔兽山脉的药材产量颇为丰富，炼制回气丹的五种药材，到现在为止，他已经找到了四种，而且数量还不少，若是将最后一种同时也是最重要的一种——"回灵赤果"找到的话，那么便能炼制出足够自己使用的丹药。

回灵赤果，一般生长在天地能量较为浓郁的地方，当然事无绝对，不过按照这种线索来寻找，总归要比萧炎胡乱寻找好一些。

依靠着出色的灵魂感知力，萧炎能够模糊地感觉到周围天地间能量充裕的大致方位，而他现在正是朝着感觉中周围能量最浓郁的那处地方行去。

午间是魔兽较少出没的时间段，清楚这一点的萧炎，特地挑选了这种时候出来寻找药材。他这一路走来，倒很少遇见外出寻食的魔兽，即使偶尔遇见一两头，也被他事先察觉躲开了。

他的身形迅速地掠过一些灌木，一处小小的乱石堆出现在了眼前，石堆之后是一面山壁，其上蔓延着绿色的青藤。

望着乱石堆，萧炎搓了搓手，此处的能量汇聚程度，正是他所感知中，周围几里最浓郁之处。目光锐利地在乱石堆中缓缓扫过，片刻之后，萧炎的目光停留在了石堆后面山壁上的一株紫色的小树苗上。小树苗从山壁中延伸而出，其上青红交错，一枚枚火红色的果实，在绿叶的遮掩下若隐若现，释放着淡淡的香味。

"回灵赤果……"望着那株小树苗，萧炎笑着松了一口气，寻找了两天时间，终于找到这东西了。

所需要的材料就在面前，可萧炎并未急着出去，他知道，凡是能量浓郁之处的珍稀药草，大多都有魔兽守卫。

目光谨慎地在周围扫过，却未发现半只魔兽的踪影，萧炎眉头微微皱了皱，再次静待了片刻，见到依然没有魔兽出现，这才有些疑惑地缓缓踱出隐蔽之处，然后小心翼翼地朝着那株紫色小树行去。

离紫色小树越来越近,萧炎心中却忽然泛起了寒意,骤然顿住脚步,紧皱眉头,然后迅速转身就跑。

嘭!就在萧炎刚刚转身之时,那山壁顶部,一道巨大的白影犹如小山一般轰然砸落,将萧炎的退路完全堵死。

望着这突然出现的巨型魔兽,萧炎脊背间猛然泛起一阵凉意,身体愣在原地,动也不敢动。

出现在萧炎面前的,是一头巨大的白色魔猿。这头魔猿起码有两三米高,浑身布满雪白的长长毛发,狰狞的巨嘴中,獠牙伸探而出,一对血红的巨瞳散发着残暴的杀意。

目光在白色魔猿身上扫过,萧炎轻吸了一口凉气:"二阶魔兽——暴雪魔猿?"

嘭,嘭!魔猿巨嘴中喘着粗气,血红的双瞳紧紧地注视着这突然闯进它领地的人类,巨大的爪子触着地面,将几块碎石压成粉末。

望着那丝毫不掩饰杀意的魔猿,萧炎咽了一口唾沫。二阶魔兽,那可是足足相当于人类斗师级别的强者,以他现在的实力对战一名二阶魔兽,无疑是找死。

"老师?"心头呼喊了一声,却没有半点回应,萧炎顿时苦笑道,"别玩我啊,这可是二阶魔兽啊⋯⋯"

在呼救无果之后,萧炎只得将目光再次投注在这头魔猿身上,视线在它身上仔细地转了转,却突兀地发现在魔猿的小腹部位,竟然有着一条极为恐怖的伤痕。

伤痕几乎将魔猿的小腹完全撕开,在魔猿扭动身体之时,一股股鲜血不断地涌出,将附近的雪白毛发沾染得血红。

看那伤口的恐怖模样,它应该是被某种凶残的爪型魔兽所伤。受伤的魔兽一般极为狂躁,而倒霉的萧炎,似乎正好闯进了这头受了重伤的魔猿的领地之中。

目光死死地盯着那不断涌着鲜血的恐怖伤口,萧炎眼睛微眯,心头却是一动。虽说正常情况下，他不可能打败一头二阶魔猿，但现在的情况，似乎对他颇为有利。

"是你自己凑上来的……"恨恨地骂了一声，萧炎一把将背上的玄重尺取下，然后狠狠地插进地面，现在的情况可容不得他再有半点保留。

萧炎的举动，对暴躁的魔猿来说，无疑是一种挑衅。当下，这头魔猿，双爪重重地砸在胸口上，发出一阵当当的声响。

巨脚迈动，魔猿双眼赤红，对着萧炎暴冲而来，巨大的爪子上，白色能量急速凝聚，周围的空气顿时冷了下来。

脚尖在地面轻轻一点，萧炎一声轻喝："紫云翼，启！"

随着音落，一对长两三尺左右的黑色鹰翼，猛然自萧炎背上弹射而出，双翼一振，借助着细微的浮力，萧炎的脚尖在地面迅速地滑行了十多米距离。

吼！魔猿一声厉吼，白色寒气凝聚成球状，然后脱掌而出，对着萧炎暴射而去。

一个月来的敏捷训练，赋予了萧炎灵猴般灵活的身手，身体诡异地移开，毫不费力地躲开了魔猿的攻击。

躲开攻击之后，萧炎手掌骤然曲卷，对准魔猿小腹处的狰狞伤口，轻声冷喝道："吸掌！"

随着音落，狂猛的吸力猛地自萧炎掌心中暴吐而出，地面上的碎石竟然也被吸得对着萧炎狂射而去。

吼！狂猛的吸力将魔猿的身体扯得略微倾斜，不过当它稳住身形后，小腹却传来一阵剧烈的疼痛，低头一看，只见那还未愈合的伤口处，鲜血犹如流水一般，不断地涌出。

剧烈的疼痛更是让狂躁的魔猿有些失去理智，踏着地动山摇的步伐，魔猿对着萧炎追杀而来。

借助灵活的身形，萧炎始终没有硬接魔猿的攻击，掌心之中持续喷吐的狂猛

吸力,不断地将魔猿体内的鲜血抽引而出。

乱石堆上,诡异的一幕正在上演着,暴躁得几欲发狂的魔猿不断地对着身旁的小小人影怒砸着,失去理智的它,已经和一头普通魔兽没有多大的区别。然而在它身旁犹如苍蝇一般的人影,每挥手一次,都会从魔猿的小腹处,吸出大摊的鲜血。

石堆之上,殷红的鲜血几乎沾满了每一块石子,看上去颇为恐怖。

再次围绕着魔猿奔跑了片刻,就在萧炎即将坚持不住时,又一次猛烈的吸力竟然将魔猿肚内的肠胃一同吸扯了出来。

遭受这致命一击,魔猿的嘶吼终于缓缓停息,睁着血红的兽瞳,犹如小山崩塌一般,重重地倒了下去。

在魔猿倒下的那一刻,萧炎全身酸麻地瘫了下来,也不管那满地的鲜血,就这样直挺挺地躺了下去,大口大口地喘着粗气。

在石堆上躺了许久,萧炎方才渐渐地恢复了一些力气,抬起头来,望着不远处的巨大的魔猿尸体,心头忍不住升起一丝后怕。若不是这头魔猿本来就受了重伤,若不是剧痛让它失去了理智,若不是自己前几天晋升成了六星斗者,恐怕自己今天就得真正地栽在这里了……

"小家伙,你竟然越阶杀了一头二阶魔兽,啧啧,了不起啊……"药老从戒指中飘然而出,望着那巨大的尸体,不由得笑道。

狠狠地白了笑眯眯的药老一眼,萧炎没好气地盘起腿来,丢下一句"帮我守着"后,便摆出修炼的姿势,开始恢复体内所消耗的斗气。

望着闭目回气的萧炎,药老笑了笑,悬浮半空,替他当起了护卫。

半小时之后,萧炎方才缓缓睁开眼睛,手掌依然有些酸麻,不过体内的斗气,却再次逐渐地充盈起来。

"这里的能量还挺不错。"嘟囔了一声,萧炎站起身来,握了握手掌,皱眉道,"现在这焚诀实在是太垃圾了,刚才竟然只支撑了我十多分钟的战斗,若是这头魔猿再坚持一会儿，倒下去的就该是我了。"

"嗯，的确挺垃圾。"对于这点，药老倒是挺赞成，焚诀潜力再好，毕竟起点太低，战斗的持久性也太弱。

"唉，什么时候才能找到合适的异火啊……"萧炎仰天长叹了一声，未进化的焚诀，始终是他的软肋。

叹息着摇了摇头，萧炎行至那棵小树苗边，将上面的三十多枚回灵赤果全部摘了下来，最后装进小玉瓶之中，放进了纳戒。

收好回灵赤果，萧炎又从纳戒中取出一把匕首，来到那暴雪魔猿的尸体旁，将其脑袋切了开来。

"嘿，竟然有魔核！"

切开魔猿的脑袋，一枚散发着些许寒气的雪白色魔核，出现在了萧炎视线之内。萧炎欣喜地取出魔核，这可是他第一次遇见这种品阶的魔核。有些兴奋地抛了抛，握在手中，魔核淡淡的寒意让他打了个哆嗦，连忙将之小心地收入纳戒之中。

"走吧。"收拾好东西，萧炎扬了扬手指，药老顿时射进其中。

摸了摸手上的古朴戒指，萧炎将地上的玄重尺再次背在背上，这才迈着稳健的步伐，朝着来时的路缓缓行去。

离开乱石堆，萧炎在茂密的森林中穿行着朝小山谷赶去，先前的战斗使得他沾了满身的鲜血，所以此刻，他在身体上涂上了一层草汁，这种草汁能够掩盖鲜血的腥味，是丛林中必备的东西。

再次潜行了一段路，萧炎脚步忽然一顿，他察觉到，在他左边不远处的位置，隐隐有人声传来。眉头微微一皱，萧炎的目光往四处扫了扫，然后迅速地蹿进一旁的丛林之中，借助草丛的掩护，静静地注视着外面。

在萧炎躲进去后不久，两道人影缓缓地出现在萧炎的视线之内，当他移动目光扫过两人胸口时，脸色却是微微一变，心头阴冷地轻声道："竟然是狼头佣兵

团的！"

"我看……我们还是到这里为止吧，再下去，可就要进入魔兽山脉内部了啊，那里的魔兽，一巴掌就能拍死我们。"缓缓地走过来，一名佣兵脸上有些担忧地道。

听着同伴的话，另外一名佣兵也脸上有些无奈地点了点头，骂骂咧咧道："妈的，那小子究竟躲哪里去了？团长已经下了死命令，一定要找到那浑蛋，而且不论死活。"

"说不定已经被哪头魔兽吃进肚子里，然后变成排泄物了呢，嘿嘿……"

"嘿，那可说不定，看那家伙的年纪，可不像是丛林老手……算了，今天就搜索到这里吧，回去报告一声，明天继续。"一名佣兵顿下脚步，望了望有些黑暗的森林，皱眉道。

"嗯，可惜，那小子可值八千金币呢，若是我们遇见他，凭我们两个五星斗者的实力，留下他，应该不难。"另外一名佣兵点了点头，旋即有些惋惜地道。

"呵呵，走吧，算他好运。"

一名佣兵笑着点了点头，刚刚转过身来，脸色骤然一变，一道凶猛的劲气闪电般地对着其脑袋袭击而来。

突如其来的攻击，让佣兵条件反射般地伸出拳头，与之重重地轰了一拳，然而那股劲气的强横远远超出了他的意料。

双方乍一接触，这名佣兵便脸色惨白，胸口一闷，一口鲜血狂喷了出来，身体也在半空画出一道抛物线。

"杀了他！"飞起的瞬间，这名佣兵急忙冲着被这突发变故搞得发愣的同伴嘶声喊道。

然而，他的喊声还未落下，却骇然地发现，自己向后倒射的身体，竟然猛地被一股强大的力量吸扯了过去。

半空之中，一道人影闪掠而出，在与佣兵交错之时，肘尖狠狠地砸在了佣兵喉咙之上，顿时，咔嚓声在空荡的密林中响起。

嘭……半空中，佣兵全身瘫软地掉落，重重地砸在地面之上，掀起满地灰尘。

从突然的袭击到佣兵的死亡，其间不过短短七八秒的时间而已，当另外一名佣兵从震惊中回过神来时，却发现自己的同伴已经没有了气息。

骇然地抬起头，佣兵惊恐地望着不远处那名满身是血的人影，有些结巴地喝道："你是谁？为什么攻击我们？"

"呵呵，你们不是正在找我吗？"人影抬起头来，露出一张含笑的清秀少年的面孔。

"你……萧炎？"瞳孔微缩，佣兵在喊出这名字之后，猛地掉头就跑，在逃跑的同时，他双手快速地从怀中掏出一个信号弹，刚准备发射，突然身后吸力暴涨，手中的信号弹脱手而出……

反手接住这枚信号弹，萧炎随意地把玩了一番，然后将之收进纳戒之中，脚掌猛地一蹬，身形对着佣兵暴射而去。

瞧着萧炎这迅猛的速度，佣兵脸上闪过一抹惊慌，锵的一声，抽出腰间长剑，凶狠地对着萧炎怒劈而去。

身体微微一侧，轻易地避开佣兵的攻势，萧炎左脚闪电般地撩踢而出，顿时，狠狠地踢在了佣兵的小腹之上。

小腹受到重击，佣兵一声闷哼，一丝血迹从嘴角扩散开来，脚步踉跄地退后了几步，面前人影一闪，手中的长剑便被夺走，紧接着脖子被贴上了一片冰冷的东西。

"再动一下……切开你的脖子。"

犹如恶魔般的声音，缓缓地在佣兵耳边响起，使他的脚步僵在了原地。

"你……你杀了我，狼头佣兵团不会放过你的！"额头之上浮现冷汗，佣兵声音干涩地道。

"呵呵,放过我?你们一直就没放过我吧?"嘲讽地笑了笑,萧炎淡淡地道,"回答我几个问题。"

"回答了放我离开?"

"你没有选择的权利。"萧炎笑眯眯地将长剑贴近了一些,"你信不信我在你身体上划出十几道血痕,然后把你丢进噬尸蚁的窝里去?"

闻言,佣兵脸色顿时惨白,脚弯处不断地打着战,他没想到,这看上去不过十多岁的少年竟然如此狠毒。

"你想问什么?"

"穆力从山洞里的石盒中得到了什么?他似乎没钥匙吧?"萧炎微笑着问道。

"穆力团长把石盒连同石台,一起搬了回去,至于其中有什么东西,我没资格知道。"

望着不说假话的佣兵,萧炎眉头微微一皱:"现在狼头佣兵团在悬赏找我?"

"咕。"咽了一口唾沫,佣兵艰难地点了点头,"自从当日少团长回去之后,团长便放出话来,任何人只要知晓你的踪迹并且通报狼头佣兵团,就能获得高额报酬。"

"呵呵,没想到他们竟然还想来个不死不休啊……"轻轻地笑了笑,萧炎的眼瞳中,杀意凛然。

"最后一个问题,小医仙没事吧?"

"没事,自从回到青山小镇后,小医仙便一直待在万药斋,团长他们也不敢动手。"佣兵眼珠转了转,下垂的手掌中,一把匕首悄悄地从袖子中滑了出来。

"哦……"微微点了点头,萧炎抬了抬眼,忽然淡漠地笑道,"看来你也知道我没放你活着回去的心思吧。"

"所以你去死吧!"眼瞳之中,凶光突兀闪现,佣兵手中的匕首,猛然刺向萧炎胸膛。

淡淡一笑,萧炎飘然而退,手中长剑,随意一扯,一道血迹浮现剑刃。

望着那微微抽搐着软倒下去的佣兵，萧炎冷笑了一声，他本来就没打算让这人回去通风报信，然后惹来大批追杀之人。

"啧啧，看来那个狼头佣兵团的团长也是个狠角色啊，难怪能教出穆力那种儿子。"有些阴冷地笑了笑，萧炎将附近的打斗痕迹小心地清除完毕之后，将两人的尸体托起，丢进了远处的深渊之中。

"老师，看来我们训练的日子，得加紧了啊，这才一个月，他们便能进入这里，或许再过一段日子，他们就该找过来了……"瞟了一眼深不见底的深渊，萧炎拍了拍手，撇嘴道。

"嗯，的确是应该加紧点了。"戒指中，传出药老的淡淡笑声。

眨了眨眼睛，萧炎笑吟吟地弹了弹指尖，微笑道："老师，你那地阶斗技，究竟什么时候兑现啊？"

"嘿嘿，小家伙，不要以为地阶斗技和玄阶斗技一样，想要学习这东西，你就给我准备着好好吃苦吧！"药老不怀好意地笑道。

"我吃的苦还少吗？"摸了摸脸，萧炎微微一笑，转身朝着小山谷的方向行去。

"我很期待，那所谓的地阶斗技，会如何强横。"

第十六章
地阶斗技：焰分噬浪尺

气氛有些沉重的大厅，几道人影坐于其中，那位与萧炎有着不小瓜葛的穆力，也正好在场。

大厅的首座之上，坐着一名面目有些阴沉的中年男子。手指在桌面上轻轻敲了敲，他率先开口打破了屋内的沉默。

"刚才接到消息，今天派出去的搜寻队伍，有一支两人小队，在魔兽山脉中部的位置失去了踪迹。"中年男子有些嘶哑的声音，在屋内缓缓响起。

"父亲，他们或许遇见魔兽的袭击了吧？"随意笑了笑，穆力说道，遇见魔兽从而被袭击身亡这种事，在魔兽山脉很正常。

听穆力的称呼，这位中年男子原来正是狼头佣兵团的团长——穆蛇。

"若是遇见魔兽袭击，那应该会残留一些痕迹，不过……前去接应的佣兵，在搜索了那两人所负责的区域之后，却没有发现半点战斗痕迹。如果排除掉失脚掉落悬崖这种菜鸟佣兵才会犯的错误，我想，他们应该是受到了别人的袭击，那些消失的战斗痕迹，恐怕也是那人所为。"摇了摇头，穆蛇道。

"你不会怀疑是萧炎下的手吧?"闻言,穆力微微一愣,旋即摇头道,"我与那家伙交过手,凭他的实力,想要在两名五星斗者发射信号弹之前,杀掉他们……还有些不可能。"

"不管是不是他,明天再派一些人去那个区域谨慎地搜索一番。"穆蛇沉声道,天性犹如毒蛇般谨慎的他,不会放过任何一个小小的漏洞。

"嗯,也好。"摊了摊手,穆力倒是无所谓地点了点头。

"你从山洞中搬运回来的石盒,现在打开了没?"目光在大厅中扫视了一圈,穆蛇话音一转,忽然询问道。

"石盒钥匙在萧炎手中。我已经请了青山镇最好的锁匠来,不过,看情况似乎希望不大。"穆力皱眉道。

"若实在不行,那便试试强行打开吧,能够在山洞内随意地摆放七十多万金币以及一些珍稀的药草,那位前人的实力应该不会低,他遗留下的东西,也应该不会是普通东西。"穆蛇拳头紧了紧,目光中掠过一抹贪婪的神色。

"嗯。"点了点头,穆力舔了舔嘴,低声询问道,"父亲,关于小医仙,你打算如何处置?"

"你能知道她在山洞中得到了什么东西吗?"

见到穆力无奈摇头,穆蛇眼睛微眯,摆了摆手,沉吟道:"暂时先别动她,那女人在青山镇名声太响,若是贸然行动,恐怕会引起那些独行佣兵的反感。"

"难道就这样让她安稳地待在万药斋?"

"嘿嘿,想要过安稳日子,自然是不可能的,明天让人散布谣言,就说小医仙在山洞中得到了某位强者的遗物,而那遗物很可能便是玄阶的斗气功法。"阴声笑了笑,穆蛇冷笑道,"那小医仙虽然有一身好医术,但是自身实力太差,而且这世界上的人可不全都是善人,总有些贪婪的家伙,会想办法从小医仙手中取得那所谓的遗物……而如何应付这些人,便让她自己头疼去吧。"

"这招不错,如果最后连万药斋也被这'遗物'给打动的话,那小医仙的保

护伞，也就荡然无存了。哈哈，到时候，要抓住她，易如反掌。"穆力脸上泛起一抹得意，大笑道。

穆蛇微微点了点头，手指轻轻摸着耳朵下方的一处伤疤，淡淡地道："小医仙没有什么威胁，我最担心的，还是你口中那个叫作萧炎的小子。"

笑脸滞了滞，穆力眼中闪过一抹狠厉。

"小小年纪，便能达到斗者二星之上的级别，他的潜力很大……最让我重视的，还是那年龄不过十多岁的小子，不仅没有半点少年该有的张狂，而且竟然还能把自身真实实力隐藏得那么深，若不是面临最后的生死时刻，恐怕任谁都猜不到，他竟然能一掌将你轰退。"一抹阴冷的杀意涌上了穆蛇的脸。

"这种潜在敌人，一定要在他未成长起来时将他毁灭，否则，日后他的报复，我们承受不起！"手指紧紧地点在耳下的伤疤处，穆蛇寒声道。

回想起山洞中萧炎在绝地险境中，竟然还能冷静地选择最完美的突围方式，穆力手指微微一颤，拥有这种敌人，真的让人寝食难安。

"明天我会把搜寻的队伍扩充一倍，而且悬赏的报酬也会提升两倍，一定要在最短的时间内，把那家伙给寻出来！"紧紧地握着拳头，穆力森然道。

望着那对付一个仅仅十多岁的少年，都要如此戒备的父子，大厅内的狼头佣兵团高层心中顿时嗤之以鼻，不过在表面上，他们依然恭声地接下了命令。

奔腾的瀑布重重地撞击在岩石之上，轰雷般的闷响，回荡在小小的山谷之中。

站在瀑布之下，萧炎望着那被插在瀑布冲击流之下的十根巨大木桩，不由得苦着脸，对着身旁的药老苦笑道："老师，您不会想让我去那下面修炼吧？"

"回答正确。"微微一笑，药老含笑道，"我早就说过，不要以为地阶斗技和玄阶斗技一般，谁都能够学习，想要修炼这种级别的东西，你必须达到某些必备的条件。"

"把玄重尺给我。"伸出手来,药老从萧炎背上取下了那怪异的黑色重尺。

本来在萧炎背上重如千斤的重尺,到了药老手中,却只不过让他的手臂微微下沉了一点儿。扬了扬巨大的黑尺,药老笑眯眯地问道:"看过真正的地阶斗技吗?想看吗?"

闻言,萧炎眼睛猛地一亮,脑袋点得如同小鸡啄米一般。

淡淡一笑,药老手持着漆黑重尺,身体缓缓地升空,并向湖泊中心移动。

药老抬起头,看着面前那条犹如银龙般的巨大瀑布。缓缓地吐了一口气,药老眼睛微眯,片刻之后,骤然睁开眼睛,顿时,一股萧炎从未见识过的恐怖气势,犹如苏醒的巨龙一般,猛然自药老体内翻腾而出。

在这股气势面前,药老脚下平静的湖面猛然犹如沸腾了一般,不断地翻滚着白色水泡,沸腾的水泡从药老脚下开始蔓延,最后将湖面完全占据之后,方才停止扩张。

目瞪口呆地望着湖中的异象,萧炎心中一片震惊,现在的药老,和以前那种淡然慵懒的老者模样截然不同。此时的他,犹如那从刀鞘中隐隐露出的一股森寒刀芒,那股凌厉的气势让人几乎不敢直视。

"这,恐怕才是真正的强者吧……"嘴中轻轻地呢喃了一声,片刻之后,萧炎的眼瞳瞬间变得炽热起来,他相信日后的某一天,他也能达到这种级别!

湖面之上,药老淡然地缓缓抬起手中黑尺,尺面之上,那些曾经让萧炎颇感奇异的特殊纹路,在此刻却散发出火红的光芒。尺面划过虚空,周围的空间,竟然变得有些虚幻与模糊起来。

药老嘴中发出了一声低沉的轻喝,身形乍然而动。脚掌在虚空缓缓一踏,一道残影在夕阳的照耀下显现。

震惊地望着虚空中的残影,萧炎半晌无语,他没想到,药老的速度竟然恐怖如斯。

残影逐渐消散,药老的身形,却犹如瞬移一般地出现在了那有十多丈宽的巨

大瀑布之下，与那悬挂的巨大瀑布相比，药老渺小的身体，就犹如画卷上的蝼蚁一般，极不惹人注目，然而就是这道蝼蚁般的渺小身影，此刻却带起了比这瀑布还要恐怖的威势。

猛然前冲的身子瞬间顿住，脚尖在虚空一点，药老身体在半空旋转一百八十度，手中黑尺光芒越来越盛，到最后，那股强烈的光芒竟然让萧炎不得不虚眯着眼睛。

"地阶斗技——焰分噬浪尺！"

空旷的山谷中，一声犹如闷雷般的暴响骤然炸开，紧接着一股汹涌的热浪几乎扩散到了整个山谷之中。

轰！宽阔的湖泊表面之上，猛然间，无数水柱冲天而起，极为壮观。

漫天水柱之间，一道巨大的红芒突兀闪现，红芒所过之处，水柱立马烟消云散，取而代之的是弥漫的水雾。

嘭！红芒犹如一股惊鸿，闪电般地掠过湖面，荡起足有十米高的水浪，然后重重地砸在了那奔腾而下的瀑布之上。

轰，轰，轰！

巨大的炸雷声在山谷中不断地回荡着，无数碎石纷纷从岩壁之上掉落。

双手捂着耳朵，萧炎张大着嘴望着这记攻击所造成的声势，半响之后，艰难地咽了一口唾沫，目光猛然转向瀑布之处，然而此时，弥漫的水汽已将瀑布完全遮住。

一阵狂风从湖面吹拂而过，谷中的水汽迅速消散，水雾之后的巨大瀑布也终于缓缓地露出了真容。

睁大眼睛望着瀑布，萧炎呆滞片刻，然后缓缓地闭眼深吸了一口凉气，脑袋之中涌上一股眩晕。

此时的瀑布，庞大的水流竟然已经被生生砍断，瀑布之后的巨大岩石上，一道十多丈长、三四丈宽的沟壑刺眼地闪现。在沟壑的边缘处，蔓延着无数道细小的裂缝，看上去犹如爬山虎一般。

悬崖之上的瀑布水流，在停滞了二十多秒后，方才继续缓缓地流淌而下，而那岩石上的巨大伤痕，也逐渐被隐藏起来。

"这就是地阶斗技的威力？"手掌轻揉了揉胸口，萧炎被堵得有些发慌。

半空之上，药老缓缓地降落下来，望着满脸惊骇的萧炎，淡淡一笑，苍老的手指轻轻点向他的额头，大量的信息顿时灌注而进。

"焰分噬浪尺，地阶低级斗技，练至大成，劈山断浪，举手投足。"

简简单单的介绍，却蕴含着莫大的威能与狂气，这让萧炎兴奋得有些头晕。

将手中的玄重尺插进地面，药老拍了拍手，对着瀑布下面的十根巨大木桩扬了扬下巴，微笑道："从今天开始，你需要顶着瀑布的激流来修炼，只要你能够在第十根木桩下，坚持劈砍水流三百次，你就能初步运用焰分噬浪尺。不过切记，以你的实力，顶多只能使用一次焰分噬浪尺，若是强行使用第二次……那你将会受极为严重的内伤，到时候，说不定还会影响以后的潜力，所以，不到关键时刻，不要随意动用！"话到最后，药老的声音隐隐有些严厉。

点了点头，萧炎顺着药老的视线望着瀑布之下，水流砸在巨石上，发出的轰隆隆的声响让他打了一个哆嗦。他干笑道："那么强大的冲力，若是没有斗气的防护，恐怕进去就得被砸晕吧？"

"或许吧。"摊了摊手，药老笑眯眯地对着萧炎伸出手，"修炼的时候，必须佩戴玄重尺，而日后你要使用焰分噬浪尺，还得依靠它，没有这东西，这地阶斗技的威力，恐怕仅余三成了。"

"还有，把你身上回气的丹药，全部交出来吧，这种修炼并不需要那东西，你要完全依靠自身的斗气恢复。"药老将萧炎的纳戒径直取了下来，微笑道。

萧炎无奈地扯了扯嘴角，转头望向那瀑布下的巨大木桩，狠狠地咬了咬牙："小爷什么苦没吃过，难道还会被你给难住了不成？"

"为了地阶斗技，拼了！"咬着牙怒吼了一声，萧炎脱去衣衫，然后矫健地跃

上一块巨石,张牙舞爪地对着第一根木桩跃去。

轰!双脚刚刚挨着木桩,还来不及用斗气护体,巨大的冲击水流便狠狠地撞击在身体之上,萧炎只觉得背上一疼,凶猛的冲力便毫不客气地将他冲进了湖泊之中。

从湖泊中钻出脑袋,萧炎吐了一口灌进肚内的湖水,怒喝道:"今天和你耗上了!"吼完之后,萧炎爬出湖泊,再次跃上巨石,然后恶狠狠地冲上木桩。

轰……

轰……

轰……

……

盘坐在湖泊边的巨石上,药老望着那凭着一股倔劲,不断与瀑布较劲的少年,淡淡一笑,眼中掠过一抹欣慰。

轰隆隆……巨大的瀑布声响,在山谷中日复一日地回响着,湿润的水汽让小山谷与外界的炎热几乎完全隔绝。

奔腾如银龙的瀑布之下,赤裸着上半身的少年正咬紧牙关,紧握着手中巨大的黑色重尺,不断地劈砍着面前的激流,每一次黑尺的挥劈,都会溅起漫天水花。

双脚犹如灌木的根茎一般,死死地粘在木桩之上,萧炎的身体表面,淡黄色的斗气若隐若现,每当水流砸在身体之上时,总会腾起淡淡的雾气。

重尺想要劈砍进水流之中,必须花费极为巨大的力气,而已经在木桩上坚持了一段时间的少年,现在每挥动一次重尺,手臂上的肌肉都会传来一阵阵酸麻胀痛。

咬紧牙关,萧炎腿脚逐渐地发软,终于,在又一次劈砍中,凶猛的水流嘭的一声,将已经接近极限的他,从木桩之上撞进了下面的湖泊之中。

噗!从湖面上钻出脑袋,萧炎吐了一口湖水,摇了摇眩晕的脑袋,然后摆动着近乎麻木的身体，艰难地游向岸边。上岸之后，他全身软绵绵地瘫倒在冰凉的石面之上，酸麻的肌肉让他根本不想动弹分毫。

"喏，吃点吧。"一条被烤得香喷喷的鱼，从身后递过来，在萧炎面前扬了扬。

萧炎睁开眼，深嗅了一口香气，肚子顿时咕咕地叫出了声。他艰难地移动着身体，斜靠着巨石，这才接过烤鱼，狼吞虎咽地吃起来。

望着萧炎的模样，药老笑了笑，目光在瀑布下的十根木桩上扫过，笑道："还不错，这才五天时间，竟然便能在第三根木桩上坚持这么长的时间。"

嘴中含满了食物，萧炎只得含糊地嘟囔了几声。

"最近这地方，佣兵出现的频率似乎越来越高了。"坐在萧炎身旁，药老似是随意地道。

微微一愣，萧炎眼睛缓缓眯起，用力地咽下嘴中的食物，冷笑道："看来是狼头佣兵团察觉到了什么吧。"

"按照他们的速度，恐怕顶多再有一个月时间，就能发现这处小山谷，看来得再加快一点儿进度才行啊。"摸了摸下巴，药老淡淡地笑道。

"怎么加快？"闻言，萧炎疑惑地眨了眨眼，现在他的修炼速度已经算是高速的了，难道还能提升？

"的确还能加快，不过……使用这东西，却要吃不少的苦头。"药老坦白道。

"我这段时间吃的苦还少吗？"翻了翻白眼，萧炎撇嘴道。

"呵呵，也是……"笑眯眯地点了点头，药老拿出萧炎的那枚纳戒，然后慢腾腾地从中取出十多个透明的玉瓶，玉瓶之中装满了一种红色的液体，看上去竟然犹如鲜血一般黏稠。

"这是什么？"好奇地盯着这陌生的东西，萧炎问道。

"焚血！"药老拿起一个玉瓶，轻轻摇了摇，微笑道，"这是我用二十三种各不相同的火属性药草以及三种二阶火属性魔兽的鲜血配制而成的，如果要算品阶

的话，这应该能说是四品丹药。"

"四品？"萧炎挑了挑眉，这种品阶的丹药，他可是第一次看见。

"这东西有什么效果？"

"这焚血，只对修炼火属性斗气的人有效果，而对于修炼水属性斗气的人来说，却无疑相当于毒药。将它敷在身体之上，能够使得体内的斗气加速消耗，同时也能加速再生，在不断消耗与再生的过程中，你的实力也会逐步增强。"药老笑了笑，目光中透着些许狡诈，"不过别高兴得太早，我说过，想要用它来提升修炼速度，你必须吃很大的苦。"

"什么苦？"望着药老的神情，萧炎心头也有些忐忑，小心翼翼地问道。

"把手伸出来。"药老含笑将萧炎的左手臂扯了过来，然后玉瓶微微倾斜，一滴红色液体滴在了这手臂之上。

嗞……红色液体刚刚滴上，萧炎先是一愣，紧接着猛地吸了一口凉气，冷汗顿时密布额头之上。他紧咬着牙关，左手臂不断地颤抖着。

在萧炎的感知中，那滴滴在左手臂上的红色液体，犹如一团火焰一般，不断地释放着灼热的温度，火辣辣的感觉，就如同是将左手臂放在了烧得滚烫的火炭之上一般。

似是早就料到萧炎会有这般反应，药老淡淡地笑了笑，再次从纳戒中取出一块由白玉所制的小玉牌，然后将那滴红色液体缓缓刮开，让它覆盖的面积扩大了许多。

随着红色液体覆盖面积的扩大，萧炎左手臂颤抖得越加厉害，手臂之上，青筋耸动着，看上去颇为恐怖。

红色液体黏附着萧炎的皮肤表面，一丝丝淡淡的温热气息不断地散发而出，萧炎的左手臂也变得越加火红。

这种状态持续了十多分钟，方才缓缓消退。

待左手臂上的火辣感完全退去，萧炎这才重重地松了一口气，抹了一把额头上的汗水，再次望向面前那些小玉瓶时，眼瞳中明显多了几分忌惮。

"这东西……太恐怖了。"心有余悸地拍了拍逐渐恢复正常温度的左手臂，萧炎盯着药老，满嘴苦涩地道，"不会真要用这东西来修炼吧？"

"凝神感受一下，左手臂处流转的斗气有什么变化？"没有回答他的问题，药老微笑着问道。

耸了耸肩，萧炎只得依言闭上双眸，心神迅速转移到了左手臂处的经脉中，略一探测，便有些惊愕地发现，左手臂处经脉中的斗气，不仅比其他经脉中所流转的斗气要雄厚许多，而且斗气所蕴含的能量，似乎也要比其他地方稍强一些。

带着些许惊异，萧炎缓缓地睁开眼睛，望着一旁笑吟吟的药老，略微沉默后，狠狠地咬了咬牙："来吧，拼了！"

见到萧炎咬牙点头，药老脸上的笑意更多了一分，他早就料到，这家伙绝对忍受不了焚血所带来的快速提升实力的诱惑。

"趴下吧，以后每天全身敷一次，你的修炼速度，应该会再提升三四成。"挥了挥手，药老笑道。

咧了咧嘴，萧炎将衣衫塞进嘴中，然后双手紧抓着一旁的岩石缝，含糊的声音从嘴中吐出："来吧！"

望着萧炎这如临大敌的模样，药老无奈地摇了摇头，玉瓶倾斜，红色液体顿时流出……

"啊……"凄厉的悲惨号叫声，顿时再次响彻山谷。

在萧炎抓紧一切时间修炼之时，狼头佣兵团的搜索范围也在扩大，在付出十多名同伴的性命的代价之后，他们终于开始接近萧炎所在的小山谷。

一个月之后的某一天，当萧炎已经能够在第八根木桩上坚持足够长的时间之时，终于有一名狼头佣兵团的佣兵偶然间闯进了这片安静的小山谷之中。

站在谷口，这名狼头佣兵团的团员愣愣地望着那在瀑布下修炼的少年，片刻之后，方才被冷风吹拂得醒过神来。当下，一股狂喜涌上心头，他二话不说，快

速地从怀中取出信号弹，刚欲将之扯动，一股尖锐的破风劲气却骤然从正面袭来。

劲气所携带的力量，让这个实力在六星的佣兵心头一凛，脚掌在地面一蹬，身形急退。

轰！破空而来的黑影重重地砸在泥土地面之上，顿时，泥屑四射，一把巨大得有些怪异的黑色铁尺，深深地插在了地面之上。

望着这把怪异的黑色巨尺，这名狼头佣兵团的团员眼瞳微缩。这把特殊的武器，几乎已经成为那名被他们悬赏的少年的标志。

在被漫天泥屑遮挡住视线的情况下，这位经验老到的佣兵却并未表现得太过失措，身形不断地急退着，锐利的目光不断地在周身扫视着。

就在佣兵即将退出谷口之时，他心头骤然一紧，身体毫无预兆地趴了下来。

轰！身体刚刚趴下，凶猛的劲气便从头顶上狠狠掠过，最后击打在一旁的大树之上，顿时，无数条裂缝蔓延树干，咔嚓一声响，大树拦腰而断。

望着面前被暴力崩断的大树，佣兵轻吸了一口凉气，要造成这般的破坏力，那得需要多大的力量？

心头的震撼一闪而逝，这名佣兵忽然手掌在地面一撑，身体竟然犹如壁虎爬动一般，脚掌一弹，身形诡异地对着丛林暴冲而去。

逃窜中的佣兵对自己这手功夫非常满意，这黄阶高级的壁虎爬行斗技，曾经让他多次死里逃生。在他的认知中，斗者之中，几乎很少有人能够在丛林中把使出这种身法的他给拦住。

就在佣兵想象着回去通报消息，领到上万高额悬赏时，一对脚掌却突兀地出现在他前行的道路上。

急冲的身形骤然停顿，佣兵惊骇地抬起头，却见到一张笑吟吟的清秀的脸。

"跑得很快嘛……"少年冲着佣兵微微一笑，漆黑的眼瞳中，冰冷的杀意让佣兵浑身打了一个寒战。

望着失神的佣兵，萧炎嘴角微撇，手中巨大的黑尺猛然怒劈而下，顿时，一声惨叫响彻山林。

淡漠地将玄重尺上面的血迹擦去，萧炎瞟了一眼脚下的尸体，舌头轻舔了舔嘴唇，一抹森然的神情浮现脸上，轻声道："想要杀我是吧？好吧……从今天开始，所有敢进入魔兽山脉的狼头佣兵团团员，我都会赶尽杀绝……既然你们想玩，那就玩大点吧。"

"报复，就从现在开始吧……"

第十七章
杀　戮

　　茂密的丛林一片寂静，偶尔几头小兽从林间跳跃而过，惊起栖歇在树枝之上的群鸟。

　　寂静持续了没多久，便被一道狼狈的背影打破，瞬间惊走满林鸟兽。

　　没有理会自己所造成的破坏，这个有些狼狈的影子不断逃窜着，偶尔满脸惊恐地对着身后漆黑的密林扫视一眼，那恐惧的模样，犹如身后有着洪荒猛兽在追逐他一般。

　　再次奔跑了一段距离，这名佣兵抬头望着不远处的光亮，脸上浮现出狂喜的神情。只要出了这该死的密林，他就能呼唤同伴前来救援，到时候，就不用再惧怕身后那索命的死神了。

　　猛然一阵前冲，佣兵的身体微微跃起，脚掌在树干之上狠狠一踏，身形顿时对着不远处的光亮暴射而去。

　　近在咫尺的光亮，使佣兵脸上的狂喜越来越浓。然而，就在下一刻，狂喜却骤然凝固，佣兵惊骇地发现，一股突然出现的凶猛吸力，不仅强行将自己前冲的

速度生生地止了下来，还把自己的身体扯得倒飞了回去。

脸上掠过一抹惊骇，佣兵还来不及呼喊，一道黑影便从身前闪掠而过，强大的破风劲气携带着闷雷般的声响，重重地砸在了其胸膛之上。

嘭！沉闷的声响，让佣兵的眼瞳骤然紧缩，胸膛竟然生生地凹陷了下去。

巨大的力量将佣兵悬在半空的身体重重地砸在了地面上，再无声息。

淡漠地看着那气息消失的佣兵，树枝上那背负着巨大黑尺的少年微微握了握手掌，轻声呢喃道："第十一个了……既然打算拿别人的脑袋去换钱，那就自己先做好被别人斩杀的心理准备吧。"

树枝上的少年，正是从修炼之地离开的萧炎。他离开小山谷之后，仅仅两天时间，便遇见了十几拨前来搜寻他的狼头佣兵团队伍。对于这些打算拿自己回去换赏钱的人，萧炎并没有丝毫留情的念头，一路下来，凡是八星斗者之下的狼头佣兵团团员，几乎全部被他杀了。

以萧炎如今的实力，在取下玄重尺之后，即使是面对七星斗者，他也能在二十个回合之内将其斩杀。当然，这里的七星斗者，是指并没有与他等级相平的斗技的人，不过有这样斗技的人，恐怕整个狼头佣兵团里也寻不出来吧？

前一天，萧炎从一名佣兵嘴中撬得了一些关于狼头佣兵团内部的消息。据那名佣兵所说，现在的狼头佣兵团，实力最强者，便是处于二星斗师品级的团长穆蛇，在他的下面，各有一位九星斗者与一位八星斗者的狼头高层，除去这三人，偌大的狼头佣兵团，将再没有人能单枪匹马地与萧炎抗衡。

目光再次瞟了一眼那失去生机的尸体，萧炎脚尖在树枝上轻点，身体借力飘向密林之外，冷笑声缓缓地盘旋、消散。

"穆力少爷，我看你狼头佣兵团有多少人可以死。你派出来一个，我杀一个……现在，游戏才刚刚开始！"

"浑蛋！该死的！"宽敞的大厅之中，穆蛇听得手下不断传来的消息，暴怒得

一掌将手中的茶杯打得粉碎，怒声咆哮道。

望着陷入暴怒状态的穆蛇，大厅内的狼头高层皆保持安静，谁也不敢在这时候去触他的霉头。

"短短两天时间，我们就已经死了十五名骨干成员，这要是继续下去，我们狼头佣兵团还有人吗？"重重地喘了几口粗气，穆蛇厉声问道。

众人面面相觑，哑口无言。

"下手之人，已经确定是萧炎无疑了……"望着沉默的大厅，穆力干咳了一声，只得硬着头皮说道。

"你不是说他的实力顶多与你持平吗？那为什么派出去的三名七星斗者，都死在了那家伙手中？"手掌重重地拍在桌面上，穆蛇怒喝道。

穆力苦笑了一声，无奈地道："三个月前，那家伙就算拿出隐藏的实力，也的确只是和我不相上下，否则在山洞之中，他也不会被我带的人逼成那副狼狈的模样。"

"可现在他所展现的实力，绝对不下七星斗者，说不定还是八星！"穆蛇阴沉着脸，想起某种可能，嘴角不由得抽了抽，声音中更是泛起了一抹凉意，"难道那家伙，在魔兽山脉中待了几个月，便成长到了这地步？"

闻言，穆力眼角跳了跳，眼瞳中隐晦地掠过一抹骇然的神色，仅仅三个月的时间，那家伙竟然连跳了二星？这该死的浑蛋，究竟是怎么修炼的？这速度……也太恐怖了吧？

"看来，我所预料的果然没有错，那小子，不是盏省油的灯啊。"缓缓地从暴怒中恢复了理智，穆蛇坐回了椅子，手指敲打在桌面上，沉吟片刻，阴冷地道，"暂时让我们的人撤出魔兽山脉，两日之后，把队伍编成五人一组，然后带好指向所用的信号弹，一同进入魔兽山脉。"

"我要撒一张天罗地网，看那小浑蛋躲到哪里去！"穆蛇紧握手掌，脸上充斥着狰狞的杀意。

"是！"

"对了，赫蒙那家伙呢？怎么没见到他？"微微点了点头，穆蛇的目光在大厅内扫过，忽然皱眉问道。

"呃……"闻言，底下众人一愣，片刻后，一人才干笑道，"听说赫蒙三团长带了几个弟兄，陪蓝花酒馆的蓝夫人进魔兽山脉抓雪狐去了。"

嘴角一抽，穆蛇怒骂道："这脑子里只知道女人的蠢货，难道不知道狼头佣兵团最近的处境吗？竟然还敢私自进入魔兽山脉，该死的家伙，迟早死在女人身上！"

"团长，三团长是八星斗者，如果他遇上萧炎，说不定还能顺便把他给收拾了呢。"

"以那家伙的脑子，他能活着回来，我就满意得很了！"穆蛇冷哼了一声，旋即烦躁地挥了挥手，不知为何，他心中总有股不祥的预感。赫蒙不同于别的团员，如果他也不幸死在萧炎手中，那对狼头佣兵团来说，可是一个不小的打击。

"等那家伙回来之后，让他来见我。"丢下一句怒意颇浓的话后，穆蛇转身离开了充斥着窃窃私语的大厅。

淡淡的月光之下，几座帐篷耸立在树林之中，几堆淡黄的篝火，在夜幕中看去显眼至极。

站在一处树梢之上，萧炎斜靠着树干，嘴中轻轻咀嚼着碧绿的草根，一股淡淡的苦涩味道在嘴中弥漫开来。

站在树梢上，借助重重树枝的掩护，萧炎刚好能够将下方的营地看得清清楚楚。营地中共有十五名佣兵，实力大多在五星斗者左右，而在最中间的那处帐篷中，有一位八星斗者，而他便是萧炎此次的目标，据说他还是狼头佣兵团的三团长。

以萧炎此时的实力，独斗一位八星斗者，虽然胜算颇大，但这是在对方没有

帮手的前提下，看现在的情况，想要顺利击杀那位八星斗者，就必须先把其他的佣兵解决掉。

皱着眉头望着那防守颇为严密的营地，萧炎并未立刻采取行动，而是安静地等待着最好的时机。

天空之中，弯月逐渐升高，大地一片寂静。

再次等待了半响时间，淡淡的微风，忽然在天地间吹拂而起，刮过树林，响起一阵哗哗声。

感受着这股微风的方向，萧炎的脸上扬起淡淡的笑意，手指在纳戒上轻轻一弹，一小袋药粉出现在手中。这药粉是当日与小医仙分开时她所赠送的，那种能够令人陷入睡眠的特效，正是现在萧炎最需要的。

抛了抛手中的药粉，萧炎微微一笑，刚欲动手，却发现营地中有两名佣兵护卫缓缓朝着这边走过来。

"被发现了？"

眉头微皱，萧炎身形向阴影中缩了缩，然后淡漠地望着越来越近的两名护卫，与此同时开始运转体内的斗气。

两名佣兵在来到萧炎树下之时，忽然停了下来，两人四处望了望，然后小解起来。

"走吧。"解决完内急之后，另外一名佣兵转过身来，望着空荡荡的身后，顿时一愣，还没来得及开口，便感觉喉咙处微微一凉，然后视线陷入黑暗。

悄无声息地将两人的尸体抬进密林中，萧炎再次攀上树顶，望了望下方的营地，手中的药粉缓缓撒落。

药粉借助黑夜的掩护，在微风中悄悄地飘进了营地之中。

在药粉的作用下，营地周围的佣兵接二连三地瘫软倒下。

只是片刻，偌大的营地，便完全地寂静了下来。

望着安静的营地，萧炎再次静等了片刻，方才从树干上跃下，提着一把从刚才的一名佣兵身上取下的长剑，缓缓地行进营地之中。

提着长剑，萧炎顺利地穿过几座空着的帐篷，来到了营地中央位置的那所大帐篷之外。

赫蒙常年混迹在刀口，神经敏锐，熟睡中的他浑身皮肤骤然一紧，心中闪电般地掠过一抹警戒，手掌抓住被子，猛然间对着帐篷外丢去。

哧啦！一抹寒光轻易地划开被褥，一道影子快速掠闪进帐篷之内，泛着森冷光泽的剑锋毫不留情地对着赫蒙的脖子划去。

突如其来的袭击让赫蒙脸色大变，他狼狈地在床榻上一滚，险险地避开了剑锋。

一击无果，剑锋毫不停滞，横划而出，一抹寒光掠过帐篷中的火团，然后追击上躲避的赫蒙，在其胸口划出一道浅浅的血痕。

"你是谁？为什么要刺杀我？难道不知道我是狼头佣兵团的三团长吗？"急退间，赫蒙脸色大变地怒喝道。

"就是因为这个，才杀你。"黑影抬起头来，露出少年清秀的脸。

"你……萧炎？！"望着那张年轻的面孔，赫蒙一愣，紧接着目光转移到了少年背后的巨大黑尺之上，眼瞳猛然一缩，冷喝道。

"真是荣幸，竟然能被三团长记挂在心。"

微微一笑，萧炎掌心微陷，然后骤然击打在长剑的剑柄之上，顿时，长剑化为一抹寒光，闪电般地射向赫蒙。

剑光的速度极为快捷，即使赫蒙反应不慢，也依然被萧炎在脸上留下一道血痕。

舔了舔脸上流下的鲜血，赫蒙眼瞳中泛起浓郁的杀意，阴冷地笑道："你还真是有胆，竟然敢单独来刺杀我，不过也好，就在这里解决你吧，免得以后还要满大山地寻找你。"

说着，赫蒙轻扭了扭脑袋，身体表面上，淡淡的斗气开始若隐若现，一对铁

拳紧握着,骨节之间发出咔咔的声响。

望着进入战斗状态的赫蒙,萧炎无奈地耸了耸肩,这家伙对危险的感应程度,远远超出了他的意料,所以袭杀的计划已然失败。

不过,偷袭只是萧炎想偷懒省一些气力而已,既然如今省力的打算已经破灭,那么萧炎也不在乎多费一些手脚。而且,经过好几个月的苦修,萧炎也的确需要经历战斗来衡量一下自己的进步程度。

萧炎微微扭了扭身体,骨头脆响的声音并不比赫蒙小。他缓缓摊开双掌,旋即又紧紧握住,淡黄斗气涌上拳头。

"小子,把我当成猎物,是你最愚蠢的决定!"赫蒙阴鸷地笑了笑,脚掌猛地重踏着地面,宛如一头巨型魔兽一般,对着萧炎暴冲而去。

冷眼望着那携带着凶猛劲气扑来的赫蒙,萧炎手掌缓缓伸出,一瞬之后,轻喝道:"滚!"

随着萧炎的喝声落下,凶猛的劲气猛然自其掌心中狂喷而出,重重地击打在那暴冲而来的赫蒙身体之上。

嘭!一声闷响,赫蒙脸上的表情微微凝固,前冲的身形猛然倒射而出,脚掌死死地抓着地面,直到在地面上带出一道好几米远的深沟后,方才缓缓止住。

"小子果然有些门道。"脸上涌上一抹凝重的神情,赫蒙缓缓地吐了一口气,拳头砸了砸自己的胸口,只见那原本古铜的皮肤,逐渐变得有些苍白起来。

"我修炼的是号称属性中防御最强的岩石功法,凭你的实力,还破不了我的防御!"冷笑了一声,赫蒙拳头一紧,竟然连手臂也泛上苍白的颜色。

脚掌再次重踏地面,赫蒙此次的动作较之先前,明显变得更加迅捷,狂猛的速度所带起的风压,将帐篷撑得鼓鼓的。

脸色平静地感受着那股迎面而来的狂猛风压,萧炎身体微微一侧,硕大的拳头带起凶猛的劲气,贴着其耳朵斜飞了出去。

脚尖在地面轻轻一划,萧炎便鬼魅般地绕到了赫蒙身后,蕴含着斗气的拳头重重地砸在其颈椎骨之上。

当！拳头砸在赫蒙的身体上，却传出一声敲打岩石般的清脆声响。

眉头微皱，萧炎闪电般地收回拳头，借助自己的速度，拳肘瞬间击出，每一次的攻击全部击打在同一个部位，顿时帐篷之内响起一连串的岩石敲打声响。

"滚开吧，烦人的苍蝇，我早说过凭你的实力，还不可能打破我的岩石防御！"右脚携带着猛烈的劲气，重重地对着身后甩踢而出，赫蒙得意地冷笑道。

双掌略微曲卷，与赫蒙的脚掌略一接触，其上所蕴含的强横力量，顿时让萧炎身形猛地倒射而出。

"不愧是号称最适合肉搏的斗气之一，这力量……真强。"凌空一翻，萧炎稳健地落回地面，甩了甩有些酸麻的手掌，心中惊叹道。

"小子，就你这点实力，也妄想与狼头佣兵团作对？简直是找死！"随手拍了拍背上的灰尘，赫蒙狞笑道，"没时间与你玩，还是快点解决你吧，免得耽误我的好事。"

双拳在胸口缓缓推开，赫蒙双脚一绷，头顶上的发丝竟然根根直立了起来，淡白的斗气在眼瞳中急速闪过。

白色的气体被赫蒙从嘴中吐出，在此刻，萧炎似乎发现赫蒙的手与脚忽然变得壮实了许多。

赫蒙赤裸的手臂之上，苍白的肌肉不断地鼓动着，一股股凶猛的力量在其下急速凝聚。

"结束了，小子！"

感受到体内磅礴的力量，赫蒙对着萧炎一咧嘴，白森森的牙齿看上去透着一分狰狞。

望着实力忽然飙升了许多的赫蒙，萧炎脸色微微凝重，掌心之中，斗气凝聚。

体内的力量，在酝酿片刻之后，便进入巅峰状态，赫蒙脚掌一踏，暴增的速

度，竟然能与萧炎持平。

眼前一花，满脸狰狞笑意的赫蒙便闪现而出，硕大的拳头带着压迫的风声，狠狠地对着萧炎脑袋怒砸而来。

头顶上传来的凶猛劲气，让萧炎脸色微微一变，掌心之中，劲气猛然暴射而出，借助这股力量所造成的反推力，萧炎身形暴退。

"想跑？"望着急退的萧炎，赫蒙冷笑了一声，脚步一跨，竟然便追了上来。他身体微弓，犹如一头匍匐的豹子一般，眨眼间，便再次出现在萧炎面前。

"去死吧！"狞笑一声，赫蒙的拳头再次对着萧炎的脑袋怒砸而下。

瞧着躲无可躲，萧炎眉头紧皱，体内的斗气同样迅猛流转，双拳狠狠地对迎了上去。

嘭！沉闷的声响在帐篷之内炸响，两人接触的地面上，黄土被巨大的冲击力量造成的风波，生生地刮走了一层。

"敢和我硬碰？滚！"

望着萧炎竟然敢选择与自己硬碰，赫蒙眼瞳中闪过一抹残忍的神色，体内斗气全部顺着经脉的流转轰击而出。

"哼……"巨大的力量让萧炎脸色一白，一声闷哼从喉咙中传出，他脚步踉跄地急速后退，直到帐篷边缘，方才缓缓停住。

"没想到你竟然能在与我的硬碰中撑下来，看来你也经常修炼肉体吧？"见到萧炎似乎仅仅受了一点儿小伤，赫蒙不由得有些惊诧地问道。要知道，修炼肉体所受的苦，可远不是仅仅修炼斗气能够比的，看萧炎这细皮嫩肉的模样，他很难想象萧炎竟然也是修炼肉体的人。

"看来不解开束缚，想要对付八星斗者，还是有些困难啊……"揉了揉有些发闷的胸口，萧炎忽然自顾自地低声叹道。

听着萧炎的低声自语，赫蒙不由得眉头一皱，旋即冷笑。

叹息着摇了摇头，萧炎当着赫蒙的面，缓缓地将背后的玄重尺取下，然后随意地丢向一旁。

嘭！在玄重尺落地的地方，刚好有一块坚硬的岩石，而这块岩石，在玄重尺那恐怖的重量之下，不出意料地被压成了粉末。

愣愣地望着那团白色粉末，赫蒙眼瞳骤然缩成了针孔大小，一丝惊骇在心头缓缓升起……这家伙在与自己战斗时，竟然一直背负着如此重量级的东西？

深吸了一口凉气，赫蒙再次望向少年时，目光中多出了一分凝重与骇然。

没有理会对方的眼神变化，萧炎轻轻舒展了一下身体，体内瞬间暴涌的斗气，让他浑身充斥着力量。

"抱歉，刚才拿你当了一下试炼石。"扬起脸来，少年清秀的脸上噙着一抹歉意，冲着赫蒙微微笑了笑，然后身形骤然闪掠。

面前的影子一闪而过，赫蒙尚且来不及反应，少年轻轻的声音便在耳边缓缓响起。

"结束了，狼头佣兵团的三团长……"

随着一声轻响，一股凶猛的劲气骤然出现在赫蒙背后。

感受到这股劲气的强横，赫蒙脸色一变，脚掌一蹬地，嘴中发出一声怒喝，赤裸的后背，苍白的颜色急速弥漫。

"八极崩！"

心头的冷喝声让萧炎拳头骤然一绷，平滑的袖子被猛烈的劲气震得哗哗作响，拳头一缩，然后猛地探出，短短的距离，拳头上所携带的凶悍力量，却传出了一股尖锐的破风声响。

身后响起尖锐的破风声，让赫蒙的脸上一片骇然，这看似单薄的家伙，竟然能够将纯粹的肉体锻炼到这种地步？

当……清脆的声音在帐篷之内缓缓地回荡着，经久不息的声音极为刺耳。

萧炎面无表情，右拳重重地砸在赫蒙的后背心处，从脚掌处泄露而出的一丝强猛劲气，直接将立脚的地面，炸出了一个半尺深的坑。

咔嚓……轻轻的异响，伴随着一丝丝裂缝，逐渐地在赫蒙背上蔓延开来，不过只是瞬间，便被赫蒙体内急涌的斗气给压制了下来。

"我说过，凭你的实力，破不了我的防御！"缓缓地回转过头，赫蒙森然笑道。

"那可不一定……"淡淡地笑了笑，萧炎却收回了贴着赫蒙背上的手掌，嘴角微掀，轻声道，"爆！"

嘭！沉闷的声响从赫蒙体内骤然传出，其脸上的笑意也迅速凝固，取而代之的是骇然的惊恐。

噗！鲜血从赫蒙嘴中狂喷而出，他那坚硬的身体软绵绵地瘫了下去。

望着那迅速失去生机的身体，萧炎淡漠地擦了擦手，然后转身缓缓离去。

清晨的阳光从天际洒落，透过树枝的遮掩，稀疏地照在下方那安静的营地之中。一些昏迷在地的佣兵忽然迷茫地睁开了双眼，缓缓地坐起身子，彼此相望着。半响之后，从睡眠中清醒过来的佣兵们心头猛地一激灵，迅速地爬起身来，握紧武器，朝着营地中间的帐篷快速行去。

"三团长！"站在帐篷之外，一名佣兵高声喊了一句，却并未有丝毫的回应。

再次静等了片刻，所有佣兵心头泛起了一股不安的预感，一名佣兵抢先一步，手握大刀，一把将帐篷的布帘砍断。

布帘缓缓飘落，其内的景象终于出现在了所有人的眼中。

帐篷内部，赫蒙瘫倒在地，双目巨睁，脸上还残留着一抹凝固的惊恐，地面之上，一摊已经黏稠的鲜血，不断地刺激着众人那已经被震撼得接近极限的心脏。

"三团长……被杀了?！"

满脸震惊地望着帐篷内的惨景，众多佣兵脸色惨白地软了下来。

"狼头佣兵团的三团长赫蒙被人杀了!"

"听说下手的人,正是被他们悬赏寻找的那个少年。"

"内部消息,那个叫作萧炎的少年,已经杀了将近二十名狼头团员。"

"啧啧,狼头佣兵团,这次脸可真要丢光了,被一个不足二十岁的少年搞得这般狼狈,哈哈,看穆蛇那家伙以后还有什么脸面嚣张。"

不知道从哪个角落传出来的风声,只是短短一下午,整个青山小镇,几乎人人都知道了狼头佣兵团三当家被萧炎斩杀的事情。一时间,无数道戏谑与看热闹的目光,都开始汇聚向沉默的狼头佣兵团。

幽静的小房间之中,听着门外侍女的情报,正在小心翼翼地配制着药粉的白衣女子,玉手微微一颤,配制顿时宣告失败。

轻轻地摇了摇头,白衣女子将药瓶小心放下,明眸流转,俏美的脸颊上浮现出一抹淡淡的笑容,低声道:"萧炎那家伙竟然还真的开始报复了。"

玉手理顺了白裙,小医仙优雅地在椅子上坐下,然后从怀中贴身衣物内取出一卷七彩卷轴,温柔地抚摸了一下,嘴角微翘道:"能够击杀赫蒙,那就是说,萧炎现在,至少也在八星斗者左右了吧?真是恐怖的修炼速度,这才几个月不见呢⋯⋯"

"小姐,姚先生想要见您。"门外忽然传来侍女柔柔的声音。

听着这通报,小医仙黛眉微蹙,这姚先生便是万药斋的主事人,自从狼头佣兵团传出一些风声后,最近几日,这家伙便经常来找自己,其目的不言而喻。

"让他进来吧。"将七彩卷轴贴身收好,小医仙无奈地叹息了一声,自己现在也算是寄人篱下,对于他这位主人,这些面子自然不能不给。

"呵呵,小医仙最近还好吧?"就在侍女传话后不久,一名身着名贵长袍的男子便笑眯眯地走进房间,对着小医仙含笑问道。

抬了抬美眸,望着面前这位中年男子,小医仙微微点了点头,站起身子,转身弯腰在旁边的桌上斟了两杯茶水。

坐在椅子上，姚先生望着那身姿弯成美妙弧度的小医仙，目光紧紧地盯着她那窈窕纤细的柳腰，眼瞳之中闪过一抹莫名的光芒。

在小医仙转身的一刹那，姚先生适时地收回了不规矩的目光。

端着茶杯，轻放在桌上，小医仙红唇微启，轻声道："姚先生找我，可是有事？"

"呵呵，"笑了笑，姚先生双手捧着茶杯，那上面似乎还残留着美人玉手所带来的余温，他的手掌不着痕迹地搓了搓茶杯，抿了一口，笑道，"想必你也听说萧炎的消息了吧？"

"嗯。"小医仙俏脸平静，脸色并未因此而有什么异样变化。

"在你进入山洞寻宝的时候，他是跟你一起的吧？"目光微微闪烁，姚先生忽然笑道。

"姚先生，我想你或许搞错了。"摇了摇头，小医仙淡淡地笑道，"我与萧炎的确在一起过，不过当时是因为我在采药，差点儿失脚落入悬崖，他侥幸帮了我一把而已。至于那什么山洞寻宝，抱歉，我们还真未见到什么宝藏，不过，我倒是听说，在护送我们回来的时候，狼头佣兵团忽然离队，似乎是寻找到了什么。如果姚先生对那什么宝藏感兴趣的话，倒不妨拉着另外两大佣兵团的团长，一起去狼头佣兵团中看看他们运回来的那东西。"

闻言，姚先生脸色微变，旋即笑道："只是随便问问而已，呵呵，既然你与萧炎认识，那日后再看见他的话，可以让他来我们万药斋，虽然狼头佣兵团势力很强，但是我们万药斋并不畏惧他们。"

"若有机会，我会帮忙转达，不过我与他只是萍水相逢而已，姚先生也不要抱太大的期望。"小医仙随意地道。

"呵呵，好，那便先不打扰你了，我出去办点事。"笑着点了点头，姚先生再次与小医仙聊了一阵，便起身告辞而去。

望着那缓缓关上的房门，小医仙瞟了一眼先前他所喝过的茶杯，轻声自语道："看来你还是没打消念头啊。唉，希望你别干那些让我失望的事，虽然我实力不强，不过……你真当我泡的茶，能乱喝吗？"

玉葱指轻轻地点了点碧绿的茶水，脑海中闪过那黑衫少年的身影，小医仙红唇微翘："你可是第一个与我共患难过的男人哦，可别栽在这小小的青山镇了……"

气氛阴沉的大厅中央，一具没有气息的尸体摆在中间，正是那死在萧炎手中的狼头佣兵团三当家赫蒙。

望着赫蒙的尸体，大厅中所有人都保持着沉默，不敢发出丝毫的声音。因为他们已经能够察觉到，在大厅首座上的男人身体中散发出来的阴冷杀意。

"我要把那小杂种碎尸万段！"双眼血红地盯着赫蒙的尸体，穆蛇牙齿咬得咯咯作响，森然的声音中压抑着狂暴的怒气。

望着身旁的冰冷尸体，穆力微眯的眼瞳中掠过一抹难以言喻的震惊与骇然。那几个月前，被自己撵得满大山逃窜的小子，竟然已经成长到了这种地步。作为狼头佣兵团中第三强者，赫蒙的实力，穆力心中再清楚不过，然而这位使自己忌惮不已的强者，竟然被那不到二十岁的少年给灭了……这个有些不可思议的现实，让穆力心头泛起了一股对那少年的恐惧与……更加狂暴的杀意。

这种敌人……必须想尽一切办法将他置于死地！

缓缓地抬起头，与首座上的穆蛇对视了一眼，性格相同的父子俩，眼中的杀意暴涨。

"萧炎能够击杀赫蒙，说明他的实力应该也在八星斗者左右。而且，赫蒙拥有黄阶高级的岩石属性功法，再加上他所精通的另外两种黄阶高级斗技，即使放在同等级之中，也能算是靠前的实力，不过他却依然被萧炎所杀，看来，那家伙定然拥有比赫蒙的还高级的功法以及斗技！"穆蛇声音中透着丝丝阴冷。

"从明天开始，所有实力在五星斗者之上的团员，全部摘去狼头团徽，装扮

成自由佣兵，五人一组，进入魔兽山脉，若有人发现萧炎的踪迹，就用竹哨联系！"穆蛇脸色冷厉地下着命令。

"是！"下方众人，齐声应道。

"我就不信，那小浑蛋能逃出我的掌心！"手掌缓缓紧握，穆蛇冷笑道。

"小杂种，你猖狂的日子，到头了！"

第十八章
大围剿

清冷的月光从天际缓缓洒下，使得整个森林都披上了一层淡淡的神秘纱罩。

嗞……一处山顶之上，少年嘴中紧咬着衣衫，额头之上冷汗密布，抓住树干的手背青筋密布。

少年赤裸的背上被倒满了红色液体，一位身形有些虚幻的老者正拿着玉牌，缓缓地刮动着，随着他手掌的每一次刮动，那少年的身体便是一阵剧烈的抽搐。

将红色液体完全涂满少年的后背之后，老者才意犹未尽地停下了手，低头望着那疼得脸抽筋的少年，幸灾乐祸地笑道："舒畅吧？"

"舒畅个屁！"背上传来火辣辣的疼痛，让萧炎直接破口大骂，他实在是对那股灼烧般的疼痛有些心理阴影了。

"嘿嘿。"笑了笑，药老低头望着那逐渐在萧炎背上挥发的红色液体，这才微微点了点头，随口询问道，"怎么样？有没有感觉摸到七星斗者的门槛？"

闻言，萧炎顿时翻了翻白眼，撇嘴无奈地道："这才刚刚突破六星斗者一个来月，现在就触摸到七星斗者的门槛，你认为可能吗？每一阶的最后三星，可是

最难突破的。"

"距离我们出来修行,可已经过了快五个月了,距离你与云岚宗那丫头的约定,也只有不到一年的时间了哦。"药老淡淡地笑道。

微微愣了愣,萧炎舔了舔嘴唇,皱眉道:"不知道她现在到了什么级别,两年前她便已经是三星斗者,按她的天赋以及云岚宗的实力,我可不认为她会比我弱。"

"的确,虽然我有很多种办法让你实力骤然提升,但是那些都有非常严重的后遗症,使用了那些秘法,恐怕你以后将会永远停留在那一个层次。"药老缓缓地瞥了一眼沉默的萧炎,道,"哪怕你真的败给了那丫头,我也不会让你使用那些秘法,代价太大。"

"我可不想在三年约定上输给她,你知道这两年我付出了多少……她是我能够在这些苦修中坚持下来的一个重要因素。"萧炎翻过身子,仰头望着天空中的银月,伸出手掌,虚眯着眼睛淡淡地道。

缓缓地吐了一口气,萧炎偏过头,望着身子有些虚幻的药老,撇嘴道:"而且当初老师可是说好了的,能让我追赶上她。"

"你这小子……"瞧着耍无赖的萧炎,药老无奈地摇了摇头,手掌一探,森白色的冷焰在掌心中浮现,目光盯着那团轻盈跳跃的火焰,苍老的脸上有着淡淡的笑意,"放心吧,我若是连这点本事都没有,还有什么脸在你面前夸海口。"

"不过,我能让你提升实力,是在你有时间按我所说的方法修炼的前提下,可你现在被撵得满山乱窜,浪费着你本来就不多的宝贵时间哦。"药老戏谑道。

翻了翻白眼,萧炎摊了摊手,无奈地道:"其实老师只要放个屁就能崩死他们的,可你却偏要装高人不肯动手。"

啪!手掌拍在萧炎的脑袋上,药老笑骂道:"若什么事都要我给你解决,你还活着干什么?与人争斗,又何尝不是在增长你的心智与阅历?"

耸了耸肩,萧炎再次翻过身来,苦恼地呻吟了一声,嘟囔着骂道:"那群浑蛋,迟早把他们给全部干掉,太浪费我的时间了啊……啊……"

扯着嗓子干号了一阵,萧炎忽然再次把衣衫咬在嘴中,含糊地道:"老师,继续吧……"

"呃?"闻言,药老愣了愣,"你还能坚持?"

"唉,我没那么多休息的时间啊……"少年将头埋在衣服之中,闷声道。

望着再次全身绷紧的少年,药老愣了片刻,少年骨子中所隐藏的桀骜,让他脸上浮现一抹欣慰。他微笑着点了点头,再次从纳戒中取出一瓶焚血,然后倾倒而下。

嗞……寂静的夜中,少年牙关中泄露而出的颤抖冷气,缓缓地盘旋不散。

炽热的阳光透过树枝的封锁,在重重密林中留下无数细小的光斑,煞是美丽。

蜷缩在一处隐蔽的丛林之中,萧炎紧皱着眉头望着下方不远处进出的佣兵们。这里是进入魔兽山脉的主干道,虽说平日来往的佣兵并不少,但今天,萧炎却隐隐地感觉到有些不对劲。

视线透过草丛,萧炎的目光死死地盯着那些来往的佣兵,半晌之后,瞳孔猛地一缩,他终于明白什么地方不对劲了……

下面来往的佣兵,很多看似是临时凑合而成的队伍,然而他们在行走间,却总是不经意地露出一些默契的举动。

"似乎真有点不对劲啊……"紧皱着眉头,萧炎将嘴中的草根吐出,转了转眼珠,然后小心翼翼地从草丛中钻出,轻手轻脚地朝着密林之中前进。

萧炎的衣衫上被他涂满了由草叶汁液所绘的绿色条纹,这能够让他极为安全地隐蔽在密林中而不被发现。

在密林之中,隐藏在暗处的萧炎又看见了两三支分开的五人小队。躲在暗处细细地观察着这些佣兵队伍的举动,片刻后,萧炎能够确定,这些看似是来捕获

魔兽的佣兵，其实是在寻找着什么……

借着丛林的掩护以及一些植物汁液对身上气味的隐藏，萧炎成功地避开了这些佣兵小队和那些在林中散步的魔兽。

经过半个上午的四处游走探测，萧炎终于借助一个偶然的机会，知晓了这些佣兵小队的身份。

"狼头佣兵团……啧啧，看来把他们那所谓的三当家给杀了，还真是捅到马蜂窝了啊。"在得知这一消息之后，萧炎也是小小地惊愕了一下。

"躲了一上午，憋了一肚子气，活该你们倒霉吧……"躲在阴影处，萧炎望着那逐渐走进密林深处的一支五人小队，轻声冷笑道。

这支小队被萧炎盯了不少的时间。五名五星斗者，萧炎自认能够将他们吃下，而且由于进入了密林，他也不用怕被另外的队伍看见，而被包了饺子。

尾随着这支小队钻进密林之中，萧炎并未蠢得立刻从正面动手，他静悄悄地躲在一旁的丛林中，犹如守候猎物的毒蛇一般，耐心而安静地等待着……

在萧炎尾随着小队行走了一段距离之后，队伍终于停下来休息。在休息之时，一名佣兵慢腾腾地离开了同伴，朝着一处小树丛缓缓走来。

拐进树林后，佣兵刚刚掏出家伙，面前便是一黑，紧接着喉咙一疼，意识迅速模糊……

忽然，小树丛里传出一声因为惊慌而变得走调的喊声："有魔兽，三阶魔兽！"

听得他的喊声，那几名刚刚休息完毕的佣兵顿时一愣，其中一名佣兵对着低头仓皇逃过来的同伴笑骂道："你昨天晚上被女人吸干了吧？这是魔兽山脉的外围，有个屁的三阶魔……"

骂声未落，低头的佣兵便已冲到他的面前，一抹寒光骤然暴射而出，这名佣兵未完全脱口的骂声，顿时凝固在了喉咙中。

闪电般地解决掉一名佣兵，低头的人影身形猛然一错，手掌一抬，凶猛的吸

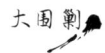

力将最远处那名正在愣神的佣兵吸扯过来。

萧炎手中匕首猛地一弹,狠狠地射在了被吸过来的佣兵喉咙上。

"是萧炎!萧炎!!"

短短十来秒的时间,两名五星斗者,便这般轻易地被伪装的萧炎结束了性命,而另外两名佣兵也终于回过神来。一名年纪偏大的佣兵忽然一脚将自己身旁的同伴踢向疾奔而来的萧炎,同时,手掌快速地从袖口中划过一截竹哨,放在嘴中刚欲吹动,黑影闪掠身前,蕴含着凶狠力量的一脚,顿时狠狠地踢在了他的胸膛之上。

噗!一口鲜血从嘴中狂喷而出,借助着劲气之力,这名佣兵的身体在半空画出一道抛物线,用尽体内的最后一丝力气,将嘴边的竹哨吹出了一截短暂而尖锐的音波。

音波从竹哨中送出,然后向四面八方扩散而去。

脸色阴沉地手起刀落,萧炎将未完全断气的佣兵彻底解决,抬头望着密林之外,那里的人影竟然开始飞掠过来。

"小看这些家伙了。"低声骂了一句,萧炎转身就跑。

叽叽……当萧炎转身逃窜之时,身后的密林中,竹哨声不断地响着,这一刻,所有的佣兵都飞快地朝着密林方向赶过来。

"抓住他!"

大批佣兵卖命地追赶着前面那若隐若现的背影,一声声大喝不断地在密林中响起。

"真的玩大了。"瞟了一眼身后大批的追兵,萧炎嘴角一扯,有些郁闷地摇了摇头,然后借助身体上绿色条纹的掩护,不断地在草丛中逃窜。

再次奔跑了一段距离,萧炎脸色忽然一变,回过头来,只见那佣兵队伍的最前方,一名脸色阴沉的中年男子正狂奔而来,见到萧炎回头,他脸上浮现一抹森然的笑容,咆哮声穿过草丛的阻隔,钻进了萧炎耳中。

"小浑蛋,今天我就要你葬身在这魔兽山脉之中!"

魔兽山脉,被忽然而来的追逐打破了宁静,无数吆喝声以及追杀声,不断地在山脉上空徘徊着。

由于追杀队伍声势浩大,一些本来打算猎杀魔兽的佣兵队伍也停下脚步,愕然地望着从身旁冲掠而过的大批人群。

在好奇心的驱使下,一些独行的佣兵也跟着大部队跑了起来,他们很想看看,究竟是何方神圣,竟然能够引来这种规模的大围剿。

"抓住萧炎,那家伙身上有玄阶功法!"

追赶之时,穆蛇瞧着林中一些正在看热闹的佣兵队伍,脸上浮现一抹阴笑,忽然扯开喉咙大声吼道。

听得团长这般喊,后面的狼头佣兵团团员也极为机灵地齐声吆喝了起来,顿时,萧炎身怀玄阶功法的大吼声,便浩浩荡荡地传遍了山脉。

"玄阶功法?"这四个字一入耳,几乎所有佣兵队伍都停下了手中的工作,互相对视,眼中皆闪过一抹贪婪的神情。

在略微沉寂之后,终于有人耐不住玄阶功法所带来的诱惑,抓着武器朝着远处那若隐若现的影子追赶而去。

有人带头,周围依然有些踌躇的佣兵队伍也迈开步伐,大声呼喝着,加入了追杀部队。

呼喝声同样传进了前方拼命逃窜的萧炎耳中,萧炎瞟了瞟身后那越来越庞大的队伍,当下脸色微变,低声骂道:"好阴毒的王八蛋。"

脚步飞快地从密林中跑过,萧炎的目光在四周望了望,然后朝着魔兽出没最频繁的区域奔去。

"来吧,我倒要看看是你们人多,还是魔兽山脉的魔兽多。"冷笑了一声,萧炎再次埋头猛冲。

"小子,我看你今天如何逃?"远处,穆蛇的冷喝声夹杂着斗气,犹如狮吼一般在密林中回荡着。

对于这种无谓的威胁，萧炎连理都不理，只管挑路前冲。

瞧着自己的喝声被萧炎无视，穆蛇嘴角一抽，微眯着眼睛望着那逐渐拉开距离的背影，眉头一皱：萧炎的速度实在出乎他的意料。

嘴中缓缓地吐了一口气，穆蛇身体微颤，淡青色的斗气迅速覆盖身体，一声低喝从其喉咙中吼出："黄阶斗技——风翔步！"

随着穆蛇喝声的落下，其双脚之上忽然涌出大量淡青斗气，一缕缕微风逐渐在双脚处成形。

脚掌猛地一踏地面，穆蛇的身形暴冲而出，速度较之先前快了一倍不止。

身后隐隐传来的破风声响，让萧炎急忙回头，当看见那迅猛冲来的穆蛇之后，他不由得一惊，手指一弹，一枚回气丹出现在掌心中，飞快地将丹丸吞进肚，体内所消耗的斗气开始缓缓地恢复着。

"今日必杀你！"望着两人间越来越近的距离，穆蛇脸上涌上一抹狰狞的杀意，森然道。

"杀你个大头鬼。"回头骂了一句，萧炎右手猛然向后挥出，一股凶猛的无形劲气从掌心中喷薄而出。

"哼！"虽然劲气无形，但是穆蛇能感受到劲气所造成的风压，当下冷哼了一声，一拳对着前面轰击而出，顿时，一阵狂风凭空浮现身前，然后暴卷而出，最后与那股无形劲气对轰在一起。

嘭！两股凶猛劲气的对撞，直接将密林中的草皮生生地刮走了一层，一些瘦弱的树干也被拦腰斩断。

"果然有些底子，难怪如此嚣张。"首次与萧炎交手，穆蛇眼中掠过一抹惊异，冷笑了一声，脚掌再次狠踏地面，身形飙射了十几米远。

"小子，结束了！"脚步接连踏了几步，穆蛇距离萧炎越来越近，望着面前那卖命狂奔的少年，狞笑道。

偏了偏头，萧炎瞟了一眼身后那满脸阴沉追赶而来的穆蛇，在其后不远处，是那庞大的佣兵追杀队伍。

无奈地叹了一口气，萧炎抿了抿嘴，双手抽着背后的玄重尺，脚步一沉，霍然将之拔出，手心一转，将之收进了纳戒之中。

"你慢慢追吧，小爷陪你玩！"回头冷笑了一声，萧炎脚尖在地面猛地一点，速度骤然暴涨，迅速化作一道绿影，犹如一头绿色豹子一般，飞快地蹿进了阴暗的密林之中。

望着那速度忽然暴涨的萧炎，穆蛇脸色一变，旋即感到有些不可思议，以自己二星风属性斗师的实力，在开启了身法斗技之后，竟然追不上一名斗者？这可真让他大受打击。

"看来他在那山洞中得到的好处不少啊！"想不通萧炎底细的穆蛇，只能将他如此变态的原因归结到那山洞中的神秘宝物上。如此想着的同时，穆蛇心中捕杀萧炎的决心，更坚定了几分。

抬头望了望那钻进密林中的萧炎，穆蛇脚下的速度再次快上了几分，一头冲进了阴暗的林子。

刚刚冲进林子，一道夹杂着腥风的劲气便从身前暴射而来，穆蛇脸色微沉，用手掌霍然拔出腰间的一把大刀，斗气凝聚，然后怒劈而下。

嗤……锋利的刀刃砍进肉体的声音，在林中沉闷而刺耳。

吱！一声凄厉的嘶鸣紧接着响起，原来那被穆蛇一刀劈中的东西，竟然是一头一阶魔兽嗜血鼠。

面无表情地将刀尖上的嗜血鼠甩开，穆蛇望着远处密林里奔跑的影子，脚步一动，刚想追上去，又有十几头嗜血鼠狂扑而来。

被这些足有小半个人大小的嗜血鼠拦下了脚步，穆蛇脸色颇为难看，这些东西伤不了他，却能把他追击的速度给减慢下来。

就在穆蛇有些头疼之时，后面的大批佣兵队伍也终于赶到。望着自家团长被一群嗜血鼠拦住,他们顿时抽出武器,将十来头嗜血鼠拦截下。

"追!"一脚将扑来的一头嗜血鼠踢飞,穆蛇手掌一挥,冷喝道。

随着穆蛇的喝声,又一轮无止境的追杀再次开始。

平静的大山,在逃亡与追杀之中,被闹得天翻地覆,而作为这件事的罪魁祸首——萧炎更是颇为无耻地把山脉中的原住民也给招惹了出来。于是,那身后的佣兵部队,在追杀的过程中,不仅没有伤到萧炎一根毛,反而因为各种魔兽的袭击,伤亡颇为不小。

当追杀进行了接近一下午时间依然无果后,终于有一些佣兵忍受不了这种漫无目的的追杀,开始脱离队伍。随着这些人的退出,追杀队伍的规模也在逐渐减小,到最后,除了狼头佣兵团之外,便只有少数一些被玄阶功法的诱惑冲昏了脑袋的人还在坚持着。

迈着有些酸麻的双腿再次奔跑了一段距离,萧炎抬起头来望着天空中那一弯银月,不由得无奈地苦笑了一声。身后那些家伙对他的锲而不舍,实在是出乎了他的意料。

"似乎快要进入魔兽山脉内部了吧?这些浑蛋,难道就不怕遇见高阶魔兽吗?"郁闷地摇了摇头,萧炎回过头望着后面那满脸森然的穆蛇,嘴角一扯,心中骂道,"疯子。"

目光死死地盯着前面那在黑暗中若隐若现的背影,穆蛇心头也逐渐地焦急起来:若再追逐下去,可是要进入魔兽山脉内部了啊,到时候那家伙随便往哪个地方一躲便能甩去尾巴,可他们这么多人,却是难以躲藏啊。

心头正踌躇着是否要退回去之时,穆蛇发现,前面奔跑的影子忽然停了下来。穆蛇微微愣了愣,旋即狂喜,脚掌一踏,身形狂射而出。

待身形冲近了,穆蛇这才发现,原来在前面不远处竟然横着一条深不见底的深渊,其下是几十米宽的河,对面便是魔兽山脉的内部。

"魂断涧……哈哈,萧炎,追杀就此结束了!"

站立在距离萧炎不远处的地方,穆蛇狞笑道。他手掌一挥,从身后赶来的大批佣兵顿时围成一个半圆,将萧炎围在其中。

脸色不太好看地望着面前的深渊,萧炎苦笑着摇了摇头。想要进入魔兽山脉只有两条道路,除去那两条道,其他地方都被这种深渊包围,没想到,胡乱逃窜的他竟然会刚好被堵在这里。

"萧炎,交出你在山洞中得到的东西!"上前一步,穆蛇冷笑道。

"真的要交给你?"萧炎的目光在队伍中那些独行的佣兵身上扫过,忽然冲着穆蛇微笑道。

听着萧炎这话,周围的一些佣兵表情顿时有些不自然。他们大多是独行佣兵,费了这么大的劲来追杀萧炎,可不想所有的好处都被狼头佣兵团给占了。

目光阴冷地盯着萧炎,穆蛇怎不知他话中的挑拨之意?他环视了一下周围,道:"各位,萧炎杀了我狼头佣兵团数十人,连赫蒙也死在他手中,这血仇,今日必要他血债血偿。而且他在山洞中所得之物,本就是从我儿子穆力手中夺去的,今日,我们不过是拿回属于我们自己的东西罢了,还请各位不要阻拦,等事情结束后,穆蛇定会重金酬谢!"

穆蛇此话一出口,众人便知道了他话中的意思,他显然是想独吞……

锐利的目光在一些独行佣兵身上扫过,穆蛇手掌一挥,狼头佣兵团的团员便迅速地抽出腰间武器,然后杀气凛然地冷冷注视着那些在心中打着一些主意的独行佣兵。

狼头佣兵团人多势众,这些独行佣兵即使心中千百个不愿,也只得心怀不甘地向后退了一步。

将这些独行佣兵震退,穆蛇这才将阴冷的目光投向萧炎,紧握着手中的大刀,缓缓地对着背临深渊的萧炎行去。

"交出东西,让你死得痛快!"

望着那满脸狰狞的穆蛇,萧炎微微耸了耸肩,叹了一口气,手心一翻,巨大的黑色玄重尺出现在手中，手掌一抬，将之扛在肩膀上，微微抬头，清秀的脸上扬起淡淡的笑意。

"有种过来拿！"

望着那忽然变得平静的少年，穆蛇眉头微皱，紧了紧手中的大刀，冷笑道："我还不信，你今天能长翅膀给我飞了！"

迈着大步，穆蛇缓缓踱向萧炎，待走近后，脚掌猛然一踏地面，身形狂射而出，手中大刀对着萧炎怒劈而下。

感受到面前那尖锐的破风劲气，萧炎脸色一片凝重。斗师与斗者，基本是两个难以比较的等级，以他现在的实力，很难在穆蛇手中走上十个回合。

借助出色的躲避能力，萧炎身体微侧，脚步急退，将穆蛇这试探性的攻击闪避而去，双脚一错，诡异地闪现在穆蛇左侧，体内斗气急速涌动，右手提着玄重尺，对着他的脑袋狠狠地劈下。

头顶上传来的凶悍劲气，并未让穆蛇太过惊慌，他手中大刀一提，对着萧炎头顶劈砍而去。

当！黑尺与大刀相交，火星四溅，清脆的钢铁碰撞之声缓缓响彻深渊旁。

第一次与斗师强者交手，萧炎也算领教了一下斗师斗气的雄浑程度，玄重尺上传来的劲气让他退后了好几步，方才将之完全卸掉。

与萧炎的连退相比，穆蛇却要显得从容许多，双脚仅仅小小地退后了半步，身体便稳稳地立了下来。

"团长，杀了他，替三当家报仇！"

"杀了他！"瞧着萧炎一招落下风，周围的狼头佣兵团团员顿时兴奋地吆喝起来。

"好沉的武器！"目光泛着一抹惊疑，穆蛇紧紧地盯着萧炎手中的黑色重尺，惊叹地摇了摇头，旋即冷笑着瞥着萧炎，"如果你只有这点本事，那还是识时务地把东西交出来吧。"

甩了甩有些酸麻的手臂，萧炎目光森冷地盯着穆蛇，缓缓抬起手中重尺，长长地吐出一口浊气，然后竟然当着众人的面闭上了眼睛。

望着行为有些诡异的萧炎，穆蛇眉头紧皱，有些琢磨不透他究竟想干什么。

包围着萧炎的狼头佣兵团团员，也被他的举动搞得一愣，不过片刻后，他们就环抱着双臂观看起来，目光戏谑，犹如看待落入猫爪之中垂死挣扎的老鼠一般。在他们看来，不管萧炎如何挣扎，也绝对不可能从身为二星斗师的团长手中逃脱。

目光阴郁地盯着闭眼的萧炎，穆蛇心头却逐渐泛上一股不安，特别是当他忽然察觉到周围天地间能量波荡越来越剧烈时，这股不安顿时显现在了脸上。

穆蛇双手紧握着大刀，心头不安的他也不再管双方实力身份的差距，迈着小心翼翼的步伐，缓缓地向着萧炎移去。

瞧着穆蛇这般凝重的神色，周围的佣兵也察觉到一丝不对劲，他们面面相觑，不由自主地将手中的武器握紧了几分。

"装神弄鬼的家伙，去死吧！"脚步再次一踏，进入攻击范围的穆蛇，脸上浮现一抹狰狞的神情，再不迟疑，他手中的大刀狠狠地对着萧炎的脖子劈砍而去。

"晚了……"紧闭的双眸骤然睁开，萧炎嘴中吐出冰冷的字句，手中玄重尺猛然一抬，炽热的温度首次由萧炎控制着，出现在了尺身之上。

"焰分噬浪尺！"

随着萧炎心中喝声的落下，深渊之上的天地能量骤然涌动起来，无数肉眼可见的能量犹如受到了牵引一般，疯狂地灌注进萧炎手中的玄重尺内。

而随着能量疯狂的灌注，玄重尺越来越炽热，尺身上奇异的纹路也在此刻散发出火红的光亮。

同时，萧炎体内的斗气几乎如潮水般涌出，只是片刻，充盈的体内便变得空空荡荡。

感觉到体内斗气即将告竭，萧炎嘴巴微动，那先前被藏在嘴中的一枚回气丹，立刻被他吞进了肚内。

有了回气丹所制造的斗气的支持，萧炎这才具备了最后的驱使之力，手中已经变得一片火红的玄重尺带起炽热的高温，划过虚空，然后对着面前满脸震惊的穆蛇横砍而出。

尺身所过之处，远远看上去，空间竟然被蒸发得有些扭曲了。

当萧炎将体内最后一丝斗气灌注进玄重尺之后，尺顶处，光芒猛地一闪，一道半丈长的弯月红芒闪电般地离尺而出，携带着炽热的温度，狠狠地劈向穆蛇。

视线之内，一片红光闪烁，在那红芒闪出玄重尺之时，穆蛇的瞳孔骤然缩成了针孔大小。难道是斗气凝形外放？这起码需要达到大斗师级别才有可能释放出来啊，面前这不过斗者级别的小子，怎么可能释放出如此完美的凝气攻击？

心头的震撼闪掠而过，穆蛇根本来不及深思这玄奥得有些疯狂的问题，体内斗气狂涌，淡青色的斗气附在大刀之上，犹如给刀身贴了一层青色的能量薄膜一般。

"风刃刀舞！"

深吐了一口气，穆蛇手中的大刀骤然狂舞起来，青色的大刀残影一把接一把地不断浮现，看上去犹如在穆蛇面前组成了一片密集的刀网一般。

这"风刃刀舞"是穆蛇所能够掌握的最高级的斗技——玄阶低级。凭借着这斗技，他曾经几度取得青山镇最强者的称号，而现在，面对着萧炎这摸不清底细的神秘攻击，谨慎的穆蛇为了保险起见，竟然直接动用了自己最强的招式。

红芒一闪便至，围观的佣兵还来不及观看红芒究竟是何物，一声犹如惊雷般的暴响，便骤然在深渊上炸响。

轰！

随着惊雷般声音的落下，穆蛇所立之地，泥屑溅射天空，紧接着一道影子从泥土之中突兀地倒射而出，双脚死死地插在泥土之中，在急退了十多米后，最后重重地撞在一棵巨树之上。顿时，巨树轰然爆裂，而此时，人影方才缓缓停下。

众人一望，顿时吸了一口凉气，原来这狼狈倒退的人影，居然是二星斗师穆蛇！

目光死死地盯着脸色泛白的穆蛇，众人咽了一口唾沫，然后不约而同地将目光投向那泥土飞射处。只见一道道裂缝迅速蔓延，待到扩散了十几米之后，才缓缓止住，而在裂缝中心，一个足有一米多深、半米多宽的深坑，震撼地出现在众人眼中。

望着那刺眼的坑洞，再看看脸色苍白的穆蛇，深渊之上，一片寂静，所有人的脑袋都一阵眩晕。

一个实力仅仅在八星左右的斗者，竟然把一名使出了玄阶斗技的二星斗师搞得这般狼狈？

残酷的现实，让所有人嘴角犹如抽筋般抽搐起来。

漫天的泥屑终于落尽，少年手持重尺的身影，也缓缓地出现在了众人视线之中。

少年脸色同样有些苍白，他双手缓缓地抚摸着黑尺，那双漆黑的眼瞳中，散发着让人心寒的狂热。

虽然使出这招地阶斗技几乎让萧炎遭受到反噬的危险，但是它的威力，却让萧炎满心欢喜。斗者与斗师间的差距，被这威力堪称恐怖的地阶斗技，生生地填补上了！

剧烈地咳了几声，萧炎再次取出一枚回气丹，飞快地丢进了嘴中，目光森寒地盯着周围的佣兵。有了先前的震慑，所有目光与之相接触的人，都畏惧地将视线闪躲开来。

"杀了他！动手！"

粗暴地推开扶着自己的佣兵，穆蛇双掌的虎口已经崩裂，鲜血几乎浸湿了衣袖，他脸上有着一种近乎疯狂的狰狞。萧炎先前所表现出来的实力，已经让这位经历过不少风浪的团长心中升起了一种恐惧之感。

小小年纪，不仅实力提升得如此迅捷，还具备神秘且威力巨大的斗技，这种

敌人……简直是每个人的噩梦。如果世上有后悔药的话,穆蛇宁愿没招惹这神秘的少年。

当然,世上并没有后悔药,所以穆蛇心中的恐惧,也就顺理成章地转换成了疯狂的杀意,只有杀了萧炎,他才能真正地安心。这一刻,穆蛇甚至连夺取宝物的想法也给丢在了一旁。

"杀了他!他已经油尽灯枯了!"穆蛇厉喝道。

听着团长的命令,周围有些迟疑的佣兵只得握紧手中的武器,然后小心翼翼地向着萧炎围拢而去。

"今天你必须得死!"死死地盯着那立在悬崖边的少年,穆蛇狞声道。

"抱歉,或许不能如你所愿了。"

抬头望着脸因为狰狞而显得扭曲的穆蛇,萧炎苍白的脸上涌上一抹红晕,身体微微一颤,一对长半米左右的漆黑鹰翼,忽然诡异地从其后背上弹射而出。

望着萧炎背后的鹰翼,所有人再次被震撼了。

萧炎双翼一振,猛然对着深渊跳跃而下,双翼急速地振动了几下,然后在所有人那呆滞的目光中,摇摇摆摆地飞向对面的山崖。

"今日围杀,萧炎铭记在心,来日定报!"

少年的背影逐渐消失在黑暗之中,然而那淡淡的冷笑声,却不断地盘旋在半空之中。

第十九章
突破七星

操纵着摇摇摆摆的身体,萧炎心惊胆战地飞跃过了这几十米宽的深渊,待到达对面之后,还来不及降落,体内宣布告竭的斗气,便飞快地将其背后的紫云翼嗖的一下给收了回去。

顿时,半空中,一道人影发出一声悲哀的惨叫,然后垂直掉落,撞进了一处柔软的草地。

身体本就已经达到极限,再经这么一撞,萧炎眼前一黑,终于彻底地昏迷了过去。

在萧炎昏迷后,药老方才晃荡着从戒指中飘出来,望着狼狈的萧炎,不由无奈地摇了摇头,双手将之托起,然后朝着魔兽山脉深处缓缓行去。

"竟然敢强行使用地阶斗技,真是个胆大包天的家伙啊……"

黑暗之中,萧炎迷糊地觉得全身似乎被泡在冰凉的水液之中,一道道温润平和的能量,从无数毛孔中钻进身体,在体内静静地流淌着。能量所过之处,那些由斗气使用过度而导致的略微有些破损的经脉,正在缓缓地被修复着。

当把经脉与肌肉修复到正常状态之后，体内所流淌的温润能量便顺着经脉的运转，最后灌注进了位于小腹位置的斗气气旋之中。

有了这忽然加入的新力军，那原本慵懒旋转的气旋，便犹如被安装了高速的马达一般，旋转速度骤然加快。

而随着气旋运转速度的加快，那些在经脉中流淌的能量，更是犹如受到了牵引一般，一窝蜂地向着气旋迅速涌去。

而气旋在将经脉中所有的能量全部吸收完毕之后，却并未停止近乎贪婪的吸掠，在急速旋转了几圈之后，更加凶猛的吸力从中散发。顿时，莫名液体中越来越多的温润能量被吸进体内，然后经过经脉的炼化，灌注进体积逐渐扩大的斗气气旋之中。

这般无止境的吸掠，昏迷中的萧炎并不知道持续了多久。他只模糊地知道，当外界灌注的能量越来越弱，直到最后完全消逝之时，他终于冲破了意识的黑暗，睁开了双眼。

映入眼帘的是一处宽敞的山洞，山洞四壁悬挂着一些照明用的月光石。萧炎微微动了动麻木的身体，一阵水声哗哗地响起，低头一看，他这才发现自己身处一处小小的石坑之中，石坑内部被灌满了清水，不过从清水中残留的一点儿淡绿色来看，这应该不是普通的水。

手掌在水中晃荡了一下，萧炎发觉，这有些淡绿的液体中竟然蕴含着不弱的纯净能量。

捧起水液放在鼻下轻嗅了嗅，萧炎有些愕然地轻声道："竟然是药水？"

"的确是药水，为了给你配制这么一小池的修复灵液，可是费了我三四天的时间。"苍老的声音，从山洞之外传来，药老虚幻的身影，犹如鬼魅一般，飘荡了进来。

来到石坑旁，药老上下打量了一下此时的萧炎，眼中流露出一抹满意，笑道："本来还以为你至少要休息半个月才能康复，没想到，这才仅仅五天时间，

你不仅已经痊愈，竟然还因祸得福地触摸到了七星斗者的门槛，看你现在的状态，或许只要再经过几天时间的修炼，就能进入七星斗者的层次了。"

"我昏迷五天了？"闻言，萧炎睁大眼睛，惊愕地说道。

"嗯。"点了点头，药老瞟了他一眼，皱眉斥道，"你这家伙，明明能够立刻使用紫云翼逃离，却偏要逞能地强行使用地阶斗技，要不是我帮你把紫云翼激活，你恐怕连逃生的力气都没了！"

尴尬地笑了笑，萧炎无奈地道："好吧，我承认我是因为很想试试使用地阶斗技能否打败一名斗师，这才冒险留了下来。"

"你使出的那东西也叫地阶斗技？别丢人了。"白了萧炎一眼，药老撇嘴道。

讪讪一笑，萧炎也不敢争辩，目光在山洞内扫视了一圈，问道："我们现在应该是在魔兽山脉内部了吧？"

"嗯，这里是我精心挑选的地方，附近的高阶魔兽都被我清理了出去，方圆几百米内，你可以走动，不过还是要小心一些胡乱窜进来的魔兽。在这里，随便什么东西都能一巴掌拍死你。"点了点头，药老提醒道。

无奈地点了点头，萧炎从石坑中缓缓站起，取过一旁的衣服，手忙脚乱地套在了身上。

"我们要在这里待多久啊？"体内充盈的斗气让他精神有些振奋，虎虎生威地打了一套拳，他偏头问道。

"直到你成为一名斗师。"药老将萧炎的纳戒抛给他，随意地说道。

"这段时间，你便安心在此处修炼吧，那些报复的事，等你成为一名斗师后再说。另外，炼药术你也不要落下，魔兽山脉内部药材丰富，随便找点东西来练手吧，免得每次都要我动手给你炼制丹药。"望着萧炎从纳戒中取出玄重尺背负上，药老说道。

咧嘴一笑，萧炎点了点头，背着玄重尺，缓缓走出山洞。

在此处安窝之后，隔绝了那些烦人追杀的萧炎，也再没有受到丝毫的打扰，伴随着安静的修炼，体内的斗气也犹如那酝酿的美酒一般，越加醇厚。

从昏迷中苏醒过来的第三天，静心修炼的萧炎便不出意料地突破到了七星斗者。这次突破没有丝毫阻力，犹如水到渠成一般顺利，而对于自己实力的提升，萧炎心中也非常欣喜。

突破到七星斗者之后，萧炎的修炼便渐缓了下来。每一阶段的最后三星，突破难度都颇为巨大，剩余两星的提升，只能等待着它的自然蜕变，太过急躁的话，恐怕适得其反。

虽然修炼斗气的时间变得少了许多，但是萧炎对斗技的修炼，却越来越上心。在山洞之外的百多米处，同样有着药老精心挑选的一处瀑布激流，在这里，已经成为七星斗者的萧炎训练了十几天时间，终于达到了药老对其使用地阶斗技的基本要求。

从瀑布之下游上岸边，萧炎抹去身上的水，完成了一项任务的他，长长地舒了一口气，沉重的肩膀也变得轻松了许多。到现在，萧炎才能保证在使用地阶斗技时，自己不会像上次那般差点儿被反噬。

坐在瀑布旁边的岩石上，悠闲地享受着日光浴的萧炎，从纳戒中掏出那只在乌坦城购买到的药鼎，又取出大堆药材，将岩石摆得满满的。

望着面前的药鼎，萧炎搓了搓手，左手轻轻地贴着火口，心神微动，一缕斗气便从气旋中分流而出，然后传至手掌之中。随着一声闷响，斗气经过药鼎火口的奇异转化，立马化成了深黄的火焰，在药鼎之中缓缓地腾烧起来。

瞧着那比以前越加深邃的火焰颜色，萧炎满意地笑了笑，待火焰将药鼎烧暖了之后，右手方才在面前的各种药材中挑选起来。

此次炼药，萧炎并未打算使用药老的药方，要知道，每一名炼药师都需要自己研配药方，没有属于自己药方的炼药师，与同行交流起来，就要多出几分尴尬。所以每名炼药师都会费尽心力地从无数种药材之中，研配出属于自己的药方，这药方的等级自然是越高越好。

在面前上百种药草上移过,萧炎的手掌一顿,将一株散发着奇异怪味的红果抓进了手中。

蛇欲果——一般只生长在高阶魔蛇交配过的阴暗地方,蛇性颇淫,而这种果实也有几分催情的药力。

选好蛇欲果之后,萧炎又连抓了七八样药材,而这些药材无一例外都具有某些催情的效果。

见到萧炎炼药,药老也偷偷地从戒指中飘了出来,不过当他看着萧炎所挑选的药材之后,却是眉毛一挑,旋即沉默不语地站在他身后。

选好药材之后,萧炎首先将蛇欲果丢进药鼎之中,控制着火焰,迅速将其中的水分烘烤除去,红果顿时化为一团红色的粉末。

全神贯注地注视着药鼎之内,萧炎再次投进一株粉红色的七叶花,此花名为欲望花,它所散发出来的香味,经常会将附近的魔兽折腾得满山嘶吼。

将欲望花煅烧成粉末之后,萧炎紧接着又将其他药材一同丢了进去,最后八九种颜色不同的粉末被混合在了一起,再往药鼎内加了一小团用欲望花压榨出来的汁液,一堆粉末便完全地融合成了一团粉红色的液体。

在用高温火焰将粉红色液体的水分再次蒸发完毕之后,一团淡白色的粉末出现在药鼎之中。

望着那团淡白色粉末,萧炎咧嘴一笑,手掌一挥,将鼎盖掀开,手掌再一吸,所有的药粉都被掠进了玉瓶之中。

望着自己第一次配制出来的东西,萧炎有些迫不及待地用手指沾点,然后用舌头舔了舔。

"呼……嘿嘿,成功了。"药粉入嘴,萧炎便感到浑身有些躁热,运用斗气将这点躁热压下,萧炎脸上的笑容看上去似乎透着难得一见的猥琐。

"咳……"身后的苍老干咳声让萧炎的脸一红,他赶忙将透明的瓶子收了起来。

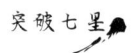

"别藏了,不就是炼了瓶春药吗?很多男性炼药师第一次配制药方,炼的都是这东西,嘿嘿……男人嘛……"出乎意料,药老并未开口训斥,反而戏谑着笑道。

"呃?"微微一愣,萧炎这才松了一口气,回头望着药老,嘿嘿笑道,"老师第一次炼制的难道也是这东西?"

闻言,药老老脸一红,有些恼羞成怒地挥了挥袖子:"你以为我也像你这般不务正业吗?"

望着药老那模样,心知肚明的萧炎嘴角一扯,站起身来,刚欲收拾东西,一道剧烈的能量波动以及狂暴的狮吟声,忽然在天空中犹如闷雷般炸响。

药老脸色微变,目光紧紧地盯着远处的天空。那里,正是狂暴能量的传出之地,而借助锐利的目光,药老似乎隐隐地看见了一个曼妙雍容的女子身影……

"这是六阶魔兽紫晶翼狮王的吼声,什么人竟然打上了它的主意?"

"六阶魔兽?"眼瞳微缩,萧炎咽了一口唾沫,"那可是相当于人类斗皇级别的强者啊,谁敢灭它的威风?"

第二十章
斗皇级别的战斗

蔚蓝的天空之中，剧烈的能量波动不断地制造出一声声宛如闷雷般的声响，萧炎就算距离那处战斗的地方颇远，也不免感到双耳有些发蒙。

眼睛紧紧地盯着遥远的天际，那里，青红两色几乎弥漫了半壁天空，就连那慵懒的白云，也被渲染得泛起了两色光芒。

耳边再次响起一声雷鸣般的巨响，萧炎咽了一口唾沫，天空中传来的能量威压，竟然让他的腿有些打哆嗦。

"这就是真正的强者吗？"萧炎口中喃喃着。在初步见识了这种等级的战斗所造成的恐怖威力之后，他只觉得以前的自己犹如那井底之蛙，到现在，他终于知道书籍中所记载的以一敌万，其实并不只是存在于传说之中。

站在萧炎的身旁，药老微皱着眉头望着遥远天边的战斗，轻声自语道："那个女子应该是人吧？她跑到魔兽山脉来与紫晶翼狮王战斗做什么？"

"怎么？感到很震撼？"偏过头，望着身子发颤的萧炎，药老忽然笑道。

艰难地点了点头，萧炎苦笑道："感受过那种战斗，我才知道，我以前的那些战斗，只不过是过家家而已。"

"呵呵，我早说过，斗气大陆很大，比斗皇更强的人并不少。你很有潜力，等你日后踏入那个级别，自然会发现，这个世界很精彩。"药老含笑道。

"虽然对那种战斗所造成的威势感到很震撼，但是我并不会好高骛远。路，始终是要靠自己踏踏实实地走。"萧炎灿烂地笑道。

闻言，药老一愣，旋即欣慰地含笑点头。

"想过去看看强者的战斗吗？"对着远处天空的战斗扬了扬下巴，药老微笑道。

"不会被发觉吧？"萧炎先是一喜，紧接着有些担忧地道。

"你也太小看我了吧？"药老挥了挥手，身子化为一抹流光射进萧炎体内，顿时，一股森白色的能量便将之包裹进去，"这段时间，我来控制你的身体。"

说完这话之后，萧炎背后的紫云翼自动扑腾而出。此次的紫云翼不仅有一米多长，而且表面有紫光流转，看上去极为灵动与神秘。

森白色的能量逐渐覆盖住泛紫光的双翼，将它那显眼的光芒掩藏了起来。

"走吧，今日带你去看看什么叫作真正的强者！"药老淡淡一笑，紫云翼微微振动，萧炎的身体便缓缓升空，双翼再次一振，然后朝着战斗的地方狂掠而去。

望着身下那残影般不断后退的树木，萧炎激动得涨红了脸。因为药老，紫云翼此次的速度，比上次在密林迅捷了许多，那股高速飞掠的快感，实在让萧炎有种想仰天长啸的冲动。

贴着丛林之顶，萧炎以极快的速度飞掠着，十多分钟后，终于接近了那处发生战斗的地方。剧烈的能量波动所传下的威压，让萧炎即使处在药老的保护之中，也不免感到有些心颤。

在距离天空战斗圈几十米处，萧炎停下了身子，蹿上了一棵参天巨树的顶部，在这里，萧炎能够清楚地看见天空中战斗的双方。

近距离地观看，萧炎再一次领略了斗皇强者的凶悍。青红两色占满了足足半

壁天空，看上去极为壮观。

萧炎的目光首先扫向空中的魔兽，这只魔兽体形庞大，七八米长的身体表面竟然覆盖了一层紫色的结晶体，在日光照耀下光华四射，颇为刺眼。

魔兽的脑袋是一颗颇为狰狞的狮头，泛着奇异紫光的血红兽瞳，布满獠牙的巨嘴，狮头之上还有一只火红色的螺旋尖角，一簇簇紫色火焰在角尖上缭绕盘旋。巨大的狮身侧面生有一对紫色翼翅，紫翼扇动间，一簇簇淡紫色的火焰犹如喷火器一般，铺天盖地地席卷而出；四只粗壮的脚爪，同样被包裹了一层紫色晶体，每一次踏下，都会让虚空为之一颤，难以想象其力量究竟有多大。

巨大的魔兽踏立虚空，一股无形的威压从天空降下，让萧炎心神为之颤抖。

"这就是那传说中的紫晶翼狮王吗？"目光迷离地望着那集美丽与毁灭于一体的魔兽，萧炎轻声呢喃道。

心中为紫晶翼狮王的外貌惊叹地摇了摇头，萧炎旋即将目光投向了那与紫晶翼狮王对峙的人身上。

"竟然是个女人？"扫到那凹凸有致的玲珑身躯，萧炎心头大感惊愕，没想到这敢与紫晶翼狮王相抗衡的强者，竟然会是一个女人。

天空中的女子，一身素裙，手持一把模样有些奇异，并且散发着青色光芒的长剑，一头青丝被绾成高贵的凤凰发髻，美丽动人的容颜平静恬然，并没有因为自己面对着这即使放在整个斗气大陆也算是赫赫有名的魔兽而有所变化。

神秘女人的背后有一对青色羽翅，羽翅略显虚幻，想必是依靠自身斗气凝聚而成。斗气化翼，几乎是斗王之上强者的标志。

神秘女人淡然而立，恬然的美丽脸颊却透着一抹素衣难以掩饰的雍容与高贵。

"人类女人，为什么要来打扰本王休息？"巨大的紫晶翼狮王忽然口吐人言大喝道。

听着这魔兽竟然能说人话，萧炎先是一惊，紧接着恍然，到了这一等级的魔兽，早已开了灵智，智慧并不会比人类低。

"想借狮王的紫灵晶一用！"美眸盯着紫晶翼狮王，神秘女人红唇微启，淡然的声音，犹如那珍珠落玉盘般清脆动听。

"紫灵晶？我紫晶翼狮一族二十年才能从身体上蜕下一小块，岂是你说要就要的？"紫晶翼狮王嘲讽道。

"我可以用你所需要的东西与你交换。"神秘女人似乎同样有些忌惮这凶名赫赫的六阶魔兽，所以话语并不强硬。

"交换？嘿，好啊。正好我最近处于化形阶段，只要你能给我弄来一枚化形丹，我就给你紫灵晶，如何？"闻言，紫晶翼狮王顿时发出大笑声。

"果然是狮子大张口，化形丹可是七品炼药师才能炼制出来的奇丹，用它来交换一块紫灵晶，除非那女人是白痴。"听得紫晶翼狮王的要求，药老嗤笑道。

眨了眨眼睛，第一次听说这种丹药的萧炎疑惑地问道："听名字，那化形丹，应该是能让魔兽化形的丹药吧？怎么，它很珍贵？"

"有了化形丹，魔兽便能彻底化为人形，而化为人形后，其修炼速度便能真正地和人类媲美，你说这东西珍不珍贵？"

"呃……"萧炎有些无语地点了点头。魔兽的寿命本来便比人类长上许多，虽说一些奇丹有着延长寿命的神效，但这比起魔兽，特别是高阶魔兽的寿命来说，却依然显得短暂。可以想象，若是一头高阶魔兽化形成功，再安全地修炼个百八十载，那将会是何等的强悍。

不出药老的意料，听得紫晶翼狮王的要求，那名神秘女人黛眉微微一皱，旋即摇了摇头，轻声道："抱歉，化形丹那种东西，我想加玛帝国内，恐怕还没有几人能够拿出。不过，如果你愿意，我可以用三颗五阶魔核以及一本可供你修炼的玄阶高级功法与斗技来交换。"

"没兴趣，拿不出化形丹，你便离开魔兽山脉吧。"摇了摇巨大的头颅，紫晶翼狮王巨嘴微微开合，毫不犹豫地拒绝了神秘女人开出的条件。

　　轻轻地叹息了一声，神秘女人缓缓抬起手中奇异的长剑，有些无奈地道："如果这样，那我只好强行夺取了！"

　　"哈哈！人类始终是这样。"见到神秘女人的举动，紫晶翼狮王顿时发出一声让大地震动的大笑，半晌后，笑声缓缓收敛，声音却逐渐变冷，"我知道你也是斗皇强者，不过真要斗起来，你能不能活着走出魔兽山脉还是个问题。"

　　"这便不需要狮王多虑了。"淡淡地应了一声，神秘女人素手轻抬，而随着她手掌的抬起，一缕小小的青色龙卷风忽然在天空中浮现，龙卷风初始只有两米高，然而片刻之后，龙卷风迎风暴涨，眨眼便变成了十几丈高的巨大龙卷风。

　　天地之间，青色龙卷风呼啸旋转，地面上的巨树不断地被强行拔出，然后被狂暴的旋风绞成漫天木屑。

　　"哼，魔兽山脉可不是人类的地盘，还轮不到你来撒野！"望着那越加庞大的龙卷风暴，紫晶翼狮王大喝了一声，低沉的咆哮呜呜地响彻山脉。

　　随着狮吟的响起，狮王身上的紫晶光芒大盛。眨眼之间，汹涌的紫色火焰猛地从其体内腾烧而出，袅袅翻腾，最后汇聚成巨大的紫色火柱，直冲天际。即使间隔上千米，炽热的高温也依然让下方的萧炎大汗淋漓。

　　"好恐怖的阵势。"萧炎抹了一把额头上滚流而下的汗水，震撼地望着遥遥天空中的巨大龙卷风与火柱，口干舌燥地道。

　　"老师，您说谁会胜啊？"再次抹了一把汗，萧炎轻声询问道。

　　"到了这一地步，若是没有太强的底牌，一般都难以击杀对方。至于谁会胜，谁会败，我倒也说不清楚，一切等打完自有分晓。"药老笑道。

　　无奈地摇了摇头，萧炎忽然抬起头，感受着紧张的气氛，轻声道："要开战了……"

　　天空之中，巨大的青色龙卷风暴在神秘女人挥手之间，携带着狂暴的风啸之音，疯狂地对着紫晶翼狮王席卷而去。

　　风暴所过之处，下方的森林尽数被扯出一道道深沟，不少魔兽争先恐后逃窜而出。

借助药老的保护，萧炎幸运地没被狂风刮走。双手紧紧地抓住树干，望着周围那被破坏得一片狼藉的森林，他不由得咽了一口唾沫。

"哼！"看着那席卷而来的风暴，紫晶翼狮王巨嘴中发出一声轰鸣般的哼声，双翼一振，身体上那两三丈长的冲天紫色火柱也离体而出，对着风暴撞击而去。

两尊庞然大物在空中闪电对撞，在相撞的一刹那，空间几乎为之一震。

轰！一声雷鸣凭空在晴朗的天空中炸响。

风暴与火柱凶猛对撞，彼此疯狂地释放着恐怖的能量，在两者交接处，空间似乎都在微微荡漾着。

嘭！风暴与火柱在互相僵持了几分钟之后，终于因为能量的告竭，在一道响彻山脉的闷响声中，凭空消散。

在风暴与火柱消散之时，静立天空的神秘女人终于有所动作。只见她背后青翼一振，身体便犹如一道闪电，瞬间穿越了能量动荡的地带，然后出现在了紫晶翼狮王身后，手中奇异长剑疾刺而出，剑尖之上竟然形成了一圈高速旋转的风刃，犹如一个外表长满刀刃的青色圆球一般。

叮叮……长剑携带着风刃劈砍在紫晶翼狮王的身体表面，半空中响起了一连串的清脆声响，然而长剑的闪电疾刺，却仅仅在那层紫晶体上留下道道白痕，而且白痕只存在了片刻，便完全消散。

毫不在意对方这般普通的攻击，紫晶翼狮王巨头一摆，头顶上的火红色螺旋尖角便急射出一道半米粗的巨大紫色火焰。

炽热的紫色火焰让神秘女人黛眉微蹙，素手在身前结成一个怪异的印结："风推势！"

随着清脆的喝声落下，一道狂暴的青色风卷在其身前涌现，旋即呼啸而出，将那巨大的紫色火焰抵挡下来。

见到紫火攻击无效，紫晶翼狮王兽瞳中的紫光骤然大盛，巨大的掌爪猛地带

起一股艳丽的紫芒,对着神秘女人怒砸而下。

望着紫晶翼狮王的肉体攻势,神秘女人的脸色微微凝重,背后青翼轻振,一道有两三米长的巨大青色风盾,在其面前突兀地凝现。

咔……巨掌轰击在青色风盾之上,紫光大盛,清脆的咔嚓声响,顿时将风盾砸成了满天碎片,紫晶翼狮王的肉体攻击竟然强横如斯。

击破对方的防御,紫晶翼狮王巨嘴中响起低沉的咆哮,巨大的身体微微扭动,狂暴得有些骇人的攻击速度简直与那庞大的体形丝毫不符。

面对着紫晶翼狮王紧追不舍的攻击,神秘女人也只得闪避,毕竟,与肉体堪称变态的它近身碰撞,可不是什么聪明的举动。

紫晶翼狮王的身体不断闪移,而那神秘女人则不断地退却着,虽然看似微落下风,但是并未受到实质的伤害。

抬头望着天空中那声光效果极其华丽的战斗以及那不断波荡的空间,萧炎暗暗咋舌,仅仅是战斗的余波,恐怕也能轻易地将一名斗师甚至大斗师毁灭吧。

"紫晶翼狮王的防御力与肉体极为强横,那女人则懂得多种风属性的玄奥斗技,而且双方都是斗皇强者,彼此实力差距并不太远,这般打下去,如果不使用真正的底牌,基本难以分出胜负。"药老随意地道。

"应该不会吧,紫晶翼狮王属性为火,炎日之下,它的战斗力会有所增加,而到了夜里,则会弱上少许,所以在太阳落山之前,它或许会快速地结束战斗。"抬起头望着天空中的追逐,萧炎轻声道。

"嘿,小家伙观察得挺仔细啊,这点时间竟然便知道了那紫晶翼狮王依靠了炎日的助力。"听得萧炎的分析,药老不由得有些诧异地笑道。

"我看它身体表面的紫晶,像是在吸收炎日的能量,它体内的紫色火焰,应该便是这东西所催化出来的。"萧炎眨了眨眼睛,忽然道,"老师,紫晶翼狮王体内的那种紫色火焰,能不能被炼药师给炼化成火种储存在体内?"

"呃……你还真是敢想。"被萧炎这天马行空的想法说得愣了一愣,药老摇头解释道，"这种火焰很难被炼药师炼化，它们生于魔兽体内，比异火更难以驯服，而且这种火焰根本比不上异火，仅仅是比斗气火焰强上一些而已，所以也没有谁会花这么大的力气来驯服它。"

微微点了点头，萧炎再次保持着沉默，抬头望着天空中那平日里难得一见的高级别战斗。

由于天空中一人一兽战斗造成的动静太大，许多魔兽被惊扰得从沉睡中苏醒了过来，于是，原本有些空荡的山峦，顿时响起了各种各样的奇异兽吼之声。

有资格生存在魔兽山脉内部的魔兽，基本都在三阶之上，此种级别的魔兽已初具灵智，与外面那些凭本能行动的魔兽截然不同。

魔兽世界之中，等级制度极为森严，就如同现在出现的这些魔兽，级别低的，非常自觉地夹着尾巴缩到了战圈的最外围，而有资格近距离观看战斗的魔兽，只有寥寥数头而已。萧炎曾偷偷数过，有三头体形庞大的魔兽，傲视群兽矗立在三处山顶之上，目光紧紧地注视着高空中的战斗。关于三头魔兽的等级，药老也与他说过，这是三头堪比人类斗王强者的五阶凶兽。

望着这些在外界只是传闻的著名凶兽，萧炎心中忍不住发出一声感叹。这里的山脉仅仅是偌大的魔兽山脉的东部，却已经出现了一头六阶魔兽、三头五阶魔兽以及若干其他级别的魔兽，这种堪称恐怖的阵容，几乎能够轻易地毁灭掉一个军团！

然而，虽然魔兽众多，却并未有一头有上前帮助紫晶翼狮王的举动，因为它们非常清楚，作为东部山脉的王者，谁选择帮忙，便是对这位王者尊严的侮辱。

天空中的战斗，从晌午一直持续到夕阳斜落。

望着那已经落下地平线的小半个巨大太阳，一直不知疲倦地追击着神秘女人的紫晶翼狮王却突兀地停了下来，血红中泛着紫光的兽瞳，带着森然与不耐，死死地盯着空中高贵的女人。

"人类女人，你磨去了我为数不多的耐心！"紫晶翼狮王的低声咆哮，震慑着

山林。

"只要狮王将紫灵晶交换与我,日后就绝不再来烦扰。"被紧紧地追杀了一下午时间,神秘女人依然显得那般雍容与高贵,一卷青色狂风在身边若隐若现,她轻声说道。

"不知好歹,那便别怪我了!"隐隐携带着怒声的狮吟从巨嘴中吼出,紫晶翼狮王身体之上的紫光越来越盛,片刻之后,强烈的光芒竟然隐隐有压过天边夕阳的势头。

"要来真的了……"瞧得紫晶翼狮王身上的威势,萧炎心头略喜,低声道。

望着紫晶翼狮王身体上的强烈紫光,下方围观的魔兽忽然有些惊恐地急速倒退,就连那三头体形庞大的五阶魔兽也不例外。

紫晶翼狮王身体上的异状,同样被神秘女人察觉,感受着周围天地间忽然怪异涌动的能量,她脸上的表情逐渐凝重。

周围几丈之内,狂风开始呼啸。

紫色光华笼罩了这片天地,经过半响的酝酿之后,光芒猛然紧缩,只是眨眼时间,漫天紫色光华便被压缩成了一道仅有半尺左右粗的深紫色光柱。

"竟然是封印?"感受到那道深紫色光柱中的能量,药老不由得低声诧异道。

"封印?"听着这称呼,萧炎赶忙追问。

"一些奇异的高阶魔兽,天生懂得一些封印技能,没想到这紫晶翼狮王居然也懂得,那女人要吃大亏了。"

药老的解释刚落,那道深紫光柱便闪电般地飞掠而出,光柱的速度极为恐怖,仅仅两个跳跃,便出现在了神秘女人身前不远处。

"紫晶封印!"紫光闪烁之时,紫晶翼狮王的低沉咆哮,也在山脉之中不断回荡。

在深紫光柱出现的一刹那,神秘女人脸色微微一变,手中所酝酿的强横斗技也在斗气运转之间施展而出。

斗皇级别的战斗

"裂风旋舞！"

随着神秘女人轻喝声的落下，其身前空间微微波动，无数道十几丈高的深青风刃凭空闪现，然后互相纠缠，犹如布满刀刃的圆柱一般，呈螺旋状高速旋转着暴冲而出。

轰隆！紫色光柱与风卷刀刃所过之处，空间微微扭曲，瞬息之间，两者以一种陨石相撞的恐怖声势，重重地撞在了一起。

紫色光柱与风卷刀刃略一交锋，风卷刀刃便明显落入下风，仅仅片刻，风卷刀刃轰然爆裂，而紫色光柱却只是略微黯淡了一点儿。

摧毁风卷刀刃之后，紫色光柱以一种摧枯拉朽的姿态，一连击穿了神秘女人身前所布置的几十重风盾，最后射进了她身体之内。

紫色光柱刚刚得手，紫晶翼狮王庞大的身体便闪现在了神秘女人身前，巨大的掌爪之上，五根锋利的紫色尖刺弹射而出，凶狠地对着后者胸部划去。

"风之极，陨杀！"

就在巨掌即将撕破神秘女人身体之时，女子手中的奇异长剑猛然一颤，一道细小的深邃光线，瞬间暴射而出。

光线刚刚出现，空间竟然都颤抖了几下。

咔！光线对着紫晶翼狮王的脑袋奔去，不过敏锐的它微微垂下了头颅，于是，光线正巧击射在了其头顶的红色尖角之上，顿时，这个狮王全身上下最坚硬的部位，竟然被生生地切掉了一半。

尖角的断裂给紫晶翼狮王造成了剧烈的疼痛，它发出一声狂暴的狮吟，掌爪夹杂着凶悍无比的劲气，重重地劈在了神秘女人胸脯之上。

随着一阵有些刺耳的金属嘎吱声响，遭受重击的神秘女人吐出了一小口鲜血，脸色有些苍白。她猛然后转身形，青翼一振，身体忽然诡异地接连闪烁了几下，瞬间消失在天际。

感受到那受伤女人还能施展出的恐怖速度，因为尖角断裂而实力受损的紫晶

翼狮王仰天发出一声充斥着杀意的狂暴吼声。

在这蕴含着狂暴能量的咆哮吼音之下,下方的山脉犹如地震一般不断地震动着,一些高耸的山峰竟然被生生地震断了山尖。

"给我搜,一定要把那人类女人给我搜出来!"

巨大的头颅望向下方山脉,紫晶翼狮王瞪着血红巨瞳,蕴含着杀意的狰狞咆哮,让满山魔兽急忙疯狂地行动起来。